LE COLOSSE DE WALL STREET

UN ROMAN ZONE ALPHA

ANNA ZAIRES

♠ MOZAIKA PUBLICATIONS ♠

Dépôt légal © 2020 Anna Zaires
www.annazaires.com/book-series/francais/

Publié par Mozaika Publications, une marque de Mozaika LLC.
www.mozaikallc.com

Couverture par Najla Qamber Designs
www.najlaqamberdesigns.com

Photographie par Wander Aguiar
www.wanderbookclub.com

Sous la direction de Valérie Dubar
Traduction : Laure Valentin

e-ISBN : 978-1-63142-519-6
ISBN imprimé : 978-1-63142-520-2

mma

— ... PUIS LE VÉTO A DIT QUE M'SIEUR DODU N'ÉTAIT PAS prêt et que je...

— Ça suffit.

Kendall pose son verre de thé glacé d'un geste si brutal que la boisson à six dollars gicle par-dessus le rebord. Avec sa serviette, elle éponge les éclaboussures et me fusille des yeux par-dessus son assiette de crêpes de sarrasin à moitié consommées.

— Quoi ?

Je cligne des yeux en regardant ma meilleure amie.

— Tu te rends compte que tu ne me parles que de M'sieur Dodu, Coton et Reine Élisabeth depuis une demi-heure ?

Kendall se penche en plissant ses yeux noisette.

— Chat par-ci, chat par-là, et le véto.

— Oh.

Les joues rouges, je regarde la pendule au mur du restaurant où Kendall m'a traînée pour le brunch. En effet, cela fait presque trente minutes depuis notre arrivée et je n'ai pas cessé de jacasser pendant tout ce temps. Gênée, je regarde Kendall.

— Désolée, je ne voulais pas t'ennuyer.

— Non, Emma.

La voix de Kendall exprime une patience exagérée quand elle se penche en arrière, rejetant sa belle chevelure noire par-dessus son épaule.

— Tu ne m'as pas ennuyée. Mais tu m'as fait prendre conscience d'une chose.

— Quoi ?

— Ma chérie, tu es officiellement une femme à chats.

J'en reste bouche bée.

— Quoi ?

— Oui, une authentique femme à chats.

— Pas du tout !

— Ah bon ?

Elle hausse un sourcil parfaitement dessiné.

— Récapitulons, dans ce cas. À quand remonte la dernière fois que tu t'es fait coiffer par un professionnel ?

— Euh...

Un peu embarrassée, je tire sur mes boucles rousses explosives.

— Peut-être un an, environ ?

En fait, c'était à l'occasion des vingt-cinq ans de Kendall, ce qui signifie qu'aucun peigne digne de ce nom n'a touché mes boucles frisées depuis dix-huit mois.

— Bon.

Kendall découpe sa crêpe avec la délicatesse de Reine Élisabeth – mon chat, pas la monarque britannique. Après avoir mâché et avalé, elle demande :

— Et ton dernier rencard ?

Cette fois, je dois me creuser la tête pour répondre.

— Il y a deux mois, dis-je sur un ton triomphant quand le souvenir me revient.

Je coupe un morceau de ma propre crêpe et porte la fourchette à ma bouche en marmonnant :

— Ce n'est pas si lointain.

— Non, admet Kendall. Mais je parle d'un vrai rencard, pas d'un pauvre café avec ton voisin de soixante balais.

— Roger n'a pas soixante ans. Il en a quarante-neuf tout au plus...

— Et toi, tu as vingt-six ans. Fin de l'histoire. Alors, n'esquive pas la question. À quand remonte ton dernier vrai rencard ?

Je prends mon verre d'eau et je le vide tout en activant ma mémoire. Je dois reconnaître que sur ce point, Kendall me pose une colle.

— Il y a un an, peut-être ? dis-je, même si je suis à peu près certaine que le rencard en question – pas franchement mémorable, à l'évidence – date d'avant l'anniversaire de Kendall.

— Un an ? fait-elle en tambourinant sur la table de ses ongles couleur taupe. Vraiment, Emma ? Un an ?

— Quoi ?

Essayant d'ignorer le rougissement qui se propage dans mon cou, je me concentre sur le reste de ma crêpe à vingt-deux dollars.

— Je suis très occupée.

— Par tes chats, dit-elle avec insistance. Tes trois chats. Regarde les choses en face, tu es une femme à chats.

Je lève les yeux de mon assiette et les roule dans leurs orbites.

— D'accord, si tu le dis. Alors, oui, je suis une femme à chats.

— Et ça ne te dérange pas ? reprend-elle avec un regard incrédule.

— Qu'est-ce que tu voudrais, que je saute du pont de Brooklyn, au désespoir ?

Je fourre le reste de ma crêpe dans ma bouche. J'ai encore faim, mais il est hors de question que je commande autre chose sur ce menu hors de prix.

— Ce n'est pas un crime d'aimer les chats.

— Non, par contre ce qui l'est, c'est de passer tout ton temps libre à vider des bacs à litière alors que tu habites à New York.

Kendall repousse sa propre assiette vide.

— Tu as l'âge idéal pour mettre le grappin sur un homme, et toi, tu ne sors même pas.

Je lâche un soupir exaspéré.

— Parce que je n'ai pas le temps, c'est tout. Et puis,

qui te dit que j'ai envie de mettre le grappin sur quelqu'un ? Je vis très bien toute seule.

— Et voilà, ce dont toutes les femmes à chats essaient de se persuader. Honnêtement, Emma, quand t'es-tu envoyée en l'air avec autre chose que ton vibro ces derniers temps ?

Kendall ne prend même pas la peine de baisser la voix, et je sens mon visage redevenir rouge pivoine lorsqu'un couple gay à la table voisine nous lance un coup d'œil avant de ricaner.

Par chance, avant que je puisse répondre, le sac Prada de Kendall se met à vibrer.

— Oh.

Les sourcils froncés, elle récupère son téléphone et consulte l'écran. Puis, levant les yeux, elle fait signe au serveur.

— Je dois y aller, dit-elle d'un air contrit. Mon patron a progressé avec le design de robe sur lequel il planche depuis un moment et il a besoin de moi pour lui trouver des mannequins illico presto.

— Aucun problème.

J'ai l'habitude des missions imprévisibles que reçoit toujours Kendall à la dernière minute. Je lui dis en posant ma carte bancaire sur la table :

— À un de ces quatre.

Puis je sors immédiatement mon téléphone pour vérifier l'état de mon compte-chèques.

~

À L'EXTÉRIEUR, LA TEMPÉRATURE EST PRESQUE GLACIALE, et la station de métro que je dois rejoindre se trouve à une dizaine de pâtés de maisons du restaurant. Pourtant, je presse le pas, car a) un peu d'exercice ne fera pas de mal à mes hanches et b) je ne peux me permettre aucun autre moyen de locomotion. Cette sortie a grevé mon budget du week-end au point où je me vois contrainte de reporter à lundi ma visite à la supérette. J'ai demandé à Kendall d'arrêter de me proposer des restaurants hors de prix, mais j'aurais dû me douter que pour elle, un brunch à vingt-cinq dollars n'entrait pas dans cette catégorie.

À New York, c'est pratiquement donné.

Pour être honnête, Kendall n'a pas idée de l'état dramatique de mes finances. Je n'aime pas parler de mon prêt étudiant. Tout ce qu'elle sait, c'est que j'habite à Brooklyn dans un studio en sous-sol et que je découpe des bons de réduction dans les journaux parce que j'aime faire des économies. Elle-même ne roule pas sur l'or – le poste d'assistante d'un créateur de mode, étoile montante du métier, n'est guère plus rémunérateur que mon boulot dans une librairie et mes extras comme correctrice –, mais ses parents règlent la majeure partie de ses factures, de sorte que tout son salaire passe en fringues et autres dépenses de luxe.

Si elle n'était pas une si bonne amie, je la détesterais.

En entrant dans la station de métro, je manque trébucher sur un sans-abri étendu dans l'escalier.

— Désolée... je bafouille.

Je suis sur le point de détaler quand il m'adresse un sourire édenté en tendant vers moi un sac en papier brun.

— Ce n'est rien, ma petite dame, fait-il d'une voix traînante. Tu veux boire un coup ? On dirait que tu as besoin d'un bon remontant.

Stupéfaite, je recule.

— Non, merci. Ça va.

Quelle mine je dois avoir si même les SDF m'offrent de l'alcool ! Kendall a peut-être mis le doigt sur un fond de vérité avec son diagnostic de femme à chats.

En haussant les épaules, l'homme boit une rasade au goulot de sa bouteille cachée et je dévale les marches avant qu'il me propose de partager autre chose – par exemple, les pièces de monnaie dans le chapeau à côté de lui.

Je suis en galère financière, mais tout de même pas désespérée à ce point.

APRÈS UN LONG TRAJET, J'ÉMERGE DU MÉTRO À BAY Ridge, mon quartier à Brooklyn. Dès l'instant où je sors, une bourrasque me frappe le visage.

Une bourrasque très humide.

De la neige fondue.

Génial. Franchement génial. Les dents serrées, j'agrippe les pans de mon vieux manteau de laine pour empêcher le col de s'ouvrir et je commence à marcher. Je n'habite pas très loin du métro – cinq pâtés de maisons seulement –, mais ils sont longs et je maudis chacun d'eux alors que la pluie glacée s'intensifie.

— Attention, lance une femme trapue lorsque je la heurte.

Aussitôt, je bredouille des excuses. Ce n'est pas entièrement ma faute – il faut être deux pour se cogner –, mais je ne suis pas de nature agressive.

Mes grands-parents m'ont élevée mieux que ça.

Lorsque j'arrive enfin à la maison mitoyenne en grès rouge où je loue un studio en sous-sol, j'ai l'impression d'avoir escaladé le Mont Everest. Mon visage est mouillé et glacial, et en dépit de mes efforts pour garder mon manteau fermé, la neige fondue s'est infiltrée et m'a glacée jusqu'aux os. Je fais partie de ces gens qui ont besoin d'avoir le haut du corps au chaud. Je peux tolérer d'avoir les pieds froids – d'ailleurs, c'est aussi le cas, puisque mes baskets ne sont pas imperméables –, mais je ne supporte pas de sentir l'eau froide dégouliner dans mon cou.

Si j'en ai voulu sur le coup à M'sieur Dodu quand il a déchiré ma seule écharpe correcte, maintenant je suis folle de rage. Ce chat va le sentir passer.

— Dodu ! je rugis en ouvrant la porte, pénétrant dans mon appartement à une pièce. Viens ici, créature infernale !

Le matou n'est nulle part. Au lieu de ça, Reine Élisabeth lève un regard placide depuis mon lit tout en se léchant la patte, puis elle commence à faire sa toilette, lissant méticuleusement chaque poil blanc pelucheux. Coton est à côté d'elle. Il somnole sur mon oreiller. Les deux félins sont au chaud, heureux et parfaitement insouciants. Ce n'est pas la première fois que j'éprouve un élan de jalousie irrationnelle envers mes animaux de compagnie.

Moi aussi, j'adorerais dormir toute la journée et me laisser nourrir par quelqu'un.

En frissonnant, je retire mon manteau trempé et le suspends au crochet près de la porte avant de me déchausser. Ensuite, je me mets à la recherche de M'sieur Dodu.

Je le retrouve dans son nouvel endroit préféré : l'étagère supérieure de mon placard. C'est là que je range mes bonnets, gants, écharpes et sacs – déjà que je n'en ai pas beaucoup, c'est une tragédie aux proportions épiques chaque fois que ce petit diable décide de déchiqueter un accessoire afin de libérer plus de place pour son corps velu.

— Dodu, viens ici.

Comme je ne suis pas très grande, je dois me hisser sur la pointe des pieds pour l'attraper. Au prix d'un gros effort, je parviens à l'enlever de là-haut. Le chat pèse près de sept kilos, et en moulinant des pattes dans les airs, il me paraît deux fois plus lourd.

— Je t'ai déjà dit que tu n'avais pas le droit de te percher ici.

Je le dépose au sol et il me lance un regard vexé, me laissant comprendre que ce n'est qu'une question de temps avant qu'il se charge de mes autres accessoires. Comme son frère et sa sœur, M'sieur Dodu est tout blanc et tout doux, parfait exemple de la race des persans, mais les similitudes s'arrêtent là. Ce chat n'a absolument rien de calme ni de posé. Je me demande s'il lui arrive de dormir. Peut-être est-ce un vampire qui prend la forme d'un gros persan pendant la journée.

En tout cas, il est assez méchant pour l'être.

Alors que je m'apprête à le gronder, furieuse qu'il ait abîmé mon écharpe à cette période de l'année, il frotte sa tête contre mon jean mouillé et émet un ronronnement sonore. Puis il lève vers moi ses grands yeux verts, qu'il cligne d'un air innocent.

Aussitôt, je fonds – à moins que ce soient les gouttes glaciales qui fondent le long de mes vêtements. Quoi qu'il en soit, j'éprouve une sensation de chaleur et de bien-être dans la poitrine.

— Allez, viens ici, boule de poils, je grommelle en m'agenouillant pour le caresser.

Il ronronne encore plus fort en frottant sa tête contre ma main, comme si j'étais sa meilleure amie du monde entier. Je suis presque certaine qu'il me manipule délibérément – ce chat est un malin –, mais je ne peux pas résister.

Je suis gaga de mes chats.

Les câlins se poursuivent jusqu'à ce que M'sieur Dodu soit sûr d'échapper à mes remontrances, puis il rejoint mon lit d'une démarche détendue et se roule en boule sur mon oreiller à côté de Coton.

En soupirant, j'entre d'un pas lourd dans la salle de bain pour prendre une douche chaude. Ça me fait mal de l'admettre, mais Kendall a raison.

Sans m'en rendre compte, je suis devenue une authentique femme à chats.

Sous la douche, j'essaie de me convaincre que ce n'est pas grave. D'accord, mes habits sont vieux et un peu miteux, et je ne fais rien d'autre à mes cheveux que les laver et y mettre un peu de gel de temps en temps. Oui, j'ai trois chats. Et alors ? Beaucoup de gens adorent les animaux. C'est un trait de caractère positif. Je n'ai jamais fait confiance à ceux qui n'aiment pas les animaux de compagnie. Ce n'est pas naturel, comme détester le chocolat et la crème glacée. Je peux concevoir que l'on ait des préférences dans ce domaine – malheureusement, certains se fourvoient en préférant les chiens aux chats, par exemple –, mais ne pas aimer les animaux du tout ? C'est le signe d'un tueur en série.

Malgré tout, quelque chose me chiffonne dans cette appellation, femme à chats. C'est peut-être parce que je n'ai que vingt-six ans. Comme l'a dit Kendall, je suis censée vivre mes plus belles années. Si je me laisse aller aujourd'hui, qu'est-ce que ce sera quand j'aurai cinquante ou soixante ans ? Mes périodes de vide sentimental s'éterniseront et il s'écoulera bientôt une décennie entre deux rencards, au lieu d'un an et quelques. Alors, j'errerai dans les rues en parlant toute seule, tout en tricotant des bonnets en poils de chat.

Non, c'est ridicule. Et puis, je n'ai pas besoin d'un

homme. Vraiment pas. Bon, d'accord, peut-être au lit – je suis une femme normale en bonne santé –, mais je ne veux pas que quelqu'un me dicte ma vie et s'accapare tout mon temps libre. C'est ce qui est arrivé à Janie, mon autre meilleure copine de l'université. Elle est en couple maintenant et je ne la vois plus. Même Kendall, qui se targue d'être indépendante, disparaît pendant des semaines d'affilée quand elle sort avec quelqu'un. Mon dernier petit ami sérieux remonte à la fin de mes années fac et j'ai failli échouer dans une matière parce qu'il exigeait toute mon attention – et encore, c'était avant que je prenne des chats. Maintenant que Reine Élisabeth, M'sieur Dodu et Coton ont débarqué dans ma vie, j'imagine mal y trouver de la place pour un homme.

Pourtant, quand je sors de la douche et prends mon téléphone, un petit diable sur mon épaule – une diablesse élégante qui ressemble étrangement à Kendall – me pousse à allumer l'appli de rencontres à laquelle Janie m'a forcée de m'inscrire quelques mois plus tôt. C'est comme ça qu'elle a rencontré son petit ami, celui pour qui elle me délaisse maintenant. Avant qu'elle ne disparaisse avec lui, elle m'a persuadée de me créer un profil. J'y ai traîné pendant quelques jours avec le vague espoir de trouver un type sympa et cool, qui aime les chats et les promenades au parc, mais après une dizaine de photos de bites, j'ai laissé tomber et j'ai cessé de m'y connecter.

— Tu n'as pas vraiment essayé, m'a reproché Janie, frustrée, quand j'ai évoqué ces photos indésirables.

Bien sûr, il y a des abrutis comme partout, mais il y a aussi des garçons formidables, comme mon Landon.

— C'est vrai, ai-je répondu en hochant poliment la tête.

Kendall et moi sommes du même avis sur Landon, qui fait l'objet de nos moqueries perpétuelles et de nos médisances coupables : c'est un vrai con, et pourtant je ne le dirai jamais à Janie. Cela dit, avec du recul, je pense que j'aurais mieux fait de lui en parler, car peu de temps après qu'elle m'a convaincue de créer ce profil en ligne, elle a disparu des radars, absorbée dans cette relation, et Kendall et moi ne l'avons jamais revue.

Je pose le téléphone sur le lit et je me prépare un dossier avec mes oreillers – pour cela, je dois expulser Coton et M'sieur Dodu d'un coussin et déplacer Reine Élisabeth. Coton et Reine Élisabeth se laissent faire avec désinvolture – la chatte décide même de quitter le lit –, mais M'sieur Dodu me foudroie du regard et agite sa queue d'un air menaçant avant de se blottir à côté de mes pieds. Je sais qu'il me gardera rancune pour cet affront, mais au moins, je suis confortablement installée pour découvrir toutes les photos de bites qui doivent m'attendre dans la messagerie de l'appli.

Je me laisse tomber sur les oreillers et je me connecte à mon profil, consultant les premiers messages. Évidemment, il y en a trois cents au moins, dont une bonne centaine avec des fichiers joints très explicites. Pour rire un coup, j'en parcours quelques-uns – certains sexes sont de taille et de forme très respectables –, mais je finis par me lasser et je les efface systématiquement. Je me demande pourquoi les hommes s'imaginent que les photos de ce genre sont excitantes, parce que c'est clairement le contraire. Je n'ai rien contre les pénis, mais ils ne me font aucun effet s'ils ne sont pas rattachés à un homme qui me plaît. Avec un bonus si l'homme en question a des tablettes de chocolat et de beaux pectoraux, mais ce qui compte le plus à mes yeux, c'est la personnalité.

J'aimerais mieux sortir avec un chauve de cent trente kilos qui soit gentil envers les animaux et les vieilles dames plutôt qu'avec un connard doté d'un physique de mannequin et d'une queue surdimensionnée.

Il me faut près d'une heure pour passer en revue la plupart des messages. Je suis dans la dernière ligne droite – convaincue, dur comme fer, que je n'utiliserai plus jamais d'appli de ce genre – quand je le vois.

Un simple message sans pièce jointe, avec comme avatar le dessin de type cartoon d'un homme au visage rond et au sourire timide.

Intriguée, je clique sur le message, envoyé il y a seulement trois jours.

Salut, Emma, je lis. *On doit souvent te le dire, mais je te trouve très charmante et j'aime les chats sur ta photo. J'ai deux persans. Ils sont trop gros et pourris gâtés, mais je les adore et je suis sûr qu'ils m'aiment aussi, même s'ils prennent un malin plaisir à griffer tous mes meubles. À part passer du temps avec eux, j'aime bien découvrir les cafés originaux de Brooklyn, lire (la fiction historique, essentiellement) et faire du roller au parc. Oh, et je travaille dans une librairie en parallèle de mes études de vétérinaire. Ça te dirait de me rencontrer pour un café ou un dîner un de ces jours ? Je connais un endroit sympa à Park Slope. Si ça t'intéresse, tiens-moi au courant.*

Merci,

Mark

Mon cœur s'emballe et je relis le message avant de consulter son profil. Il y a deux photos de Mark. Sur chacune, je découvre un type qui correspond parfaitement à mon genre d'homme. Elles sont un peu floues, mais elles ressemblent au dessin de son avatar. Son visage rond est plutôt avenant, son sourire de biais est à la fois réservé et un brin ironique, et sur une photo, il porte des lunettes qui lui donnent un côté intello pas désagréable. D'après sa description, il a vingt-sept ans, ses cheveux sont bruns et ses yeux bleus, et il habite à Carroll Gardens, à Brooklyn.

Il est tellement parfait qu'il semble tout droit sorti de ma liste de vœux la plus secrète.

En souriant, je lui réponds que j'adorerais le rencontrer, puis je descends du lit pour exécuter une petite danse de la joie. Mes boucles rousses hirsutes rebondissent devant mon visage et mes chats me regardent comme si j'étais devenue folle, mais ça m'est égal.

Kendall et ses clichés sur les femmes à chats peuvent aller se faire voir.

J'ai un rencard.

arcus

— Oui, c'est exact, dis-je avec humeur. Je veux qu'elle soit impeccable et irréprochable en toutes circonstances. Elle doit avoir le sens du style, c'est primordial. Une brune serait mieux, mais j'accepte aussi une blonde, tant que sa coiffure est classique. Elle ne doit pas avoir l'air de sortir d'un numéro de *Playboy*, c'est compris ?

— Oui, bien sûr, Monsieur Carelli.

La brune sophistiquée devant moi croise ses longues jambes et m'adresse un sourire poli. Victoria Longwood-Thierry, entremetteuse pour l'élite de Wall Street, est exactement l'image que je me fais de ma future femme, si ce n'est qu'elle a une cinquantaine d'années et qu'elle est mariée, avec trois enfants.

— Ses loisirs et centres d'intérêt ? demande-t-elle d'une voix soigneusement modulée. Que doit-elle apprécier dans la vie ?

— Quelque chose d'intellectuel. Je veux pouvoir lui parler en dehors de la chambre à coucher.

— Bien sûr.

Victoria prend des notes sur son carnet.

— Et sa profession ?

— Aucune importance. Elle peut être avocate, docteur ou consacrer tout son temps libre à lever des fonds pour les orphelins d'Haïti – pour moi, ça revient au même. Une fois que nous serons mariés, elle pourra rester chez nous avec les enfants ou bien poursuivre sa carrière. Les deux options me conviennent.

— C'est très progressiste de votre part.

Victoria demeure impassible et j'ai le sentiment qu'elle se moque un peu de moi.

— Quelle est votre opinion sur les animaux de compagnie ? Préférez-vous les chats ou les chiens ?

— Ni l'un ni l'autre. Je n'aime pas avoir des animaux à l'intérieur.

Victoria inscrit quelque chose avant de demander :

— Sa taille ? Avez-vous des préférences ?

— Grande, dis-je du tac au tac. En tout cas, plus que la moyenne.

Je mesure un mètre quatre-vingt-dix et les femmes de petite taille me donnent l'impression d'être des enfants.

— Bon, très bien, répond Victoria en prenant des notes. Sa morphologie ? Athlétique ou fine, je suppose ?

Je hoche sèchement la tête.

— Oui. J'aime le sport et je veux qu'elle soit en forme physiquement pour pouvoir suivre mon rythme.

Les sourcils froncés, je consulte ma montre Patek Philippe et constate qu'il ne me reste qu'une demi-heure avant l'ouverture du marché. Reportant mon attention sur Victoria, je résume :

— En un mot, je veux une femme intelligente, élégante et raffinée qui sache prendre soin d'elle.

— C'est noté. Vous ne serez pas déçu, je vous le garantis.

Je suis sceptique, mais je n'en laisse rien paraître lorsqu'elle se lève et me raccompagne poliment à la porte de son bureau. Elle me promet de prendre contact avec moi dans quelques jours, me serre la main et retourne à l'intérieur, laissant derrière elle des effluves de parfum haut de gamme. C'est discret – Victoria Longwood-Thierry n'opterait jamais pour un parfum vulgaire –, mais j'éternue en me dirigeant vers l'ascenseur.

Il faudra que j'ajoute ce détail à la liste : la candidate au mariage ne doit pas se parfumer, point à la ligne.

Lorsque j'arrive à mon immeuble de Park Avenue après avoir quitté le bureau de Victoria à West Village, mes programmeurs et mes traders sont rivés à leurs écrans. Seuls quelques-uns me remarquent alors que je rejoins mon bureau d'angle. En temps normal, je m'arrête à leurs bureaux pour les interroger sur leurs week-ends et faire le point sur nos affaires, mais le marché vient d'ouvrir et je ne veux pas les déconcentrer.

Avec les quatre-vingt-douze milliards de dollars que m'ont confiés les investisseurs, nous n'avons pas le droit à l'erreur.

Mon bureau est immense et offre une vue imprenable sur les gratte-ciel de Park Avenue, mais je ne prends pas le temps de l'admirer. Autrefois, ce bureau représentait l'apogée du succès pour un gosse miséreux de Staten Island comme moi, mais maintenant, j'ai envie de plus. La réussite est ma drogue personnelle, et chaque fois, il me faut une dose plus forte encore pour retrouver le frisson. Il ne s'agit plus d'argent – en plus de mes intérêts directs, j'ai quelques milliards dans l'immobilier et autres investissements passifs. J'aime savoir que j'en suis capable, que je peux réussir là où d'autres ont échoué. Le marché est capricieux, ces derniers temps, et l'on enregistre des pertes records autant pour les fonds spéculatifs que pour les fonds communs de placement, et pourtant Carelli Capital Management caracole en tête, supérieur au marché à plus de quarante pour cent. Les fondations, les fonds de pension, les grandes fortunes, tous se bousculent pour investir avec moi. Malgré cela, j'en veux encore.

Je veux tout, y compris une femme assortie à la vie que j'ai travaillé si dur pour me construire.

En surface, ce devrait être facile. À trente-cinq ans, j'ai suffisamment d'argent pour arroser en sacs Louis Vuitton et en chaussures Louboutin toute la population féminine de Manhattan, je suis plutôt bel homme et je fais du sport tous les jours afin de rester en forme. C'est davantage pour des questions de santé que de vanité, mais il s'avère que les résultats plaisent aux femmes. Je peux séduire n'importe quelle femme dans un bar en quelques minutes seulement, mais aucune ne m'intéresse.

Ce que je veux, c'est la grande classe. C'est l'élégance.

Je veux une femme à l'exact opposé de celle qui m'a élevé – d'où Victoria Longwood-Thierry et ses liens avec les familles de renom.

C'est mon ami Ashton qui m'a suggéré ses services.

— Tu ne trouveras pas dans un bar le genre de femme que tu cherches, tu le sais ! a-t-il dit quand, après quelques bières, je me suis laissé aller à dresser la liste de ce que j'attendais chez une femme. Il s'agit de l'aristocratie américaine, les premiers pionniers et tout le tralala. Si tu vises sérieusement la marchandise de haut niveau, tu dois parler à l'amie de ma tante. C'est une entremetteuse professionnelle qui travaille avec les hommes politiques et les barons de Wall Street comme toi. Elle trouvera la pépite que tu cherches.

J'ai éclaté de rire avant de changer de sujet, mais l'idée a continué à germer. Plus je me renseignais sur l'amie de la tante d'Ashton, plus elle m'intriguait. Il se trouve que Victoria a marié au moins deux gestionnaires de fonds de placement que je connais – l'un avec une gymnaste olympique et l'autre avec une biologiste diplômée de Princeton, qui jouait aussi les top-modèles dans sa prime jeunesse. Après plus amples investigations, j'ai appris que les deux mariages étaient toujours solides et soudés. C'est ce qui m'a convaincu de donner sa chance à l'entremetteuse.

J'ai bien l'intention de réussir ma vie personnelle tout autant que ma vie professionnelle, et à ce titre, il est essentiel pour moi de trouver l'épouse parfaite.

Assis derrière mon bureau étincelant en bois d'ébène, j'allume mon terminal Bloomberg et me penche sur un tas de comptes-rendus de recherche. Maintenant que Victoria s'en charge, je chasse de mon esprit la question du mariage pour me concentrer sur ce qui compte vraiment : mon travail et l'enrichissement de mes clients.

Il est déjà vingt heures lorsque mon téléphone vibre, annonçant la réception d'un message. En me frottant les yeux, je me détourne de l'écran d'ordinateur et constate qu'il s'agit de Victoria.

J'ai la candidate parfaite pour vous, annonce le texto. *Elle peut vous retrouver au café Sweet Rush de Park Slope demain à dix-huit heures. Si cela vous convient, je vous envoie plus de détails. Emmeline habite à Boston et elle n'est en ville que pour quelques jours.*

Je me renfrogne. Dix-huit heures ? Je quitte rarement le bureau aussi tôt un mardi. Et Boston ? Comment suis-je censé apprendre à connaître cette fameuse Emmeline si elle ne vit pas à New York ?

Je commence à écrire une réponse pour indiquer à Victoria que ce ne sera pas possible, mais je me ravise au dernier moment. C'est exactement ce que je voulais : que Victoria me présente une femme que je n'aurais jamais rencontrée de moi-même. Étant donné le curriculum de l'entremetteuse, je peux bien sacrifier une soirée pour voir si cela vaut la peine de continuer.

Sans me laisser le temps de changer d'avis, j'envoie un bref texto à Victoria pour accepter le rendez-vous avant de revenir à mon écran d'ordinateur.

Si je quitte le bureau en avance demain, il me faut travailler quelques heures supplémentaires ce soir.

3

Emma

JE SUIS SUREXCITÉE EN PRENANT LE CHEMIN DU CAFÉ Sweet Rush, où je dois retrouver Mark pour un café. Ça faisait longtemps que je n'avais rien fait d'aussi fou. Entre la nocturne de la librairie et son emploi du temps d'étudiant, nous n'avons pas pu échanger plus de quelques textos. Je ne dispose donc que de ses deux photos floues. Pourtant, j'ai un bon pressentiment.

Je sens que Mark et moi allons très bien nous entendre.

J'ai quelques minutes d'avance et je m'arrête à la porte pour prendre le temps d'enlever les poils de chat qui s'attardent sur mon manteau en laine. Il est beige, toujours mieux que noir, mais les poils blancs ressortent dès que le vêtement n'est pas parfaitement blanc. Je suppose que Mark ne s'en offusquerait pas – il sait comme les persans perdent leurs poils –, mais j'aime mieux être présentable à notre premier rencard. Il m'a fallu une heure pour réussir à dompter mes boucles et je suis même un peu maquillée, ce qui arrive aussi fréquemment qu'un tsunami dans un lac.

Je prends une grande inspiration et j'entre dans le café, jetant un regard circulaire pour voir si Mark est déjà là.

La salle est petite et chaleureuse. Des compartiments avec banquettes sont disposés en demi-cercle autour d'un bar. L'arôme des grains de café torréfiés et des pâtisseries me met l'eau à la bouche et mon estomac se met à gronder. J'avais l'intention de me contenter d'un café, mais j'opte aussi pour un croissant. Mon budget n'en souffrira pas.

Seules quelques tables sont occupées, sans doute parce que nous sommes mardi. Je les passe en revue à la recherche d'un homme correspondant à la description de Mark et j'aperçois quelqu'un, assis tout seul dans le dernier compartiment. Il me tourne le dos et je ne distingue que l'arrière de sa tête, mais il a les cheveux courts et foncés.

C'est peut-être lui.

Je prends mon courage à deux mains et je m'approche de la banquette.

— Excuse-moi, lui dis-je. Mark ?

Il se tourne alors vers moi. Aussitôt, mon rythme cardiaque s'envole dans la stratosphère.

L'homme en face de moi n'a rien de commun avec

les photos de l'appli. Il a les cheveux bruns et les yeux bleus, mais la ressemblance s'arrête là. Ses traits taillés à la serpe n'ont rien de rond ni de timide. De son menton d'acier jusqu'à son nez aquilin, son visage est d'une virilité affirmée, marqué d'une assurance qui frôle l'arrogance. L'ombre d'une barbe de fin de journée obscurcit ses joues creuses, soulignant ses pommettes saillantes, et ses sourcils forment deux traits sombres et épais au-dessus de ses yeux clairs et perçants. Bien qu'il soit assis, je devine qu'il est grand et bien bâti. Ses épaules paraissent immenses dans son costume sur mesure, et ses mains font deux fois les miennes.

Cela ne peut pas être le même Mark que celui de l'appli, à moins qu'il ait passé son temps à la salle de sport depuis ses dernières photos. Est-ce possible ? Une personne peut-elle changer à ce point ? Il n'a pas indiqué sa taille sur son profil, mais j'en avais déduit qu'il complexait à ce sujet, un peu comme moi.

L'homme que je regarde en cet instant n'a absolument aucun complexe à avoir. Pas plus qu'il ne porte de lunettes.

— Je... je suis Emma, dis-je en bafouillant sous son regard intense.

Son expression est froide, indéchiffrable. Je presque certaine de m'être trompée, mais je demande quand même :

— Tu ne serais pas Mark, par hasard ?

— Je préfère Marcus.

Sa voix me surprend. C'est un grondement grave et

viril qui réveille en moi un instinct féminin primaire. Mon cœur redouble d'ardeur et mes paumes deviennent moites lorsqu'il se lève en déclarant sans préambule :

— Tu ne corresponds pas à mes attentes.

— Moi ?

C'est quoi, cette histoire ? La colère balaie toutes les autres émotions. Je reste bouche bée, plantée devant ce colosse. Il est si grand que je dois me dévisser le cou pour le regarder.

— Et toi, alors ? Tu ne ressembles pas du tout à ta photo !

— Dans ce cas, nous avons tous les deux été induits en erreur, dit-il, la mâchoire contractée.

Avant que je puisse répondre, il désigne la banquette.

— Autant t'asseoir et manger avec moi, Emmeline. Je n'ai pas fait tout ce chemin pour rien.

— C'est *Emma*, précisé-je, encore furieuse. Non, merci. Je m'en vais.

Ses narines frémissent et il se décale sur la droite pour me barrer le passage.

— Assieds-toi, *Emma*.

Dans sa bouche, mon prénom ressemble à une injure.

— Je dirai deux mots à Victoria, mais pour le moment, je ne vois pas pourquoi nous ne pourrions pas partager un repas comme deux adultes civilisés.

J'ai les oreilles brûlantes de colère, mais je préfère prendre place sur la banquette plutôt que de faire un scandale. Ma grand-mère m'a inculqué la politesse dès mon plus jeune âge, et même maintenant que je suis adulte et que je vis seule, j'ai toujours du mal à outrepasser ses enseignements.

Elle ne serait pas contente si je décochais un coup de genou entre les jambes de ce rustre et l'envoyais se faire voir.

— Merci, dit-il en s'asseyant en face de moi.

De ses yeux d'un bleu de glace, il étudie la carte.

— Ce n'était pas si difficile, n'est-ce pas ?

— Je ne sais pas, *Marcus*, dis-je en accentuant son prénom bon chic bon genre. Je ne suis avec toi que depuis deux minutes et j'ai déjà des envies de meurtre.

Je l'ai insulté comme une grande dame, avec un sourire que ma grand-mère aurait approuvé. Je laisse tomber mon sac à main à côté de moi sur le siège et je prends le menu sans même retirer mon manteau.

Plus vite nous mangerons, plus vite je décamperai.

Soudain, un ricanement grave me fait lever les yeux. À mon grand étonnement, cet abruti sourit, révélant deux rangées de dents blanches sur son visage au teint hâlé. Je remarque non sans une certaine jalousie qu'il n'a pas la moindre tache de rousseur. Sa peau est parfaitement harmonieuse. Pas même un seul grain de beauté sur la joue. Il n'est pas d'une beauté classique – ses traits ont trop de caractère –, mais il est franchement agréable à l'œil, dans le genre puissant et purement masculin.

À mon désarroi le plus total, une bouffée de chaleur

monte dans mon bas-ventre et mes muscles internes se contractent.

Non. Impossible. Ce connard ne peut *pas* m'exciter. Je supporte à peine de rester assise en face de lui.

En grinçant des dents, je baisse les yeux sur mon menu et constate avec soulagement que les prix sont raisonnables. J'insiste toujours pour payer ma part lors d'un rencard, et maintenant que j'ai rencontré Mark – pardon, *Marcus* –, il me semble bien du genre à m'emmener dans un endroit chic où un simple verre d'eau coûte plus cher qu'un shooter de Patrón. Comment ai-je pu me tromper à ce point sur son compte ? À l'évidence, il a menti en prétendant être étudiant et travailler dans une librairie. Dans quel but, je l'ignore, mais tout chez l'homme assis en face de moi exprime la richesse et le pouvoir. Son costume à fines rayures épouse son corps large d'épaules comme s'il avait été conçu spécialement pour lui, sa chemise bleue est fraîchement amidonnée et je suis presque sûre que sa cravate à carreaux subtils vient d'une maison de haute couture qui ferait passer Chanel pour une vulgaire marque de supermarché.

Alors que tous ces détails s'impriment dans mon esprit, un nouveau soupçon me frappe. Serait-ce une plaisanterie à mes dépens ? Kendall, peut-être ? Ou Janie ? Toutes les deux connaissent mes goûts en matière d'hommes. L'une d'elles a peut-être décidé de m'attirer dans un guet-apens, même si je ne comprends toujours pas pourquoi elles me brancheraient avec *lui* ni pourquoi il aurait accepté... Le mystère reste entier.

Les sourcils froncés, je lève les yeux de la carte pour le dévisager. Il a perdu son sourire, concentré sur le menu, le front plissé. Il a l'air plus âgé que les vingt-sept ans indiqués sur son profil.

Cette partie aussi devait être un mensonge.

Je me sens encore plus furieuse.

— Alors, *Marcus*, pourquoi m'as-tu écrit ?

Je pose le menu sur la table et le regarde froidement.

— As-tu seulement des chats ?

Il lève la tête et son front se plisse encore davantage.

— Des chats ? Non, bien sûr que non.

La dérision dans sa voix me donne envie d'envoyer balader les recommandations de ma grand-mère et de gifler son visage sévère et fermé.

— C'est une blague ou quoi ? Qui t'a donné cette idée ?

— Pardon ?

Il hausse ses sourcils épais avec arrogance.

— Oh, arrête de feindre l'innocence. Tu as menti dans ton message et tu as le culot de me dire que *je* ne suis pas conforme à tes attentes ?

Je sens presque la vapeur sortir de mes oreilles.

— C'est *toi* qui m'as contactée et mon profil est absolument transparent. Quel âge as-tu ? Trente-deux ? Trente-trois ?

— J'ai trente-cinq ans, dit-il lentement en retrouvant son expression revêche. Emma, de quoi parles-tu... ?

— Ça suffit.

J'attrape une lanière de mon sac à main et me glisse au bout de la banquette pour me lever d'un bond. Grand-mère ou pas, je refuse de manger avec un enfoiré qui vient d'admettre qu'il m'a menti. J'ignore pourquoi un homme comme lui chercherait à jouer avec moi, mais je ne serai pas le dindon de la farce.

— Bon appétit, dis-je d'un ton sarcastique en tournant les talons.

Je sors avant même qu'il puisse tenter de me barrer le passage.

Toute à ma hâte de m'enfuir, je manque de renverser une grande brune élancée devant le café et le petit gars enrobé qui arrive derrière elle.

arcus

AGRIPPANT LE BORD DE LA TABLE, JE REGARDE LA PETITE rousse sortir en trombe du restaurant, d'une démarche qui fait onduler ses fesses rondes. Malgré son manteau en laine informe, son petit corps voluptueux est particulièrement féminin... et bizarrement sexy. Je n'ai jamais spécialement aimé les femmes pulpeuses, mais dès l'instant où Emma s'est approchée, mes hormones se sont emballées et mon sexe est devenu aussi dur que la pierre.

Si je n'étais pas en costume, j'aurais passé un moment très gênant.

Il s'avère que toutes mes compétences sociales m'ont fait défaut dès que j'ai posé les yeux sur elle. Avec sa chevelure rousse indomptable et son look de l'Armée du Salut, Emma correspondait si peu à l'image que je me faisais d'elle – si attirante, malgré cela – que je lui ai avoué tout net que je ne m'attendais pas à ce genre de femme. À peine ai-je prononcé ces mots que je les ai regrettés, mais il était trop tard. Elle a plissé ses yeux gris clair, a pincé sa bouche en bouton de rose, et ses cheveux flamboyants ont semblé se hérisser sur sa tête, chaque boucle frémissant d'indignation. Ensuite, elle a rétorqué que moi non plus, je ne ressemblais pas à mes photos, et à partir de là, tout a dégénéré. Je ne me rappelle pas à quand remonte la dernière fois où j'ai montré aussi peu de respect à une femme, mais en présence d'Emma, on aurait dit que je m'étais changé en homme des cavernes.

Je lui ai ordonné de se joindre à moi, allant jusqu'à utiliser ma taille impressionnante pour l'intimider et la forcer à obéir.

Pourquoi Victoria me l'a-t-elle envoyée – si tant est qu'elle soit responsable, évidemment ? Maintenant que tout mon sang n'afflue plus entre mes jambes, le comportement de la rouquine me paraît extrêmement suspect. Ses accusations et ses divagations au sujet des chats n'ont absolument aucun sens... à moins que tout cela soit un malentendu.

Merde.

Je quitte mon siège pour suivre la jeune femme, mais avant que je puisse faire deux pas, une grande brune élégante s'avance en travers de mon chemin.

— Bonsoir, Marcus, dit-elle avec un joli sourire gracieux. Je suis Emmeline Sommers. Désolée d'être en retard.

Avant même qu'elle se présente, je comprends qui elle est – et à quel point je me suis planté.

C'est la femme dont me parlait Victoria, celle dont je n'ai pas eu le temps de télécharger la fiche avant d'être convoqué en réunion d'urgence avec l'un de mes gestionnaires de portefeuille. Victoria m'a envoyé les photos et la biographie d'Emmeline cet après-midi, et entre la réunion et ma course dans le métro pour éviter l'heure de pointe, j'ai débarqué au café sans préparation – ce qui ne m'arrive jamais, en temps normal. Je me suis dit que ce ne serait pas grave, qu'il me suffirait d'avouer à Emmeline que je n'ai pas eu le temps de consulter son dossier et que nous pourrions apprendre à mieux nous connaître, mais je ne comptais pas sur la présence d'une jeune femme au nom similaire qui, par une curieuse coïncidence, était également venue au café pour rencontrer un homme qu'elle n'avait jamais vu et qui répondait au même prénom que moi. Bon sang, quelles étaient les probabilités ?

En découvrant la belle brune, je n'en reviens pas d'avoir confondu Emma avec elle. Difficile de trouver plus différentes que ces deux femmes. Emmeline est un mélange entre la princesse Diana, Jackie Kennedy et Gisele pour un résultat éblouissant. Je l'imagine aisément briller à tous les événements sociaux et politiques qui occupent une grande part de ma vie actuelle. Elle doit savoir quelle fourchette utiliser et comment faire la conversation avec les sénateurs comme avec les serveurs, tandis qu'Emma… eh bien, je l'imagine plutôt en train de rebondir sur ma queue et c'est à peu près tout.

Chassant ces images pornographiques de ma tête, je souris à la grande brune.

— Aucun problème, dis-je en lui tendant la main. Je suis arrivé il y a quelques minutes à peine. C'est un plaisir de te rencontrer.

Les doigts d'Emmeline sont longs et fins, sa peau fraîche et sèche au toucher.

— Tout le plaisir est pour moi, répond-elle en me serrant la main, à la fois douce et énergique, avant de baisser gracieusement le bras. Merci d'être venu jusqu'ici pour me rencontrer. Ma sœur est étudiante au Conservatoire de Brooklyn, alors je suis venue la voir. Je reprends l'avion demain matin.

— Bien sûr. Merci d'avoir pris le temps de me rencontrer, dis-je alors que nous nous asseyons à table.

Nous employons les minutes suivantes à discuter, apprenant à nous connaître. Je ne dis pas un mot au sujet de la confusion avec Emma. Je ne veux pas qu'Emmeline me prenne pour un parfait idiot. Toutefois, je lui avoue que je n'ai pas eu l'occasion de lire le dossier envoyé par Victoria. Comme je l'espérais, Emmeline refuse mes excuses, décrétant que c'est aussi bien de pouvoir discuter sans idées préconçues au sujet l'un de l'autre. Il est évident qu'elle a étudié mon dossier, en revanche. Elle sait absolument tout à mon sujet, depuis mon master de Wharton jusqu'à mon poste à la tête de l'un des fonds spéculatifs les plus en vue de New York.

Une fois que nous avons passé commande, j'apprends qu'Emmeline a trente et un ans et qu'elle est diplômée en droit de l'Université de Harvard. Elle a consacré ces trois dernières années à diriger un organisme à but non lucratif offrant des services juridiques aux femmes et aux enfants victimes de maltraitance. Elle est passionnée par son travail et passe plus de quatre-vingts heures par semaine à la fondation. Pour elle, il ne s'agit pas d'un loisir, même si sa famille est assez riche pour lui permettre de choisir la carrière qu'elle souhaite – ou de ne rien faire du tout.

— Mon arrière-arrière-grand-père a fait fortune dans l'industrie du rail, il y a longtemps, m'explique-t-elle en souriant. Et ma famille a réussi à la faire fructifier pendant un siècle et demi. Alors oui, je suis un bébé des fonds fiduciaires, si on peut dire.

Il y a un certain second degré dans son sourire, un charme qui adoucit les traits aristocratiques de son visage, et je commence sincèrement à l'apprécier.

Emmeline est la femme idéale, celle que j'espérais rencontrer depuis que j'ai décidé de réussir un nouveau défi dans ma vie de succès : décrocher l'ultime femme trophée.

Le serveur nous apporte nos plats et nous discutons de tout et de rien, de l'actualité mondiale et des caprices du marché. Il se trouve que les opinions d'Emmeline sont assez proches des miennes. Elle est cultivée et réfléchie, on sent sa formation de juriste dans son approche méthodique de chaque sujet. J'aime l'écouter parler et elle semble intéressée par ce que j'ai à dire.

Et puis, son physique ne gâche rien. C'est une pure beauté de la haute bourgeoisie. Sa robe pull à manches longues est élégante sans être trop osée, ses accessoires haut de gamme, mais discrets. Sa chevelure noire et lisse offre un dégradé qui met en valeur son visage à l'ovale parfait.

C'est une femme somptueuse, et pourtant, alors que je regarde sa manière raffinée de tenir sa fourchette, je prends soudain conscience qu'elle ne m'attire pas. J'aime son apparence, de même que j'apprécierais une œuvre d'art ou une belle sculpture – un plaisir purement intellectuel, à l'opposé de ma réaction viscérale en présence de la rouquine.

Non. Arrête. Avant que mon esprit s'aventure sur ce chemin, je m'efforce d'oublier Emma. Emmeline est la femme que j'ai toujours désirée et je ne peux pas tout gâcher pour suivre les impulsions de mon sexe indiscipliné.

Pendant un moment, je parviens à me concentrer exclusivement sur Emmeline. Sa conversation est intéressante, et tout en mangeant nous échangeons des anecdotes amusantes sur nos études et nos métiers. Je lui parle du trader, dans ma société, qui porte des baskets orange comme porte-bonheur, et elle me raconte les penchants de sa sœur pour les hipsters aux cheveux longs. Pendant le repas, je dois m'excuser pour répondre à un appel professionnel important et elle l'accepte sans sourciller. Pas plus qu'elle ne semble vexée que j'envoie quelques emails urgents en revenant à la table. À l'évidence, elle comprend les exigences d'un métier à haute pression comme le mien. Pourtant, je lui présente mes excuses, et elle répond en riant que son père, un avocat d'affaires avec pignon sur rue, ne réussissait jamais à passer un seul dîner de famille sans être interrompu par une urgence professionnelle. Nous bavardons à ce sujet pendant un moment – les membres de sa famille mènent tous des carrières aussi brillantes que la sienne – avant de revenir sur des questions plus sérieuses, comme le climat politique et ses conséquences sur l'économie mondiale. Nous parlons à bâtons rompus du nouveau maire de la ville, qu'Emmeline connaît personnellement, lorsqu'elle jette un œil sur sa banquette et s'exclame :

— Oh, regarde. Quelqu'un a oublié un téléphone.

Mon pouls s'emballe avec une excitation à peine contenue.

— Un téléphone ?

Emmeline hoche la tête, me montrant un smartphone à la coque rose abîmée.

— Je l'ai trouvé au coin du siège. Attends, je vais le donner au serveur...

Elle glisse sur la banquette, mais avant qu'elle puisse

se lever, je tends la main et je lui prends l'appareil des mains.

— Pas besoin.

Je m'efforce de parler sur un ton aussi neutre que possible tout en rangeant le téléphone dans ma poche.

— Je sais à qui il appartient. Il y avait une femme assise ici avant nous, il a dû tomber de son sac. Je m'assurerai qu'elle le récupère.

— Vraiment ?

Un pli soucieux barre le front lisse d'Emmeline. Elle est troublée par mon comportement, et à vrai dire, moi aussi.

— Je demanderai à mon assistante de s'en charger, dis-je en continuant dans le mensonge. Elle est douée pour ce genre de choses.

Ce n'est pas entièrement faux – Lynette est une femme pleine de ressources –, mais il est hors de question que je fasse appel à elle.

J'ai envie de lui rendre ce téléphone en mains propres. Non, je *dois* le faire. C'est un besoin qui frôle la pulsion. Je dois revoir cette jolie rousse, ne serait-ce que pour confirmer que mon attirance insensée n'était qu'un coup de sang et qu'elle n'est pas aussi séduisante que ma queue semble le croire.

— D'accord, si tu le dis...

Emmeline me regarde toujours comme si j'avais perdu la tête et je lui adresse mon sourire le plus chaleureux, ramenant la conversation sur le sujet du maire. Mon cœur bat la chamade quand je songe à retrouver Emma, mais je ne compte pas gâcher mon entrevue avec Emmeline.

Une fois que je lui aurai rendu le téléphone, Emma sortira de ma tête et je pourrai me concentrer sur ce que je désire vraiment : l'épouse qui fera de ma vie privée un succès tout aussi florissant que ma carrière et mon compte en banque de milliardaire.

mma

CONNARD. ENFOIRÉ. SALE MENTEUR. FOLLE DE RAGE, JE marche d'un pas lourd sur le trottoir, à peine consciente des passants qui s'écartent sur mon chemin. Ça fait une éternité que je n'ai pas été aussi furieuse. Mon sang bouillonne dans mes veines.

Comment ose-t-il m'écrire avec un faux profil, puis réagir comme si c'était *moi* qui le décevais ? D'accord, j'ai peut-être choisi mes photos les plus flatteuses pour l'appli de rencontres, mais quelle femme ne le fait pas ? Ce n'est pas comme si j'avais utilisé les photos de quelqu'un d'autre ni même des photos anciennes. Les deux que j'ai chargées ont été prises il y a moins d'un an, quand je pesais même quelques kilos de plus que maintenant. Alors, au contraire, je suis encore mieux que sur mon profil – ou du moins, plus mince. Quoi qu'il en soit, je ne vois pas comment il pourrait être déçu par mon physique – j'avais même précisé ma taille et mon poids. Et cette histoire de chats ? À quoi jouait-il ? Pourquoi faire semblant d'aimer les animaux pour réagir ensuite comme si j'avais la peste ?

De manière générale, pourquoi un homme comme lui – beau et abonné à la réussite, apparemment – chercherait-il à rencontrer une fille au hasard d'une application ?

Je suis tellement en colère que je descends dans le métro et monte dans une rame en pilote automatique. Ce n'est qu'à quelques stations de chez moi que mon humeur se radoucit un tant soit peu, me permettant de réfléchir à tête reposée à ce qui s'est passé.

Je prends une inspiration pour me calmer et je reviens sur les événements. Point numéro un : l'homme au café a insisté pour que je l'appelle Marcus au lieu de Mark, alors qu'il m'avait écrit sous ce prénom-ci. Point numéro deux : il avait trente-cinq ans, pas de chats, et il ne ressemblait pas du tout aux photos floues de son profil. En assemblant ces pensées désarticulées pour les analyser sans que la présence de cet abruti m'embrouille le cerveau, je commence à entrevoir une éventualité gênante.

Me serais-je trompée d'homme ?

Il m'a appelée Emmeline. Est-ce possible ? Il avait peut-être rendez-vous avec une femme de ce prénom-là, et il m'aura confondue avec elle. Les chances que Mark/Marcus et Emma/Emmeline aient un rencard à l'aveugle au même endroit sont minces, à tout le moins, mais on a déjà vu plus incroyable. Quand ma grand-mère a rencontré mon grand-père, il l'a prise pour l'une de ses cousines et a décidé de lui faire une farce en la poussant dans un étang – où l'alligator qu'un voisin gardait sans autorisation s'est empressé de lui croquer le pied. Mamie a encore des cicatrices de ce moment-là et papi prend une mine contrite chaque fois qu'elle raconte cette histoire – ce qui arrive très souvent.

Alors, oui, il se produit parfois de drôles de coïncidences et ce n'est pas parce qu'une chose paraît improbable qu'elle est impossible. Selon cette logique, il est tout à fait vraisemblable que Marcus ne soit pas un parfait abruti.

Seulement, il n'est pas Mark.

En gémissant intérieurement, je plonge la main dans mon sac à la recherche de mon téléphone. Si j'ai raison, j'ai probablement reçu un email ou un texto du vrai Mark, qui se demande où je suis et pourquoi je lui ai posé un lapin.

Il me faut une longue minute de recherches pour me rendre compte que je ne trouve pas mon téléphone.

Mon rythme cardiaque s'envole et un mauvais pressentiment me noue le ventre. *Non. Pitié, non.*

Les mains tremblantes, je vide le contenu de mon sac sur un siège libre à côté de moi et je l'examine avec horreur.

Sur l'assise en plastique orange se trouvent un portefeuille en cuir usé, quelques mouchoirs chiffonnés, un chouchou vert, un flacon d'aspirine, les clés de chez moi, un stylo laser et un vieux paquet de chewing-gums – mais pas de téléphone à la coque rose bonbon.

Pas la moindre trace.

J'ai dû le perdre quelque part.

Les larmes me piquent les yeux, brouillant ma vision alors que je range le tout dans mon sac. Je sais que d'un point de vue objectif, perdre son téléphone n'est pas la fin du monde. Si papi me voyait aussi bouleversée pour un *objet*, j'aurais droit à un sermon sur ce qui compte vraiment dans la vie : la famille, la santé et l'importance de faire ce que l'on aime. Même si je sais qu'il aurait raison, je ne peux pas me permettre ce genre d'accroc dans mon compte en banque en ce moment. Deux clients réguliers de mes services de correction ont rencontré quelques difficultés avec leurs derniers romans, si bien que je n'ai pas eu de mission de correction digne de ce nom depuis cet été, ce qui ne me laisse que mon salaire d'agent de caisse en librairie pour vivre. En temps normal, ce serait suffisant – je ne suis pas dépensière –, mais entre la hausse soudaine du taux d'intérêt de mon prêt étudiant et la facture du vétérinaire pour la truffe égratignée de Coton il y a deux semaines, je ne suis plus qu'à quelques dollars d'un découvert bancaire.

Je survis entre deux chèques et je ne peux pas me permettre un nouveau téléphone.

Arrête de te plaindre et réfléchis, Emma. Où aurais-tu pu le perdre ?

J'entends presque papi me poser cette question et je prends une vive inspiration afin de faire taire ma panique. J'ai une tendance à l'hyperémotivité – c'est mon côté irlandais, d'après mamie – et je dois me ressaisir. Céder à l'épouvante ne résoudra rien.

Ignorant les coups d'œil intrigués des autres passagers du métro, je me mets à quatre pattes et regarde sous mon siège, espérant que le téléphone est tombé pendant le trajet.

Rien – en tout cas, rien qui ressemble à mon appareil. Il y a des emballages de chewing-gums et de drôles de taches d'aspect poisseux, mais ce n'est pas ce que je cherche.

Je remonte sur mon siège en me frottant les mains pour me débarrasser de la saleté. La panique reprend ses droits, mais je la repousse en me concentrant mentalement sur mes récentes activités.

Avais-je mon téléphone avec moi en allant au café ? Oui. Je me rappelle avoir joué à *Angry Birds* pendant le trajet.

Quand je suis sortie du métro ? Oui. J'ai utilisé Google Maps pour me guider jusqu'au café.

L'ai-je consulté au restaurant ? Non. J'étais trop occupée avec cet enfoiré.

L'ai-je consulté en quittant le restaurant ? Non. Je ronchonnais, et je n'ai pas eu besoin de la carte pour retrouver mon chemin jusqu'à la station de métro.

Ces questions-réponses mentales m'apaisent. Je me rends compte que j'ai dû oublier le téléphone quelque part entre le café et maintenant. Avec un peu de chance, il est encore là-bas et si j'y retourne, je pourrai le retrouver.

Le mystère ainsi résolu, je descends au prochain arrêt et rejoins le quai d'en face pour prendre le métro en sens inverse. J'attends vingt minutes avant qu'il arrive – *foutue société de transport et ses retards incessants* –, mais enfin, je suis dans une rame en direction du café. Je n'ai toujours pas mangé, je suis fatiguée et morte de faim, mais je suis bien déterminée.

Si mon téléphone est au café, je le récupérerai.

Hors de question de laisser ce rencard maudit se solder par un véritable désastre.

arcus

JE SAIS QUE CE N'EST PAS L'IDÉAL POUR MA FUTURE relation avec Emmeline, mais dès la fin du repas, je réserve un Uber au lieu de l'inviter à aller boire un verre. J'utilise le prétexte de son vol pour Boston, de bonne heure demain matin, afin d'écourter notre rendez-vous, mais en réalité, je suis impatient de me mettre à la recherche de la jeune femme rousse.

Aussi ridicule que ce soit, j'ai *besoin* de lui rendre ce téléphone.

Le trajet en Uber jusqu'à l'hôtel d'Emmeline dure une demi-heure à cause de la circulation. Je sors de la voiture pour lui ouvrir la portière, puis je l'accompagne jusqu'à l'entrée, où je dépose un baiser galant sur sa joue en lui promettant de l'appeler. C'est une promesse que j'ai bien l'intention d'honorer – après tout, Emmeline est exactement ce que je cherche –, mais ce soir, je dois prendre mes distances.

Je dois retrouver Emma et tuer dans l'œuf cette obsession naissante.

Dès l'instant où Emmeline disparaît dans les portes-tambours de l'hôtel, je m'éloigne et sors le téléphone rose. C'est un vieux modèle Android, et heureusement, il ne faut pas de mot de passe pour déverrouiller l'écran.

Je commence par regarder les photos afin de m'assurer qu'il s'agit bien du téléphone d'Emma. D'abord, je ne trouve que des clichés de chats blancs pelucheux – *combien en a-t-elle, au juste ?* –, mais bientôt, je découvre le selfie d'une rousse souriante en débardeur et pantalon de pyjama ample.

C'est bien Emma.

Mon cœur s'emballe, et soudain je me sens à l'étroit dans mon pantalon de costume. Il n'y a rien de séducteur sur cette photo – elle est assise, les genoux pliés devant sa poitrine de sorte que je n'aperçois même pas la forme de ses seins –, mais quelque chose dans la ligne courbe de ses épaules claires, son nez moucheté de taches de rousseur et les fossettes qui lui creusent les joues me rend plus dur qu'un barreau de fer.

Putain, mais qu'est-ce qui m'arrive ?

Je baisse le téléphone et m'adosse contre la façade de l'hôtel, les yeux fermés. Il y a vraiment quelque chose qui cloche chez moi aujourd'hui. Je ne me comporte jamais de manière impulsive ou irrationnelle, et pourtant je viens de couper court à un rendez-vous avec la femme de mes rêves, la laissant remonter dans sa chambre d'hôtel sans tenter autre chose qu'un chaste baiser, tout cela pour poursuivre une fille aux antipodes de ce dont j'ai besoin.

Après tout, je devrais peut-être charger mon assistante de rapporter à Emma son téléphone. Étant donné ma vive réaction devant sa photo, ce n'est sans doute pas une bonne idée de la revoir en personne.

J'ouvre les yeux et je les pose à nouveau sur le téléphone rose. Le visage d'Emma, délicieusement rond, encadré par un halo de boucles rousses rebelles, me renvoie mon regard de ses yeux gris pleins de malice.

De malice et d'une émotion si chaude et enjôleuse que j'ai du mal à y résister.

Que je désire malgré moi.

En regardant la photo, je comprends pour la première fois à quel point la tentation peut être puissante. La cigarette, la drogue, la malbouffe, la paresse, autant de vices auxquels je n'ai jamais cédé. Ma rigueur personnelle est légendaire parmi mes amis et collègues. Une fois que j'ai décidé quelque chose, je le fais, et rien ne peut m'empêcher d'aller jusqu'au bout. Qu'il s'agisse de courir un marathon en deux heures et demie ou de décrocher un diplôme universitaire en deux ans et demi, je suis capable de me fixer des objectifs et de les atteindre. Je n'ai jamais compris les gens qui affirment vouloir quelque chose, mais manquent de volonté pour le réaliser.

Et pourtant, je suis là, devant le selfie d'une femme qui ne serait pas bonne pour moi. Elle est synonyme de chocolat et de journées de farniente sur le canapé, d'orgies de Netflix et de paquets de cigarettes. Elle est tout ce que je ne peux ni ne veux m'autoriser – une tentation malsaine qui risquerait de tout gâcher. La meilleure décision serait encore de rentrer chez moi et de remettre ce téléphone à Lynette à la première heure demain matin. Ainsi, je pourrai passer une bonne nuit de sommeil et appeler Emmeline demain pour envisager un second rendez-vous – peut-être même prévoir d'aller lui rendre visite chez elle, à Boston.

Ce serait la bonne décision, mais je ne la prends pas. Au lieu de quoi, ma main semble bouger de sa propre initiative et, du bout des doigts, j'ouvre son répertoire de contacts. Mon cœur bat à tout rompre, d'un rythme plein de promesses, tandis que je déroule la liste de noms jusqu'à la lettre M, où je trouve la ligne correspondant au mot « Maison ».

Évidemment, il y a une adresse. Lorsque je sors mon propre téléphone et la saisis sur Google Maps, je constate que c'est à Bay Ridge, un quartier de Brooklyn non loin d'ici.

Si je me dépêche, j'arriverai peut-être avant qu'il soit trop tard et que ma visite paraisse louche.

Cédant à la tentation pour la première fois dans ma vie d'adulte, je commande un autre Uber pour me rendre à l'adresse d'Emma, à Bay Ridge. Ce n'est pas une mauvaise chose, me dis-je en montant en voiture. Une fois que je me serai débarrassé de cet appareil, j'oublierai la petite rousse une bonne fois pour toutes.

Je ne laisserai pas cette étrange faiblesse gâcher tout ce que j'ai travaillé d'arrache-pied pour construire.

7

Emma

— VOUS N'AVEZ RIEN TROUVÉ ? AVEC UNE COQUE ROSE...

En percevant la déception que je ne parviens pas à cacher, le serveur m'adresse un regard compatissant.

— Non, désolé, dit-il. J'aurais voulu vous être utile. Le couple qui était assis là vient de partir et ils ne m'ont pas parlé d'un téléphone.

— Ça vous dérange si je jette un œil ? je demande en me tournant vers la banquette où j'ai abordé Marcus – fumier ou non, selon sa véritable identité.

— Pas du tout, allez-y, me répond le serveur.

Je me dirige vers le compartiment en essayant de ne pas songer à l'homme qui était assis là, sans succès. Pour une raison quelconque, j'ai la peau brûlante et ma respiration s'accélère quand je me remémore ses yeux bleu ciel et ses grandes mains. Si ses mains sont de cette taille, j'imagine à peine sa...

Non, arrête. Concentre-toi sur le téléphone.

Avec un gros effort, je chasse les images très crues qui déferlent dans mon esprit et je m'accroupis pour regarder sous la table.

Rien.

Ensuite, j'inspecte les banquettes.

Rien.

La déception m'oppresse et mon estomac vide se noue avec angoisse. Je n'ai pas vu le téléphone dans la rue en revenant sur mes pas, et s'il ne se trouve pas dans le restaurant, alors il est bel et bien perdu. Peut-être même volé, auquel cas l'appli de géolocalisation installée sur mon ordinateur, et que je comptais utiliser en dernier recours, ne me sera d'aucune utilité.

Épuisée et découragée, je retourne au métro en traînant des pieds. À ce stade, la faim me fait presque perdre les pédales. J'achète une banane chez un vendeur de rues – au moins, c'est encore dans mon budget – et je la mâchonne tout en descendant les marches de la station.

Je n'ai qu'une envie, c'est de rentrer chez moi, prendre une douche chaude et me blottir avec mes chats.

Cette journée est officiellement catastrophique.

C'est fini, je n'utiliserai plus jamais d'appli de rencontre.

Marcus

MAIS OÙ EST-ELLE ?

Debout devant l'entrée d'un immonde bâtiment en grès rouge, j'appuie une deuxième fois sur la sonnette, sans plus de résultats.

Emma Walsh n'est pas chez elle.

Je connais son nom de famille grâce à son profil Facebook, auquel j'ai accédé en ouvrant l'application de son téléphone. D'après ce même profil, elle est célibataire (ce que je soupçonnais déjà), elle a vingt-six ans et un diplôme de la fac de Brooklyn. Elle aime les livres et effectue des corrections en tant qu'indépendante quand elle ne travaille pas dans une petite librairie familiale. Oh, et elle a bel et bien des chats – trois, à en juger par ses publications récentes.

J'ai l'impression d'être un pervers à tout savoir de cette femme que j'ai rencontrée par hasard, sentiment exacerbé par mon désir inexplicable d'en apprendre plus encore. J'ai un peu joué avec son téléphone pendant le trajet – pour m'assurer d'avoir la bonne adresse, me dis-je en guise d'excuse – et ce faisant, j'ai tout consulté, de ses photos jusqu'à sa messagerie. Je n'ai lu aucun de ses emails parce que ce serait franchement malsain, mais j'ai jeté un œil aux sujets dans sa boîte de réception. Il semblerait que la majeure partie de sa correspondance soit en lien avec son activité de correctrice, bien qu'il y ait quelques messages d'une certaine Kendall. Même chose pour les textos, beaucoup de conversations actives avec « mamie » et « papi », ses grands-parents, je suppose.

Putain, un véritable harceleur.

Dégoûté par mon propre comportement, je tourne les talons pour m'en aller. Je donnerai le téléphone à mon assistante demain et j'oublierai toute cette folie. Mais au même moment, une petite silhouette plantureuse aux cheveux bouclés apparaît sur le trottoir... et se fige, agrippant instinctivement la lanière de son sac à main bas de gamme.

En un clin d'œil, je comprends ce qu'Emma doit interpréter en me voyant, avec mon visage dans la pénombre, mal éclairé par la petite lampe au-dessus de la porte. Si j'étais une femme et que je découvrais un inconnu d'un mètre quatre-vingt-dix sur le pas de ma porte dans le noir, je crois que je ferais dans mon froc.

— C'est moi, Marcus, dis-je aussitôt afin de la rassurer.

Je me suis peut-être comporté comme un pervers, mais je ne lui veux aucun mal.

— Du café, tu t'en souviens ?

Elle recule d'un pas sans lâcher son sac à main.

— Que... qu'est-ce que tu fiches ici ?

Elle paraît essoufflée. J'ai vraiment dû lui faire peur.

— Comment m'as-tu trouvée ?

— Ton téléphone, dis-je en sortant le petit appareil rose de ma poche. Je l'ai trouvé sur la banquette après ton départ et je tenais à te le rendre.

— Oh.

Elle s'approche d'un pas hésitant. Lorsque la lumière de la porte d'entrée éclaire son visage pâle, je constate un mélange de soulagement et de perplexité sur ses traits. À quelques pas de moi, elle dit à mi-voix :

— Merci. Je cherchais ce téléphone, justement. J'étais presque arrivée quand je me suis rendu compte que je ne l'avais plus, alors je suis retournée au café et le serveur m'a dit qu'ils n'avaient rien trouvé, alors...

Elle s'interrompt pour reprendre son souffle et conclut :

— Je suis contente que tu l'aies trouvé, mais tu n'étais pas obligé de venir jusqu'ici. J'aurais pu te rejoindre quelque part demain ou...

— Je n'ai pas fait un grand détour.

C'est un mensonge, mais je ne compte pas lui révéler l'ampleur de ma folie.

— J'ai pensé que tu serais inquiète, alors je te l'ai apporté.

Elle lève vers moi ses yeux d'un gris foncé dans le crépuscule.

— Oh. Bon, d'accord, eh bien, merci. C'est très gentil de ta part.

Elle tend la main et je lui remets le téléphone. Elle prend soin de le récupérer sans que nos doigts se touchent – détail que je regrette de manière irrationnelle. Pire encore, dès l'instant où le téléphone quitte mes mains, je m'en veux de le lui avoir donné aussi rapidement. Ce téléphone était le seul lien que nous avions, et maintenant je n'ai plus aucune raison d'être ici à l'exception de mon désir inexplicable de faire plus ample connaissance avec elle.

— Emma, écoute, dis-je alors qu'elle glisse le téléphone dans sa poche avec un soulagement évident. Je crois que je me suis trompé tout à l'heure, au café.

— Tu avais rendez-vous avec une Emmeline ?

Un petit sourire danse sur ses lèvres et je comprends qu'elle a déduit la même chose que moi.

— C'est exact, dis-je en souriant. Laisse-moi deviner. Tu devais retrouver un certain Mark ?

— Oui.

Cette fois, elle sourit franchement, révélant ses petites dents blanches et les fossettes adorables que j'ai découvertes sur le selfie.

— Quelle coïncidence, tu ne trouves pas ?

— Je peux faire examiner ça par l'un de mes analystes, si tu veux, dis-je en plaisantant à moitié.

Chercher la réponse à sa question rhétorique me donnerait une excuse pour garder le contact, ce dont j'ai désespérément envie. Avec ce sourire et ces fossettes, la petite rousse est tellement mignonne que j'ai envie de la lécher comme un cornet de glace.

— Je suis sûr que nous pouvons obtenir des probabilités si nous effectuons quelques statistiques sur les tendances de prénoms dans toute la population... j'ajoute.

Emma cligne des yeux et son sourire s'affaiblit.

— L'un de tes analystes ? Tu diriges un groupe de réflexion ou quelque chose de ce genre ?

— Un fonds spéculatif. Nous mettons en place tout un tas de stratégies pour rester au-dessus du marché, de l'analyse quantitative à la spéculation de pointe.

Cette fois, ses fossettes disparaissent complètement.

— Oh, je vois.

Elle semble déçue, une réaction à l'opposé de celle des femmes, en général, quand elles se rendent compte que je dois gagner un joli paquet de fric. Affichant un nouveau sourire moins spontané, elle me dit :

— Encore merci de m'avoir rapporté le téléphone, Marcus. J'apprécie vraiment que tu aies fait tout le trajet jusque chez moi. Si tu veux bien m'excuser...

Elle me regarde comme si elle attendait quelque chose et je prends conscience que je suis toujours planté devant sa porte et que je lui barre le passage.

Je devrais m'écarter – ce serait une réaction courtoise, une réaction de gentleman –, mais je reste là. Je lui demande de but en blanc :

— Tu détestes Wall Street ou quoi ?

Je sais bien que je frôle le harcèlement, mais je ne peux pas la laisser partir comme ça. Une fois qu'elle sera dans son appartement – un trou à rats, d'après l'état délabré de la porte –, ce sera terminé. Elle reprendra le cours de sa vie et moi la mienne, et je ne suis pas encore prêt.

— Euh, non. Je n'ai rien contre ta profession. Enfin, pas vraiment, dit-elle d'un air méfiant. Disons que...

Elle inspire.

— Écoute, Marcus, j'apprécie vraiment ta délicate attention, mais j'ai faim et je suis fatiguée. J'ai mes chats à nourrir et des emails en retard. Nous pourrons débattre de l'éthique de Wall Street une prochaine fois.

Une prochaine fois ? Quelque chose se détend en moi. Bien sûr, c'est sans doute une manière polie de prendre congé, mais je compte bien la prendre au mot.

Je reverrai Emma et je déterminerai ce qui m'attire tant chez elle.

En faisant un pas de côté, je lui dis :

— Pourquoi pas ? Bonne nuit, Emma. C'était un plaisir de faire ta connaissance.

— De même pour moi. Au revoir, Marcus et encore merci.

Elle sort les clés de son sac et me contourne.

Je la regarde ouvrir la porte et j'attends d'être certain qu'elle est en sécurité chez elle. Quand la porte se referme dans son dos, je réserve un autre Uber, puis j'inscris les prochaines étapes dans mon agenda. Le cœur battant, je sens mes muscles se contracter d'impatience à la perspective de ce nouveau défi.

Je ne suis pas moi-même, en ce moment, mais ça m'est égal. Emma ne correspond peut-être pas à ce que j'attends sur le long terme, mais j'ai envie d'elle maintenant, et pour la première fois de ma vie, je compte profiter de l'instant présent.

J'ai envie de savourer cette délicieuse petite rouquine pour le dessert, et au diable les conséquences.

Emma

Les jambes tremblantes, je rentre dans mon appartement et suspends mon manteau à côté de la porte. Le peu d'énergie que m'a apportée la banane est dépensé depuis longtemps et j'ai si faim que je suis sur le point de m'évanouir. Malgré cela, j'ai l'étrange sensation de flotter, mon cœur encore survolté après l'adrénaline et cette bouffée d'enthousiasme délirant.

Marcus – le grand et arrogant Marcus, avec son costume sur mesure et son manteau qui doit coûter plus cher que mon loyer du trimestre – est venu chez moi pour me rendre mon téléphone.

Ça me semble impossible, irréel, et pourtant c'est exactement ce qui s'est passé, car je tiens ledit téléphone dans ma main. Il me l'a donné et maintenant, au lieu de m'inquiéter sur le vide qu'un tel achat aurait laissé dans mon compte bancaire, je me sens mal à l'aise pour une tout autre raison. J'ai le souffle court, comme lors d'une crise de panique, et mes paumes sont moites. Je suis une pile électrique, capable de rebondir sur les murs en dépit de mon épuisement.

Nom. De. Dieu. Marcus est venu à mon appartement.

Quand je l'ai vu devant ma porte comme une espèce de méchant de film d'horreur, avec son manteau d'hiver jusqu'au genou semblable à une cape, j'ai cru que c'était un cambrioleur et j'ai failli faire une crise cardiaque. Sinon, qui rôderait sur le pas de ma porte aussi tard ? J'étais à deux doigts de hurler à pleins poumons et de prendre mes jambes à mon cou quand il a parlé. Ensuite, mes genoux ont faibli pour une tout autre raison.

L'homme qui n'a pas quitté mes pensées pendant tout le trajet du retour – l'homme que j'étais persuadée de ne jamais revoir – était devant chez moi, pour des motifs incompatibles avec le rôle de connard que je lui avais attribué.

En ce moment, je suis trop fatiguée et fébrile pour comprendre les implications de cette rencontre. Je n'essaie même pas d'y réfléchir. Au lieu de ça, je me concentre sur mes chats qui s'agitent autour de moi, miaulant de vive voix. M'sieur Dodu, le plus gros des trois, bouscule Reine Élisabeth et Coton pour réclamer son dû, enroulant son corps imposant et pelucheux entre mes pieds tandis que j'essaie de me frayer un chemin jusqu'à la cuisine.

— Arrête, Dodu ! j'ordonne.

Mais il ne m'écoute pas et continue de se frotter contre mes mollets pour marquer son territoire. Son frère et sa sœur le suivent dans le calme. Comme toujours, ils laissent M'sieur Dodu ronchonner à leur place.

— Oh, mais laisse-moi une seconde, dis-je avec exaspération, trébuchant presque sur sa queue. Je vais chercher ta pâtée, c'est promis.

Coton pousse un miaulement retentissant quand je prononce ce mot et Reine Élisabeth se joint à lui de sa voix plus discrète.

Même quand elle a faim, elle reste féminine.

Quand j'atteins enfin ma kitchenette, je m'empare de trois boîtes et je les ouvre, versant leur contenu dans trois bols individuels. Mes chats sont tatillons avec la nourriture et je prends soin de remplir chaque bol avec la pâtée correspondant aux goûts de chacun d'eux. Reine Élisabeth aime la saveur saumon sauvage de chez Fancy Feast, Coton aime la variété – aujourd'hui, c'est le classique au poulet – et M'sieur Dodu s'est découvert une passion pour les pâtées aux fruits de mer Purina. Quand il aura terminé sa portion, il ira chaparder dans le bol des deux autres, mais il commence par son propre repas.

Je le soupçonne de se prendre pour le chef.

Dès que je dépose les gamelles par terre, les chats passent à l'attaque et je suis libre de m'occuper de moi. Heureusement, j'ai reçu mon chèque de paye de la librairie lundi et mon réfrigérateur est rempli. J'ai des fruits, des légumes, du pain et de la charcuterie. Je me prépare un sandwich rapide, que je dévore debout dans la cuisine. Ensuite, une fois que j'ai retrouvé une contenance humaine, je regarde si j'ai reçu des messages de la part du vrai Mark.

À ma grande déception, la réponse est non. Il a dû se vexer que je lui pose un lapin et il aura décidé de couper tout contact avec moi. J'ai beau être éreintée, je lui écris un bref message pour lui présenter mes excuses et lui expliquer le quiproquo, puis je file sous la douche.

Je dois absolument me débarrasser de la crasse du centre-ville avant de me mettre au lit.

EN RÉFLÉCHISSANT AU MOYEN DE DÉMARCHER DE nouveaux clients pour mon activité de correctrice, je parviens à ne pas penser à Marcus le temps de ma douche. Pourtant une fois sous les couvertures, entourée de mes chats, je me rends compte que je suis trop excitée pour trouver le sommeil. On dirait qu'un courant électrique me parcourt la peau, maintenant mon rythme cardiaque trop élevé et mon corps trop chaud.

Marcus attendait devant chez moi quand je suis rentrée. Il a fait tout le chemin jusqu'ici pour me rendre mon téléphone.

Cela me paraît toujours irréel, notamment parce que j'ai du mal à croire qu'il se soit donné tout ce mal par simple politesse. Même si notre échange au café n'a pas duré longtemps, il ne m'a pas donné l'impression d'être un Bon Samaritain dans l'âme. Son choix de profession n'indique pas non plus une personnalité très altruiste. J'ai étudié l'anglais à la fac, mais je connais plusieurs diplômés de finance qui se sont orientés vers Wall Street après leurs études, et tous sont extrêmement ambitieux, motivés par une productivité maximale et déterminés à monétiser (selon leur terme, pas le mien) chaque heure de leur temps. Ils sont obsédés par le profit, et si Marcus dirige son propre fonds spéculatif, il doit être comme eux puissance cent.

Je ne comprends pas pourquoi ce genre d'homme prendrait sur son temps libre limité afin de rapporter un téléphone à une inconnue – à moins d'avoir d'autres idées en tête. Sauf que je ne devine pas lesquelles. À moins que... Espérait-il une récompense financière ?

Zut, je n'y avais pas pensé. Il est vrai que j'aurais pu lui proposer un peu d'argent pour le dédommager.

Pendant un moment, je m'en veux, puis je me rappelle son costume et son manteau – sans mentionner ses chaussures italiennes en cuir – et ma culpabilité s'envole. Je doute que Marcus ait besoin de gagner vingt dollars, somme dérisoire qui ne mérite sans doute pas un tel effort. Alors, pourquoi est-il venu ? Mon téléphone se débloque sans mot de passe. Il aurait pu m'envoyer un email depuis ma propre messagerie et je serais passée chercher l'appareil à l'adresse qu'il m'aurait indiquée.

Bon sang, il aurait même pu demander à l'un de ses

analystes – par exemple, celui à qui il souhaitait confier des recherches sur les probabilités de notre rencontre – de me rapporter le téléphone à sa place.

La seule autre explication qui me vient à l'esprit est tellement ridicule que je la rejette aussitôt. Impossible qu'il s'intéresse à moi *de ce point de vue*. Je ne manque pas forcément de confiance en moi – j'ai surmonté mes complexes à la fac –, mais je suis réaliste. Je sais que je ne joue pas dans la même ligue que cet homme. Un tas de femmes splendides doivent se pâmer devant lui et se disputer ses faveurs. Il ne craquerait jamais pour une petite rousse frisée aux hanches trop généreuses. Et puis, n'avait-il pas rendez-vous avec quelqu'un ? Cette Emmeline avec qui il m'a confondue ? Avec un prénom aussi sophistiqué, je parie que ses hanches sont parfaitement proportionnées au reste de son corps et que ses cheveux sont d'une discipline irréprochable chaque jour de l'année.

Bon, je divague peut-être, toujours est-il que je suis convaincue de ne pas être le genre de Marcus.

Alors, pourquoi était-il ici ? Cette question me tourmente alors que je tourne et me retourne pour essayer de trouver une position propice au sommeil. Ce n'est que lorsque M'sieur Dodu se couche sur ma tête et m'immobilise que je parviens à me détendre.

Cette nuit, mes rêves sont peuplés de grands cambrioleurs ténébreux en capes longues... et de fantasmes.

Un enchaînement de fantasmes sensuels et pimentés.

arcus

— VOUS ME DEMANDEZ DE FAIRE *QUOI* ?

Lynette me regarde bouche bée, ses lunettes rondes à montures en écaille de tortue perchées au bout de son long nez.

— Je veux que vous envoyiez des fleurs et de la pâtée pour chats à l'adresse que je vous ai transmise, répété-je en fronçant les sourcils. Cela pose un problème ?

— Non, bien sûr que non, répond aussitôt mon assistante, retrouvant son masque professionnel. Avez-vous une préférence en matière de fleurs et de... euh, de marque de pâtée pour chats ?

— Des roses – blanches et roses. Au moins une douzaine de chacune. Non, deux douzaines de chacune. Quant à la nourriture pour chats, je n'en sais rien. Ça mange quoi, ces bêtes-là ?

— Tout dépend, j'imagine, dit Lynette, toujours aussi concentrée. Certains maîtres ne donnent à leurs chats que de la nourriture en boîte, d'autres alternent avec des croquettes. Avez-vous plus d'informations sur le chat en question ?

— Les chats, au pluriel, rectifié-je. Non, je ne sais pas grand-chose. Voilà ce que vous allez faire. Achetez un assortiment de différentes marques, à la fois croquettes et pâtées, et expédiez le tout avec les fleurs. Je vous enverrai le texte à faire écrire sur la carte.

— Très bien, je m'en charge.

Lynette reporte son attention sur son écran et ses longs doigts se remettent à pianoter. Nul doute qu'elle enverra les meilleures marques et les fleurs les plus fraîches que l'on puisse acheter. Lynette connaît mon goût pour les produits de qualité supérieure.

J'aime le meilleur dans chaque chose et je n'accepte aucun compromis.

En parlant du meilleur... je jette un œil à ma montre. Non, il est encore tôt pour que l'avion d'Emmeline ait déjà atterri. Je sors mon téléphone et programme un rappel afin de ne pas oublier de l'appeler plus tard dans l'après-midi. Enfin, j'entre dans mon bureau.

Je dois assister à cinq réunions et lire deux dizaines de comptes-rendus avant le déjeuner, mais je ne pense qu'à Emma.

Bon sang. Je dois vraiment m'offrir mon dessert

roux cette semaine afin de l'oublier et de passer à autre chose.

11

Emma

— Et voilà, Monsieur Roberts, dis-je en tendant au vieillard fripé une pile de livres brochés. Vous allez les dévorer, j'en suis certaine.

— Oh, je n'en doute pas.

Il m'adresse un sourire radieux, révélant deux incisives manquantes.

— J'aime tellement cette série. Je suis content que vous m'ayez recommandé cette auteure. J'ai adoré tous ses livres jusqu'à présent.

Je lui rends son sourire.

— Ravie de l'entendre. C'est mon auteure préférée de science-fiction.

— La mienne aussi, maintenant.

Nous partageons un moment de complicité – cette

connexion parfaite que l'on éprouve envers ceux qui aiment les mêmes livres que soi. Ce sont des moments comme celui-ci qui me donnent envie de travailler chez Smithson Books malgré le maigre salaire et l'absence de perspectives. Enfin, des moments comme celui-ci et mon amour pour les livres matériels. Il me suffit d'être dans cette petite librairie de quartier, entourée d'étagères remplies de volumes brochés et de livres de poche, pour me sentir de bonne humeur. J'apprécie les ebooks, aussi, mais rien ne remplace l'odeur et la sensation du papier imprimé.

Chaque fois que nous recevons une livraison, je me sens comme un enfant avec un nouveau jouet.

— Bon, dit Monsieur Roberts en rangeant ses achats dans un sac en tissu. Portez-vous bien, ma chère. Passez le bonjour à vos chats.

— Je n'y manquerai pas, merci.

Quelques mois plus tôt, j'ai montré à Monsieur Roberts les photos de mes chats sur mon téléphone, et depuis, il m'en parle chaque fois que nous nous voyons. À bien y penser, il n'est pas le seul. La plupart des clients réguliers connaissent mes bébés à fourrure et me demandent souvent de leurs nouvelles.

Pfff. Décidément, je suis bien une femme à chats.

— Bonjour, Emma. Comment vas-tu ?

La voix d'Edward Smithson me tire de mes pensées et je me tourne pour voir mon patron arriver d'une démarche décontractée. Il est accompagné par un homme que je n'ai encore jamais vu. Blond, d'allure geek et plutôt petit, il porte des lunettes à monture percée et semble avoir à peu près mon âge.

— Ça va, Monsieur Smithson. Et vous ? je réponds en souriant.

Mon patron est l'une des personnes les plus gentilles que je connaisse – encore une bonne raison pour ne pas quitter ce boulot.

— Oh, tu sais, toujours au régime.

Il tapote sa bedaine proéminente et je réprime un petit rire. À ce que je sache, son régime est composé de biscuits et de donuts – qu'il grignote en cachette de sa femme, évidemment.

Monsieur Smithson s'arrête à quelques pas de moi.

— Emma, j'aimerais te présenter mon neveu, Ian.

Il se tourne vers le jeune homme blond.

— Ian, voici Emma, la fille dont je t'ai parlé.

— Enchantée de te rencontrer, Ian, dis-je en souriant à son neveu. Qu'est-ce qui t'amène dans notre librairie ?

— Je viens d'emménager en ville.

Sa pomme d'Adam tressaute et son cou rougit.

— J'aime les livres, alors Oncle Ed a tenu à me montrer son magasin.

— Je vois.

J'affiche mon sourire le plus engageant. Les difficultés relationnelles, je sais ce que c'est, et j'essaie toujours d'être gentille avec les personnes timides.

— Tu veux bien me faire visiter ?

— Ce serait une excellente idée, dit Monsieur Smithson sur un ton bien trop enthousiaste.

Soudain, je comprends pourquoi Ian est ici.

Mon patron joue les entremetteurs.

C'est à mon tour de rougir. Pour masquer mon embarras, je me baisse et fais mine de lacer mes baskets. Je ne sais pas quoi penser, d'autant moins que Ian est le neveu de mon patron. La situation pourrait devenir vraiment gênante si les choses se passaient mal, et en dépit du salaire de misère, j'apprécie vraiment ce travail.

Oh, et puis, je n'ai qu'à faire de mon mieux pour me montrer amicale et *uniquement* amicale.

Une fois que je suis certaine de ne plus ressembler à une betterave, je me redresse et souris à Ian.

— Prêt pour la visite ?

Il s'avère que le tour du propriétaire dure moins de dix minutes. La librairie est à peine plus grande que mon studio, avec une arrière-salle garnie de fauteuils où nos clients aiment se détendre, et des bibliothèques chargées de tous les succès populaires dans divers genres littéraires. Nous ne faisons pas dans les classiques – les trucs rasoir, comme dirait Monsieur Smithson –, mais nous avons une belle collection de science-fiction, fantasy, thrillers et polars, ainsi que des romances. Comme ça, nous faisons en sorte de rester attractifs afin d'éviter que les clients fassent leurs achats en ligne pour se procurer ce qui leur plaît vraiment.

Je montre l'inventaire à Ian et nous discutons de tout et de rien. Il aimerait devenir auteur en urban-fantasy. Discrètement, je lui laisse entendre que je suis également correctrice et son regard s'illumine quand j'évoque mes tarifs concurrentiels.

— Comptes-tu te lancer en auto-édition ou par la voie traditionnelle ? je demande alors que nous retournons au comptoir, où Monsieur Smithson s'occupe des clients à ma place.

— Je pencherais pour l'auto-édition, répond Ian.

Il semble moins timide maintenant que nous parlons d'un sujet qui le passionne.

— D'après Oncle Ed, je devrais d'abord essayer de me trouver un agent littéraire, mais j'ai plutôt envie de publier mes textes et de voir où ça me mène.

— C'est sans doute une bonne idée, dis-je en souriant. Mais je ne suis pas impartiale. La majeure partie de mes clients sont des auteurs indépendants, alors j'ai tout intérêt à prêcher pour ma paroisse.

Ian rit et Monsieur Smithson nous adresse un sourire satisfait tout en scannant les articles d'une vieille dame.

Oups. J'espère que mon patron ne s'imagine pas que nous avons des atomes crochus en dehors de la relation entre correctrice et client potentiel. Même si Ian est le genre de garçon avec qui je sors en général – gentil, un peu timide et intello sur les bords –, je ne me sens pas attirée le moins du monde. Je me demande pourquoi quand deux yeux d'un bleu de glace et un visage carré me viennent à l'esprit, en même temps que les détails très salés de mes rêves de la nuit dernière.

Non. Hors de question. Je chasse ces images avant que mon visage ne vire à nouveau au rouge cramoisi. Je refuse de croire que si Ian ne me plaît pas, c'est à cause de Marcus. J'ignore pourquoi le gestionnaire financier a tenu à me rapporter mon téléphone en personne hier, mais je suis certaine qu'il m'a déjà oubliée. Quant à moi, je dois absolument en faire autant.

Ian ne me plaît pas, un point c'est tout. D'ailleurs, c'est mieux comme ça. J'apprécie le neveu de Monsieur Smithson en tant que personne et j'espère corriger ses textes un jour, mais ça n'ira pas plus loin.

Afin de décourager les projets éventuels de mon patron, je demande à Ian de me contacter quand son livre sera prêt et je reviens prendre mon poste derrière le comptoir.

Je ferais mieux d'accepter ma vie de femme à chats, parce que les aventures sentimentales me paraissent bien trop compliquées.

Il pleut encore de la neige fondue quand je sors du métro et je maudis ma malchance tout en pressant le pas. Je ne me rappelle pas avoir jamais vécu pire mois de novembre. Il est encore tôt dans le mois, mais il a déjà neigé une fois, avec au moins deux pluies glacées – comme si nous étions en janvier. Mon téléphone vibre dans ma poche quand je tourne dans ma rue. Je suis tentée de l'ignorer, car je ne veux pas exposer mes oreilles au froid, actuellement protégées par le col de mon manteau. Cependant, une habitude inculquée depuis longtemps me pousse à glisser la main dans ma poche pour sortir mon téléphone et jeter un œil à l'écran.

Évidemment, c'est un appel que je ne peux pas rater.

— Mamie, salut, dis-je en portant le téléphone à mon oreille.

À présent que je ne peux plus retenir mon col, le manteau retombe sur mes épaules, exposant mon cou à la pluie battante et je frissonne en sentant l'eau glacée dégouliner à l'intérieur. J'aurais dû prendre ma vieille écharpe miteuse aujourd'hui, mais elle est si laide que je n'ai pas pu m'y résoudre, et maintenant, je subis les conséquences de ce moment de vanité.

Il faut vraiment que je m'achète une nouvelle écharpe et que je la range hors de portée de M'sieur Dodu.

— Salut, ma chérie.

La voix de mamie est chaleureuse et douce. Son accent traînant du Sud est nettement perceptible même si elle a habité à Brooklyn pendant plusieurs décennies.

— Comment vas-tu ?

— Je vais très bien, dis-je sur le ton le plus guilleret possible.

Les gouttes cinglantes sont glaciales sur mon visage et sous mon col. Je me sens pitoyable, mais mamie n'est pas obligée de le savoir.

— Comment ça va, papi et toi ?

— Oh, très bien. Ton grand-père jardine encore en pleine chaleur. Je lui ai dit de ne pas sortir quand il faisait presque trente degrés dehors, mais il ne m'écoute pas.

— Oui, c'est papi tout craché, dis-je non sans jalousie.

Je tuerais pour un temps à trente degrés au lieu de ce froid infernal. Mes grands-parents ont déménagé en Floride quand j'ai obtenu mon diplôme, et maintenant chaque fois que je leur parle, j'entends tout le temps à quel point c'est agréable et chaud là-bas.

— Tu pourrais l'attirer à l'intérieur avec des cookies au chocolat.

Mamie éclate de rire.

— Comment sais-tu que j'en prépare ?

— Une intuition, c'est tout.

Je frissonne lorsqu'une bourrasque particulièrement forte me gifle.

— Comment s'est passé ton bilan sanguin de la semaine dernière ?

— Tout est bon. J'ai une santé de fer, répond mamie d'un ton jovial. Maintenant, parle-moi un peu de toi. Comment se passe la vie dans la grande ville ? Tu as trouvé de nouvelles missions de correction ?

— Pas encore, mais j'ai des pistes de clients potentiels, dis-je en traversant la rue devant mon immeuble. Avant que tu me poses la question, tout va bien. Je n'ai pas besoin d'aide. Sincèrement.

— Emma... fait grand-mère en soupirant. J'aimerais que tu nous laisses au moins rembourser ce prêt pour toi. Je te l'ai dit, nous pouvons prendre une seconde hypothèque et...

— Non. Hors de question.

Mes grands-parents se sont sacrifiés et ont économisé toute leur vie pour s'acheter une maison en Floride et je n'ai aucune intention de gâcher leur retraite. Leurs pensions et leurs versements de sécurité sociale couvrent à peine leurs factures, alors une deuxième hypothèque serait une catastrophe pour leurs finances. C'est déjà assez dur qu'ils aient dû travailler sept ans de plus pour m'aider au collège et au lycée, je ne vais pas en plus leur demander de prendre en charge ma vie d'adulte.

J'aimerais mieux mourir de faim que de leur imposer cela.

Mamie pousse un nouveau soupir.

— Emma, ma chérie... Ce n'est pas en acceptant une main tendue de temps en temps que tu deviendras comme ta mère. Tu le sais, n'est-ce pas ?

— Mamie, arrête. S'il te plaît. Je me débrouille très bien, dis-je en cherchant mes clés devant la porte. Bon, excuse-moi, mais j'arrive chez moi, alors je dois nourrir mes chats. Embrasse papi de ma part, d'accord ?

— Je le ferai. Prends soin de toi, ma chérie, on se reparle bientôt. J'attends Thanksgiving avec impatience, répond grand-mère.

Je raccroche enfin et laisse retomber le téléphone au fond de ma poche.

Agrippant mes clés, je tends la main vers la porte, impatiente de me mettre à l'abri du froid.

— Mademoiselle Walsh ?

La voix d'homme dans mon dos me fait sursauter et

je fais volte-face en étouffant un cri. Mes clés dégringolent sur le trottoir mouillé.

Debout devant moi se trouve un petit homme entre deux âges, vêtu d'un épais manteau d'hiver, les bras chargés d'un énorme bouquet de roses blanches et roses.

— Je suis vraiment désolé, mademoiselle. Je ne voulais pas vous faire peur, dit-il aussitôt. J'ai une livraison à faire.

— Une livraison ?

Je tremble de froid et d'un excès d'adrénaline, le cœur battant si fort que je peux à peine m'exprimer.

— Pour moi ?

— Oui, dit-il en souriant.

Il s'approche et se penche pour ramasser mes clés et me les tend, en même temps que le gigantesque bouquet.

— C'est pour vous.

— Euh, d'accord.

Je prends maladroitement les clés et les fleurs. Les roses sont recouvertes d'un plastique transparent qui les protège des intempéries, et pourtant, je vois bien qu'elles sont splendides. Je m'apprête à demander qui les envoie quand une pensée me vient.

— Oh, je n'ai pas d'argent pour vous donner un pourboire, dis-je un peu bêtement. Je suis tellement désolée. Je voulais passer au distributeur, mais...

— Oh, non, ce n'est rien. Tout est réglé.

Un grand sourire illumine son visage buriné.

— Il vous suffit de profiter de votre bouquet, d'accord, mademoiselle ?

Il tourne les talons et détale, impatient de se protéger de la pluie. Je prends conscience que je n'ai pas eu l'occasion de lui demander qui avait commandé la livraison.

Bon, tant pis. Par chance, il y a un message. Mes doigts sont presque engourdis par le froid, mais je parviens à insérer ma clé dans la serrure et je rentre. Immédiatement, mes trois chats se précipitent vers moi, miaulant comme si je m'étais absentée pendant une semaine au lieu de huit heures seulement.

— Oui, oui, vous allez manger, marmonné-je en essayant de ne pas trébucher sur M'sieur Dodu. Laissez-moi une seconde.

Ce coquin à fourrure ne prête pas attention à ce que je dis, et le parcours pour rejoindre la cuisine est semé d'embûches. Entre le bouquet de fleurs surdimensionné et le gros chat entre mes pieds, c'est un miracle que je ne me fende pas le crâne en m'étalant de tout mon long.

Enfin, j'atteins la cuisine. Je pose les fleurs sur le plan de travail et je m'empresse de préparer le dîner des chats et de les servir. Ensuite, avec une grande inspiration, j'examine le bouquet.

Avant que je puisse retirer le plastique protecteur, la sonnette retentit.

Coton lève la tête de sa gamelle avec un regard interrogateur.

— Désolée, mon grand. Je n'en sais pas plus que toi, dis-je au chat en me ruant vers la porte.

La seule personne qui sonne parfois sans prévenir est ma propriétaire, mais elle n'a aucune raison de le faire ce soir, car cela fait plusieurs mois que je paye mon loyer rubis sur l'ongle.

En jetant un œil dans le judas, je vois un homme en uniforme de Fedex qui s'éloigne.

Une autre livraison ? Mais que se passe-t-il ?

Comme je suis née et que j'ai grandi à Brooklyn, j'attends que l'inconnu s'en aille avant d'ouvrir précautionneusement la porte. Naturellement, je découvre une grosse boîte sur le seuil. Je me penche pour la ramasser, mais elle est bien trop lourde. Tout en pestant dans ma barbe, je la hisse à l'intérieur et je referme la porte. Enfin, ma curiosité piquée au vif, je m'empare d'un couteau dans la cuisine et j'ouvre le carton.

Abasourdie, je découvre son contenu.

De la nourriture pour chats. Des tonnes et des tonnes de nourriture. Les meilleures marques, dans un assortiment de saveurs, croquettes et pâtée, exactement ce qu'aiment mes chats.

Avec ça, ils ont de quoi tenir plusieurs mois.

Je suis tellement hébétée que je n'aperçois pas tout de suite la petite enveloppe blanche accrochée sur le côté de la boîte. Ce n'est qu'en traînant le lourd carton dans la cuisine que je la vois. Je m'arrête et l'ouvre, arrachant le joli papier dans ma hâte. Le message est le suivant :

J'espère que tes chats apprécieront ceci, et toi les fleurs.

- Marcus.

Une vague de chaleur déferle en moi, chassant le froid qui s'attarde encore. Les fantasmes de mes rêves, que je me suis efforcée d'oublier, me reviennent en force et mon souffle s'accélère.

Les livraisons proviennent de *Marcus*.

Je me rue dans la cuisine en espérant trouver une autre carte avec plus d'explications, mais il n'y a rien avec le bouquet. Reine Élisabeth lève la tête de son bol et me regarde comme si j'étais devenue folle. Je l'ignore.

Marcus m'a envoyé des roses et de la *nourriture pour chats*.

Voilà qui dépasse de loin le comportement d'un Bon Samaritain. Je me souviens de la pensée ridicule qui m'est venue hier soir – qu'il puisse s'intéresser à moi – et tout à coup, elle ne me semble plus aussi absurde. Quelle autre explication y a-t-il quand un homme envoie des fleurs à une femme ?

Enfin, des fleurs et de la pâtée.

— Tu crois qu'il a des vues sur moi ? je demande à Reine Élisabeth.

La chatte me regarde avec l'air de dire que je me comporte comme une gamine de douze ans.

Bon, d'accord. J'interprète trop le regard de mes chats, mais je jurerais qu'elle est capable de communiquer avec moi. Elle penche la tête d'un côté et de l'autre quand je lui parle, et parfois, elle me répond en miaulant – d'ailleurs, c'est exactement ce qu'elle fait en ce moment.

— Tu crois qu'il m'aime bien ? je demande, excessivement fébrile.

Elle miaule à nouveau avant de reporter son attention sur son repas.

— Je prends ça pour un oui.

Je me mets en quête d'un vase assez grand pour contenir l'énorme bouquet. Alors que je virevolte dans la cuisine, je me rends compte que je ne tiens pas en place à l'idée que Marcus m'apprécie, comme sous l'effet d'une drogue. Il est l'exact opposé de mon genre d'homme, mais quelque chose m'attire chez lui – ce qui explique ces rêves de la nuit dernière.

Ses grandes mains sur mon corps, son torse musclé pressé contre mes seins alors qu'il va et vient en moi...

Waouh. La peau me brûle jusqu'à la racine des cheveux. En dépit de ma longue période d'abstinence, j'ai une libido en bonne santé et j'aime le sexe. Mais là, c'est un tout autre niveau. J'ai l'impression que mon cœur prend des cours de batterie dans ma poitrine, et ma culotte est détrempée au souvenir de ces rêves.

C'est une attirance telle que je n'en ai encore jamais ressentie – primaire, instinctive, sans aucun lien avec la logique ni une quelconque connexion intellectuelle. Je ne sais presque rien de Marcus et le peu de choses que je connais suggère que nous n'avons rien en commun. Malgré tout, il me suffit de penser à lui pour être plus excitée qu'après une heure de préliminaires avec mon copain de la fac.

— Tu crois que je suis en chaleur ? je demande à Reine Élisabeth en m'emparant d'un gros pot de fleurs – seul contenant suffisant pour le bouquet. Enfin, je suis humaine, bien sûr, mais c'est plutôt extrême, tu ne trouves pas ?

Reine Élisabeth lève la tête et passe sa langue délicate sur son visage pour nettoyer les résidus de pâtée.

— Oui, tu as raison. Je suis ridicule. Les humaines ne sont jamais en chaleur.

Je remplis d'eau le pot de fleurs, retire l'emballage plastique des roses et ajoute un peu d'engrais avant d'y plonger le bouquet. Toutes les fleurs penchent du même côté, mais elles sont magnifiques – et hors de prix.

Si ma grand-mère le savait, elle dirait que Marcus me fait la cour.

— Tu crois qu'il me fait la cour ? je demande à la chatte.

Mais Reine Élisabeth se contente de s'asseoir gracieusement tout en se léchant la patte. De toute évidence, elle a eu sa dose d'interactions humaines et je ne peux pas le lui reprocher.

Je devrais appeler Kendall pour tout lui raconter au lieu d'embêter mes chats.

Dès que cette pensée me vient, je me précipite vers mon téléphone et j'effleure l'écran avec impatience. Toutefois, avant que je puisse sélectionner le numéro de Kendall, une notification apparaît, indiquant que j'ai reçu un message. Mon pouls s'accélère.

C'est un texto d'un numéro inconnu.

Salut, Emma. C'est Marcus. J'espère que tu as bien reçu les fleurs et le cadeau pour tes chats. Es-tu disponible jeudi soir ? J'aimerais t'inviter à dîner. Nous pourrons débattre de l'éthique de Wall Street si tu veux.

Je regarde fixement le message, à deux doigts de l'hyperventilation. Cela n'aurait pas dû me surprendre. Après tout, encore quelques instants plus tôt, je pensais que Marcus avait peut-être des vues sur moi – et pourtant, je suis prise au dépourvu.

Dîner ? Jeudi ? C'est *demain*.

Un corps moelleux m'effleure le mollet et je baisse les yeux pour voir Coton agiter la queue en me regardant.

— Il veut dîner avec moi demain, dis-je au chat.

Même à mes propres oreilles, ma voix me semble ahurie.

— Tu t'en rends compte ?

Contrairement à Reine Élisabeth, Coton n'est pas une femelle et je sais qu'il se fiche royalement de ma vie sentimentale. Il lève la patte et, une fois de plus, me heurte le mollet. En soupirant, je pose mon téléphone et le soulève dans mes bras. Sinon, il ne me laissera jamais tranquille. Heureusement, il n'est pas aussi lourd que M'sieur Dodu et je peux le porter à un bras, ce qui me laisse une main libre pour récupérer le téléphone.

En me mâchonnant la lèvre, je lis à nouveau le texte, mille questions en tête. S'il s'agissait d'un autre homme – Mark de l'appli de rencontre, par exemple –, ce serait facile. Je le remercierais pour le gentil cadeau, je proposerais une pizzeria non loin de chez moi et je laisserais les choses se dérouler. Mais là, c'est Marcus – l'homme aux costumes sur mesure et aux mains sorties tout droit de mes fantasmes. Il me met mal à l'aise, et ce n'est pas uniquement à cause de mes réactions physiques en sa présence.

Aussi bizarre que cela paraisse, il y a quelque chose de presque... dangereux chez lui, pas tout à fait civilisé.

Coton émet un ronronnement sonore et je reporte mon attention sur lui. Abandonnant le téléphone, j'entreprends de caresser son doux pelage soyeux. C'est le plus câlin de mes trois chats. Il exige un moment de tendresse au moins une fois par jour, et en temps normal, je me fais un plaisir de le lui accorder. Pourtant en cet instant, je suis trop submergée par les événements pour m'occuper d'un chat en demande de caresses.

Marcus m'a demandé de sortir avec lui et je ne sais absolument pas quoi dire.

arcus

POURQUOI NE ME RÉPOND-ELLE PAS ?

Frustré, je jette un regard noir sur mon téléphone, où une notification au bas de l'écran m'informe que mon message a bien été reçu et lu dix minutes plus tôt. Je sais que ma frustration est irrationnelle – dix minutes, ce n'est pas *si* long –, mais je ne peux contrôler l'impatience qui me consume.

Bon sang, pourquoi ne répond-elle pas ?

Je suis toujours dans mon bureau et j'ai un million de choses à faire avant de partir ce soir, et pourtant je reste obnubilé par l'absence de réponse d'Emma. Au lieu de travailler, j'ai passé les dix dernières minutes à regarder mon téléphone – dix minutes qui, à mon taux horaire, reviennent à plusieurs milliers de dollars.

Enfin, après ce qui me semble durer une éternité, trois points apparaissent.

Emma écrit quelque chose.

Je me surprends à retenir mon souffle comme un adolescent amoureux, si bien que je prends sur moi et me concentre sur mon ordinateur, oubliant le téléphone. Mais c'est peine perdue. La feuille de calcul danse devant mes yeux et je ne comprends même pas les nombres que je lis.

Bon Dieu, c'est de la pure folie.

Plus tôt dans la journée, j'ai appelé Emmeline afin de la remercier pour le dîner et lui demander comment s'est passé son vol, mais je n'ai pas ressenti une fraction de cette excitation étrange. Notre conversation était calme et polie. Lorsque j'ai raccroché, j'étais plus convaincu que jamais qu'Emmeline est exactement le genre de femme que je recherche : belle, intelligente, stable et bien éduquée. Elle n'est pas du genre à hurler, vociférer ou piquer une crise si les choses ne tournent pas comme elle le souhaite. Elle ne rentrerait jamais chez elle ivre morte, accompagnée par deux abrutis tout aussi saouls. Et surtout, elle ne baiserait jamais avec les deux abrutis en question devant son fils de cinq ans.

Mon humeur s'assombrit à ce souvenir d'enfance et je jette un œil sur le téléphone, où les trois points apparaissent toujours. Pourquoi est-ce si long ? Elle rédige un message fleuve ?

Mon impatience ne fait qu'accentuer ma frustration. J'ai fondé ma société il y a quinze ans, et depuis, je me suis forgé des nerfs d'acier. Il le fallait, car avec le développement des capitaux de notre fonds, les risques n'ont cessé d'augmenter en proportion. Ces cinq dernières années, nos principaux placements sont passés de plusieurs millions de dollars à plus d'un milliard. Si je ne m'étais pas exercé à la patience, si je n'avais pas appris à cesser de surveiller chaque frémissement du marché pour me concentrer sur le nécessaire, j'aurais déjà subi une crise cardiaque précoce sous l'effet du stress.

Alors, si mon esprit peut mettre en pause un marché qui se chiffre en milliards, pourquoi suis-je incapable de détourner les yeux de ces trois foutus points de suspension ?

Allez, pensé-je en fixant l'écran. *Affiche ta réponse.* Si je pouvais franchir la barrière du téléphone et secouer la petite rousse, je le ferais, parce que c'est ridicule. Est-ce si long d'écrire oui ou non ? Oui, de préférence, mais même un rejet serait plus supportable que cette attente infinie. Bien sûr, je ne l'accepterais pas, mais au moins, cela me donnerait une base pour la suite, un point de départ pour le reste de ma campagne assouvir-mon-envie-d'Emma. Ainsi, je pourrais établir une stratégie et préparer le prochain coup...

Les trois points disparaissent enfin, remplacés par un message.

Merci pour les fleurs, les croquettes et la pâtée. Mes chats sont très contents :) On pourrait se retrouver chez Papa Mario's Pizza à 19h demain pour notre discussion sur l'éthique ?

Ma première réaction – le soulagement – se change en perplexité quand je découvre le restaurant qu'elle propose. Une rapide recherche me révèle un site web minable, et les avis sur Yelp évoquent un « simple stand avec la pizza à emporter la moins chère de Brooklyn ». C'est à deux pâtés de maisons de chez Emma, mais de mon point de vue, c'est l'unique avantage de cet établissement.

Bon sang, pourquoi veut-elle aller là-bas ?

Je tambourine des doigts sur la table en réfléchissant, puis je réponds : *Si tu as envie de manger italien, je connais un excellent restaurant familial à Bensonhurst. Ils font la meilleure pizza des cinq arrondissements et ce n'est pas très loin de chez toi. Je passe te prendre à 18h45 ?*

Les trois points reviennent presque instantanément cette fois, suivis par :

Comment s'appelle le restau ?

Je fronce les sourcils. Selon mon expérience, quand j'invite une femme, elle me laisse choisir sans poser de questions, surtout quand je propose le genre de cuisine qu'elle semble apprécier.

Soit Emma tient à garder le contrôle, soit elle est *très* pointilleuse en matière de pizza.

Je me renfrogne encore davantage et je lui envoie le nom de l'établissement.

Trois minutes plus tard, elle me répond : *D'accord, je serai prête.*

J'éprouve un élan de satisfaction aussi intense que lorsque j'ai gagné mon premier million. Avec un sourire irrépressible, je repose le téléphone et me tourne vers mon écran d'ordinateur, où les nombres retrouvent soudain tout leur sens.

J'ai remporté ma première grande bataille dans la campagne pour Emma, et j'attends avec impatience la suite de la guerre.

 mma

QUAND JE PARLE À KENDALL DE MON PROCHAIN rencard, elle s'étrangle presque avec son expresso.

— Tu, *quoi* ?

— Je dîne avec un gestionnaire de fonds spéculatif ce soir, dis-je en versant une dose généreuse de lait dans ma tasse de café. Alors, tu vois, je ne suis pas qu'une femme à chats.

— Waouh, du calme. Rembobine.

Elle se penche en arrière et ses yeux noisette étincellent avec l'intensité d'un requin alléché par l'odeur du sang.

— Quand et comment est-ce arrivé ?

En souriant, je lui raconte toute l'histoire, à commencer par le quiproquo.

— Alors, oui, dis-je en guise de conclusion. J'ai un rencard ce soir.

— Avec Marcus, le gestionnaire de fonds spéculatif, dit-elle, incrédule. Qui est venu te harceler jusque sur le pas de ta porte et qui t'a fait livrer de la bouffe pour chats. Sans compter les rêves érotiques.

— Oui, réponds-je avec un immense sourire. Lui-même.

Kendall et moi, nous nous voyons rarement en semaine, mais comme j'ai mon jeudi de libre, j'ai décidé d'aller prendre un café à Manhattan avec elle.

Je voulais voir sa réaction en personne.

Elle ne me déçoit pas.

— Emma !

Mon prénom sort de sa bouche d'une voix haut perchée.

— Oh, bordel ! Je suis si fière de toi ! Tu te tapes Monsieur Haute Finance !

Les autres clients du café jettent un œil dans notre direction, mais je suis trop excitée pour me sentir gênée. Depuis le message de Marcus, j'essaie de réprimer cette étrange fébrilité, mais c'est plus fort que moi. Je suis tellement survoltée que j'ai à peine dormi la nuit dernière, et pourtant je ne me sens absolument pas fatiguée.

J'ai *rendez-vous* avec Marcus.

— Connais-tu le nom de sa société, sais-tu si elle est grande ? demande Kendall, me faisant revenir du rêve enfiévré où je m'étais absentée, en compagnie des mains de Marcus et d'autres parties de son corps. Ou quel est son nom de famille ? De manière générale, as-tu fait des recherches à son sujet ? Sais-tu s'il est marié, célibataire ou divorcé ?

— Non, et non.

J'essaie de ne pas rougir à la question de Kendall, à savoir si « elle est grande ».

— Je lui poserai la question ce soir, mais je suis sûre qu'il n'est pas marié. Il avait rendez-vous avec une certaine Emmeline, il ne ferait pas ça s'il avait déjà quelqu'un.

— Oh, pitié, fait Kendall en pouffant dans son café. Ne sois pas naïve. Les hommes sont prêts à tout pour baiser. Et puis, tu viens de le rencontrer. Qu'est-ce que tu en sais, c'est peut-être un chaud lapin invétéré ?

— Peut-être, mais ça m'étonnerait.

Il est toujours possible que je me trompe, mais Marcus ne m'a pas semblé du genre infidèle – du moins, pas une fois qu'il est engagé dans une relation sérieuse. Pendant un moment, je me demande ce qui s'est passé ce jour-là avec Emmeline, mais je chasse cette pensée.

S'il s'était bien entendu avec elle, je doute qu'il m'aurait invitée à sortir.

— Bon, dit Kendall en rejetant ses longs cheveux noirs par-dessus son épaule. N'oublie pas, sois très prudente, parce que les hommes sont des chiens. Ou si tu préfères la métaphore féline, ce sont de vrais matous. Tu es toujours sortie avec des ringards qui n'auraient pas pu avoir deux femmes en même temps même s'ils le voulaient, alors tu n'as pas beaucoup d'expérience dans ce domaine, mais...

— Ça alors, merci ! Contente de savoir ce que tu penses de mes charmes.

Kendall a la délicatesse de paraître contrite.

— Écoute, je ne dis pas que tu n'es pas séduisante, mais tu as tendance à te tourner vers des gars qui ne te font pas ressentir la moindre menace.

— Quoi ?

Décidément, cette conversation prend une drôle de tournure.

Kendall soupire.

— Emma... Ne le prends pas mal, mais tu n'es pas du genre à prendre des risques, tu comprends ? Tu préfères jouer la sécurité, t'installer dans une routine confortable. C'est pour ça que tu es toujours à Brooklyn au lieu de vivre sous le soleil de Floride et que tu travailles dans cette petite librairie faute de mieux. C'est pour ça que tu te caches derrière tes chats, tes fringues miteuses et tes bouquins – et des hommes conformes à l'image que tu as de toi-même et non à ce que tu es vraiment.

— Attends, quoi ?

Devant de telles analyses pseudo-psychologiques, je ne sais même pas où commencer. Je n'en reviens pas que Kendall pense cela de moi.

— Tu as dit toi-même que je devenais une femme à chats, alors comment pourrais-je me tromper sur l'opinion que je me fais de moi ? Et j'adore les risques, tu oublies que je travaille comme indépendante ?

Ma voix est vibrante d'indignation.

— Si je n'ai pas déménagé en Floride avec mes grands-parents, tu sais très bien que c'est parce que tous les éditeurs sont ici. Si je veux une carrière dans...

— Tu n'en veux pas, rétorque Kendall avec un regard franc. Tu as peut-être visé une carrière dans l'édition à une époque, mais tu m'as dit toi-même que le paysage était en train de changer dans ce secteur et que les grands éditeurs n'étaient plus ce qu'ils étaient. Que c'est pour cette raison que tu obtiens tant de contrats de correction en tant qu'indépendante – activité que tu te contentes de faire sans conviction, comme extra, au lieu d'en faire ton vrai métier.

Elle croise les bras.

— Regarde les choses en face, Emma : tu es encore à Brooklyn et tu as gardé ton tout premier job parce que tu n'aimes pas le changement.

— Ce n'est pas vrai...

— Si, c'est vrai.

Elle décroise les bras et reprend sa tasse de café.

— C'est pour ça que tu portes les mêmes fringues jusqu'à ce qu'elles tombent en charpie, et que tu ne sors qu'avec des types qui n'ont aucune chance avec d'autres filles aussi jolies que toi. Comme pour la femme aux chats, si je te dis ça, c'est parce que tu te négliges et je voulais que tu réagisses. Ça a marché, à l'évidence.

Elle sourit, espérant sans doute revenir sur la question de Marcus, mais je suis trop troublée pour lui sourire en retour. Le pire dans le portrait peu flatteur qu'elle vient de brosser à mon sujet, c'est qu'elle a raison sur un point : la carrière que je convoitais n'aura peut-être jamais lieu, et pourtant je n'ai pas rectifié le tir pour m'adapter à cela, préférant me cacher la tête dans le sable. Quand j'ai commencé à travailler chez Smithson Books, j'étais en première année de fac et je considérais ce poste comme un boulot à temps partiel, un moyen de gagner un peu d'argent tout en travaillant dans le milieu qui me plaisait. Après mon diplôme, comme je n'ai pas réussi à trouver d'emploi chez une grande maison d'édition, car elles avaient tendance à réduire leurs effectifs et à changer de mode de fonctionnement, je suis restée à la librairie en me disant que ce serait temporaire, le temps de lancer ma véritable carrière.

Les semaines sont devenues des mois, puis des années, et la situation temporaire s'est éternisée.

Le dégoût que je ressens envers moi-même forme un nœud épais dans ma gorge alors qu'une autre réalité désagréable me frappe : Kendall a également raison sur mon activité de correctrice indépendante. Je ne mets pas vraiment de cœur à l'ouvrage, comme si c'était un passe-temps plus qu'une véritable profession. Je n'ai même pas créé de site web, même si je suis parfaitement consciente de l'importance d'être présente en ligne dans la grande communauté littéraire.

Pas étonnant que les dettes de mon prêt étudiant ne semblent jamais se terminer et que je stresse à chaque perspective de dîner au restaurant : j'habite dans l'une des villes les plus chères du monde avec un salaire de caissière – tout cela pour m'accrocher à un rêve de carrière qui, je le sais bien, n'a plus aucun sens.

— Pourquoi ne me l'avais-tu jamais dit ?

J'essaie de ne pas paraître amère, mais j'échoue lamentablement. C'est difficile de devoir regarder la réalité en face.

— Si tu as vu que j'étais ridicule depuis longtemps, pourquoi as-tu attendu ce moment pour m'en parler ?

Le visage de Kendall devient maussade.

— Parce que je ne pensais pas que tu étais prête à l'entendre, et parce que je ne voulais pas que tu réagisses comme tu réagis en ce moment. Je sais que tu as des raisons de chercher le confort dans les choses familières, et puis tu ne faisais rien de dangereux ni d'autodestructeur. Disons que tu as tendance à t'encroûter, mais je sais que tu peux rectifier ça si tu y mets du tien. Et puis, c'est égoïste, mais je préfère que tu sois ici avec moi, pas en Floride ou une autre région où tu aurais pu t'installer si tu avais un boulot de correctrice à plein temps qui te laisse libre dans le choix de ton cadre de vie.

— Kendall...

Je ne sais pas si j'ai envie de la frapper ou de l'enlacer, alors je ne fais rien. Au lieu de quoi, je prends ma tasse de café. J'essaie de calmer mes pensées en ébullition tout en avalant une gorgée de boisson chaude. M'attardant sur le seul point qui me semble incohérent dans son discours, je demande :

— Si tu as cette impression, alors pourquoi essaies-tu de me mettre en garde contre Marcus ? N'est-ce pas un pas dans la bonne direction, justement ? Quelque chose de différent... de risqué ?

— Oui, bien sûr, c'est pour ça que je suis très fière de toi.

La mine tendue de Kendall se détend un peu et un sourire taquin étire les commissures de ses lèvres.

— Tu t'aventures hors de ta zone de confort et je me réjouis pour toi. Je ne veux pas que tu te précipites tête baissée et que tu en souffres dès tes premiers pas, c'est tout. Tous les hommes ne sont pas aussi inoffensifs que tes gentils intellos, tu sais.

Je pose ma tasse.

— Évidemment, je le sais.

Inoffensif n'est clairement pas un adjectif que j'emploierais pour décrire Marcus. Je me force à sourire en répondant :

— Promis, je serai prudente. Je lui poserai toutes mes questions et je m'assurerai qu'aucune épouse ne se cache dans cette histoire. En fait, je vais tellement le cuisiner qu'il ne comprendra pas ce qui lui tombe dessus.

Kendall me dévisage avec des yeux de chouette ébahie et je lui renvoie son regard. L'instant d'après, nous sommes prises de fou rire et la tension se dissipe comme neige au soleil.

UNE FOIS À LA MAISON, JE PRENDS UNE DOUCHE, ME RASE les jambes et laisse mes cheveux sécher naturellement pour éviter qu'ils ne soient trop frisés. Ensuite, je passe une bonne heure à essayer différentes tenues, les écartant les unes après les autres. Enfin, j'opte pour un jean, mes bottes à talons relativement neuves (elles n'ont que deux ou trois saisons et elles sont encore plus ou moins à la mode) et mon chemisier le plus élégant avec un pull-over. J'ajoute même quelques bijoux et, une fois n'est pas coutume, un peu de maquillage. Je mets aussi du fond de teint, mais je m'en débarrasse aussitôt – ça me donne l'air d'un clown. Je termine avec un peu de mascara pour assombrir mes cils auburn et une fine couche de fard à joues qui estompe un peu mes taches de rousseur, avant d'appliquer du gloss sur mes lèvres – mon look habituel pour un premier rencard.

En fait, rien ne sort de l'ordinaire dans mon look de ce soir, même si j'ai passé deux fois plus de temps qu'avant mon rencard raté avec Mark. Je ne sais pas ce que j'espérais avec tous ces préparatifs, mais le résultat est immuable. Je suis à peine un peu plus pimpante. Je ne suis pas comme ces filles qui ont l'art de se transformer en quelques coups de pinceau. Chaque fois que j'essaie, je me retrouve avec une allure de clown comme tout à l'heure. En temps normal, ça ne me dérange pas, mais ce soir, j'aurais aimé maîtriser les ombres et le contouring, savoir mettre mes yeux en valeur et rehausser mes pommettes.

Ce soir, j'ai envie d'être jolie pour *lui*.

Tu es pathétique, Emma. Arrête tout de suite.

J'ai beau me répéter cet avertissement, je sais que

c'est inutile. La frénésie qui m'a empêchée de fermer l'œil la nuit dernière est de retour. À cause de ce mélange d'excitation et d'impatience nerveuse, je suis incapable de rester tranquille plus d'une minute. Je dois corriger une nouvelle pour un client, mais chaque fois que je m'assieds et que j'essaie de me concentrer, les mots dansent sur la page et je ne vois que ses yeux bleus fixés sur moi.

Génial, franchement génial. Voilà pourquoi j'aurais dû refuser. Kendall a peut-être raison. J'ai tendance à viser les gars sans danger, mais après tout, je suis comme ça. Je n'aime pas du tout ce sentiment d'insécurité, de flottement – ce désir éperdu de plaire à un homme. À la fac, quand toutes mes copines craquaient pour des sportifs et des bad-boys, je sortais avec des garçons gentils et sans histoires – comme Jim, mon dernier vrai petit ami. Avec lui, je n'ai jamais eu à me soucier de mes tenues. Il m'aimait tout autant en vieux pyjama et chaussons qu'en jupe et talons hauts. En fait, la plupart du temps, il ne faisait même pas la différence. Pour lui, une fille restait une fille, quoi qu'elle porte. Nous avons fini par nous séparer, parce qu'il devenait trop collant. Il me pompait tout mon temps et mon énergie à tel point que j'étais épuisée, mais avant cela, sortir avec lui me donnait l'impression d'être avec l'un de mes amis, c'était tranquille et facile.

En me regardant dans le miroir, je me rends compte que j'ai les joues roses et une lueur fiévreuse dans mes yeux gris. Ce dîner avec Marcus n'aura rien de tranquille ni de facile, j'en suis bien consciente.

Et puis, ce ne sera pas donné. Le restaurant qu'il a choisi se situe dans la tranche supérieure de mon budget. Je vais devoir me restreindre en courses alimentaires tout le reste de la semaine. J'aurais dû insister pour aller chez Papa Mario, mais j'avais peur que Marcus n'aime pas, alors j'ai cédé – ce qui ne me serait jamais arrivé avec Jim ni un autre des garçons que j'ai fréquentés.

Pendant un moment, je me demande s'il est trop tard pour annuler, mais aussitôt, je me reproche ma lâcheté. Je peux surmonter un dîner avec cet homme, aussi affolant que soit l'effet qu'il provoque chez moi. Si Kendall dit vrai, ce sera même une bonne expérience, au moins je sortirai de ma zone de confort. En plus, je ne m'engage à rien du tout. J'ignore quelles sont les motivations de Marcus, mais il se rendra vite compte que nous n'avons pas grand-chose en commun et cela n'ira pas plus loin.

Je peux survivre à une soirée avec Monsieur Haute Finance.

D'ailleurs, je suis même un peu impatiente.

14

Marcus

Je suis devant l'appartement d'Emma à 18h45 précises, malgré la circulation en pleine heure de pointe. Mon chauffeur personnel, Wilson, est excellent. En jonglant avec des applications GPS et son instinct, il parvient toujours à m'emmener à destination en temps et en heure – exploit presque impossible à New York.

Je prends une inspiration pour me calmer et j'appuie sur la sonnette. Je vibre d'impatience. Un miaulement sonore se fait entendre, suivi par de petits bruits de pas précipités.

— Tais-toi, Dodu, s'exclame Emma sur un ton agacé, d'une voix étouffée par la porte. Allez, créature infernale. Ouste !

Une seconde plus tard, la porte s'ouvre et elle

apparaît devant moi, les joues rouges et un peu essoufflée. Aussitôt, une vague de chaleur me traverse pour aller se concentrer entre mes jambes. Je ne peux m'empêcher de l'imaginer une fois que je l'aurai baisée.

Concentre-toi, Marcus. Respire.

À l'évidence, elle a fait un effort pour tenter de discipliner ses boucles rousses, mais une mèche rebelle dépasse de sa chevelure. Son manteau beige élimé est de travers et couvert de poils blancs – vraisemblablement à cause des trois chats que j'aperçois dans le couloir derrière elle. L'un d'eux se lèche la patte avec nonchalance, l'autre agite la queue et le troisième – un matou imposant – me regarde d'un air peu engageant. L'instant d'après, le gros chat s'élance vers moi et Emma se baisse pour le soulever.

— Salut, dit-elle dans un souffle.

Elle se redresse en serrant le chat agité contre sa poitrine.

— Désolée. M'sieur Dodu est jaloux quand des hommes viennent à la maison.

— Vraiment ?

Ma voix est tendue. À ma grande surprise, je comprends exactement ce que ressent la boule de poils blanche, parce que l'idée que des hommes viennent chez Emma me donne envie d'étrangler quelqu'un. Ravalant cet élan de jalousie irrationnelle, je réponds d'un ton badin :

— Il est possessif ?

— Oh, oui. Beaucoup.

Elle souffle sur une autre boucle égarée afin de l'écarter de son visage.

— Attends, je vais prendre mon sac.

Tout en s'efforçant de garder le chat sous un bras, elle tend la main vers le sac marron qu'elle portait déjà la dernière fois et je l'aide à le décrocher de la patère près de la porte.

— Merci, dit-elle en se baissant pour reposer le chat par terre.

Il essaie à nouveau de se ruer vers moi, mais Emma lui bloque habilement le passage avec ses jambes. Elle me prend le sac des mains et déclare :

— Allons-y.

Je sors, heureux de quitter ce couloir infesté de félins. Quand j'étais petit, j'aimais les chiens et les chats, mais je ne m'intéresse plus aux animaux de compagnie aujourd'hui. L'idée de m'en occuper ne me plaît plus, sans compter qu'en intérieur, je trouve cela désordonné et un peu sale.

Ça ne te regarde pas, me dis-je alors qu'Emma parvient à sortir sans être suivie et se retourne pour fermer la porte à clé. Si j'envisageais d'avoir une relation à long terme avec Emma, ce serait un sujet de dispute, mais ce n'est pas le cas.

Je suis ici afin de satisfaire cette envie saugrenue et arrêter d'y penser une bonne fois pour toutes.

Après avoir verrouillé sa porte d'entrée, Emma se tourne vers moi et m'adresse un sourire penaud.

— Désolée. Mes chats peuvent être un peu envahissants.

— Aucun problème.

Poliment, je lui offre mon bras, et mon ventre se contracte lorsque sa petite main se niche au creux de mon coude. Elle est minuscule à côté de moi. Sa tête m'arrive à peine à l'épaule, et pourtant il n'y a absolument rien d'enfantin dans le balancement sensuel de ses hanches, alors que je la conduis vers la voiture.

Emma Walsh n'est peut-être pas mon genre de femme, mais je la désire trop pour m'en soucier.

15

Emma

MARCUS ME CONDUIT VERS UNE ÉLÉGANTE VOITURE noire garée au bord du trottoir et il m'ouvre la portière. Je monte sur la banquette arrière, le visage brûlant malgré le vent froid de novembre. Il prend place à côté de moi. L'habitacle est spacieux, mais avec la présence de Marcus, je m'y sens presque à l'étroit. Il ne s'agit pas que de sa carrure colossale, tout chez lui m'oppresse. Il occupe l'espace au-delà du physique, comme s'il avait de l'autorité sur l'air environnant.

À côté de lui, j'ai l'impression d'être un astéroïde coincé dans l'orbite de Jupiter – petit et incapable d'échapper à l'attraction de l'énorme planète.

— Au restaurant, s'il vous plaît, Wilson, dit Marcus au chauffeur.

Je vois l'homme hocher la tête dans le rétroviseur alors que la voiture se met en branle. Marcus connaît son prénom et je me demande s'il a loué le véhicule pour la soirée ou si Wilson est son chauffeur attitré, personnel ou professionnel. Les gens ont encore des chauffeurs de nos jours ?

Avant que je puisse l'interroger, Marcus reporte son attention sur moi.

— Alors, Emma, dit-il.

Sa voix grave réveille quelque chose aux tréfonds de mon être.

— Parle-moi un peu de toi.

— Que veux-tu savoir ?

J'espère avoir l'air assuré, même si j'ai l'impression qu'une gamine nerveuse de douze ans a pris possession de mon corps. J'ai le sentiment désagréable de passer un entretien d'embauche – renforcé par le fait que Marcus porte un costume et une cravate sous son manteau d'hiver déboutonné. Je sais qu'il sort sans doute du travail, et ce n'est pas parce qu'il est sur son trente-et-un que cela fait de moi une souillon, mais je me sens maladroite, hésitante, en décalage.

Arrête, Emma. Ce n'est qu'un homme. Canon et intimidant, peut-être, mais ce n'est qu'un homme.

— Ça fait longtemps que tu habites à Brooklyn ? demande-t-il, son regard clair assombri par l'intérieur obscur de la voiture.

— Depuis toujours, dis-je en m'efforçant d'avoir l'air naturel. J'y suis née et j'y ai grandi. Et toi ?

— Je suis né à Staten Island, alors je suis new-yorkais comme toi.

— Oh. Serais-tu d'origine italienne, par hasard ?

Voilà qui expliquerait son teint d'olive.

— Du côté de ma mère.

Sa réponse est sèche, comme si j'avais abordé un sujet sensible.

— Moi, je suis surtout irlandaise, dis-je spontanément en espérant rattraper l'erreur que j'ai commise sans le savoir.

— Je m'en doutais.

La réponse de Marcus est ironique et quand la voiture s'arrête à un feu de signalisation, je distingue l'ombre d'un sourire sur son visage.

Instinctivement, je me touche les cheveux.

— C'est plutôt évident, n'est-ce pas ?

— Une intuition, répond Marcus.

Je lui souris. Déjà, ma nervosité retombe.

Nous continuons à discuter de tout et de rien pendant le trajet d'un quart d'heure. J'apprends que Marcus habite à Tribeca et que son bureau est dans le quartier de Midtown. Cela ne m'étonne pas. Si quelqu'un peut se permettre de vivre et de travailler à Manhattan, c'est bien un gestionnaire de fonds spéculatif. Je ne suis pas très au point sur le salaire moyen d'un financier de Wall Street, mais je suis à peu près certaine que ces gars-là gagnent des mille et des cents.

— Comment s'appelle ta société ? je demande en me remémorant la question de Kendall, alors que le véhicule s'arrête devant un petit restaurant à la devanture chaleureuse.

Mon amie risque de me cuisiner à ce sujet, alors autant recueillir toutes les informations possibles.

— Carelli Capital Management, répond Marcus en ouvrant.

Il descend et tient la portière ouverte afin de me permettre de passer. Une fois que je suis dehors, il me prend doucement par le coude pour m'éviter de trébucher, et à nouveau je sens le rouge me monter aux joues. Malgré l'épaisse couche de mon manteau en laine, je sens l'étau de sa poigne, la puissance qui pourrait être dévastatrice s'il la déchaînait.

Il ne me lâche toujours pas le bras et mon cœur bat la chamade quand je le regarde. Les lampadaires illuminent sa bouche et la ligne nette de son menton, laissant ses yeux plongés dans l'ombre. Pendant un bref instant illusoire, j'ai l'impression d'être un petit animal pris au piège d'un chasseur. Un courant chaud et électrique circule entre nous dans un moment chargé de tension, puis il me libère le bras et se tourne en m'offrant son coude.

— Tu veux bien ?

Son intonation est posée, comme s'il n'était nullement affecté par ce qui venait de se passer entre nous. Pourtant, je remarque sa mâchoire qui se contracte et je sais qu'il l'a senti, lui aussi.

La bouche sèche, je pose la main au creux de son coude en m'efforçant de ne pas songer à la solidité et à l'épaisseur de son bras. J'ai l'impression de tenir un tronc d'arbre incurvé – un tronc vêtu de cachemire onéreux.

— Tu viens souvent dans ce restaurant ? je demande en essayant de maîtriser mon souffle, alors que nous rejoignons l'entrée.

Marcus a de longues jambes et je dois faire deux pas quand il n'en fait qu'un seul. Cet exercice, combiné à la chaleur qui palpite sous ma peau, me donne l'impression d'avoir gravi trois étages au pas de course.

— De temps en temps, répond-il en m'ouvrant la porte.

Dès que j'entre, je hume avec plaisir les arômes riches et savoureux de basilic, d'ail rôti et de pâte cuite au four. Ce sont les mêmes effluves que chez Papa Mario, mais l'atmosphère est infiniment plus accueillante. Le restaurant est petit, mais propre et cosy, avec une dizaine de tables couvertes de nappes blanches, ornées de vrais bouquets de fleurs dans des vases. Même si nous sommes jeudi soir, chaque table est occupée, sauf celle du coin opposé.

Ce dîner vaudra peut-être la fortune que je vais y laisser.

Je déboutonne mon manteau en souriant à Marcus.

— C'est charmant. Merci d'avoir proposé ce restaurant.

— Ça me fait plaisir. Attends, je vais prendre ton manteau.

Il tend la main et je n'ai pas d'autre choix que de le laisser faire. Ses doigts effleurent mes épaules et malgré mon pull, la chaleur irradie autour de ce point de contact.

Oh, là, là, s'il pose les mains sur ma peau nue... Cette seule pensée me noue les entrailles.

Un petit homme aux cheveux bruns, d'un âge indéterminé, s'approche de nous.

— Bienvenue, Monsieur Carelli.

Il a un fort accent italien et ses yeux noirs pétillent sur son visage fin.

— Je vous en prie, suivez-moi.

Il nous conduit vers la table du coin. Tout en marchant, Marcus pose la main au creux de mon dos et je retiens une inspiration, saisie par ce geste possessif inattendu. Mon cœur bat plus fort et un picotement chaud se propage dans tout mon corps pour venir se concentrer dans mon bas-ventre. La main de Marcus est légère, déférente, mais l'intention purement virile qu'elle exprime est indéniable. Il manifeste sa possession, annonçant aux autres clients du restaurant que, pour ce soir du moins, je lui appartiens.

C'est ce que ferait un homme avec une femme qu'il souhaite mettre dans son lit – ou avec qui il a l'intention de coucher très prochainement.

Arrête, Emma. Il se comporte comme un gentleman, c'est tout. Alors même que je me fais cette réflexion, mon pouls s'emballe et les images de mes rêves érotiques déferlent dans ma tête, dans toute leur gloire très explicite.

— Tu vas bien ? demande Marcus en baissant les yeux sur moi.

Je prends conscience que mon visage doit être aussi rouge que mes cheveux.

— Oui, bien sûr, dis-je en essayant d'ignorer la sensation de sa grande paume dans mon dos. J'ai un peu faim, c'est tout.

— Alors, mangeons, répond-il, laissant tomber sa main alors que le serveur tire une chaise pour moi.

Marcus contourne la table pour rejoindre son côté et je m'assieds, soulagée d'être libérée de sa proximité dévastatrice.

— Que souhaitez-vous boire ? demande le serveur en s'attardant à côté de notre table.

— De l'eau plate pour moi, s'il vous plaît, dis-je.

— Moi aussi, ajoute Marcus sans attendre.

Je souris, ravie qu'il n'ait pas essayé de me forcer à boire de l'alcool. Certains hommes aiment procéder ainsi, comme si une femme qui buvait de l'eau représentait un affront à leur masculinité. Je n'ai rien contre l'alcool – il m'est souvent arrivé de boire au point d'en vomir quand j'étais à la fac –, mais je n'aime pas assez le goût du vin et de la bière pour en consommer à chaque repas.

Je prends le menu et l'étudie attentivement. La seule chose qui corresponde à mon budget, ce sont les pizzas proposées en entrée. Mon choix est vite fait. Quand je lève les yeux, Marcus me regarde avec une étrange intensité.

— Qu'y a-t-il ? je demande, soudain gênée.

— Rien, dit-il en esquissant un sourire. Tu es très mignonne quand tu es concentrée.

Une chaleur traîtresse remonte sur mes joues,

— Euh, merci.

J'ai bredouillé tout bas. Après m'être éclairci la voix, je demande sur un ton plus affirmé :

— Qu'est-ce que tu prends ?

— Les calamars en entrée, je pense, puis le risotto à l'encre de seiche. Sens-toi libre de partager l'un de ces plats avec moi, dit-il en refermant son menu. Et toi ? Quelque chose te tente en particulier ? Si tu veux, je peux te recommander quelques plats en fonction de ton humeur.

— Oh, non, ça va, je te remercie. Je vais prendre la petite pizza en entrée.

Il sourit.

— Bon choix. Elle est excellente ici. Et en plat principal ?

— Je ne suis pas affamée à ce point, alors je vais me contenter de l'entrée.

Ce n'est pas un mensonge, parce que j'ai mangé un sandwich au beurre de cacahuète avant de partir. C'est ma technique pour ne pas mourir de faim en attendant que le repas soit servi – et pour ne pas flamber mon budget nourriture mensuel en un seul dîner.

— Tu en es sûre ?

Il fronce les sourcils devant mon revirement et je lui adresse un sourire de jeune femme qui n'a pas faim.

— Oui. La petite pizza me suffit amplement.

— Bon, si c'est ce que tu veux.

Il fait signe au serveur de s'approcher et nous commandons nos plats. Puis le serveur s'éloigne et nous restons tous les deux, à notre table d'angle semi-privée. Nous nous dévisageons et, à nouveau, j'éprouve cette tension électrique, qui monte et se propage jusqu'à nous envelopper dans une bulle d'un genre étrange. Nous sommes dans un restaurant bondé, mais j'ai l'impression que nous sommes parfaitement seuls. Je suis consciente de sa présence à un degré qui m'effraie. Chaque mouvement de ses mains, chaque souffle qui gonfle sa poitrine, je perçois tout cela si nettement qu'on dirait que nous sommes unis par un fil invisible. Impatiente de rompre le charme, je dis :

— Alors, Marcus...

— Alors, Emma... fait-il en même temps.

Nous éclatons de rire et la bulle de tension explose comme un ballon trop plein.

— Commence, dit Marcus en souriant.

Je me liquéfie sur ma chaise. Il a le plus beau des sourires, avec ses dents blanches et les fossettes sexy qui creusent ses joues bien dessinées. Ses traits austères s'en trouvent radoucis et ses yeux d'un bleu glacial se réchauffent. S'il était déjà d'une beauté intimidante, il en devient torride à en mouiller sa culotte. Ce n'est pas une exagération, car je sens mon entrejambe devenir moite. Si j'avais mon vibro sous la main, il me faudrait moins de deux minutes pour jouir. Peut-être trois, tout au plus.

Bon Dieu, Emma, reste au-dessus de la ceinture.

Réprimant le rougissement qui me menace, je réponds :

— J'allais te demander si tu avais fini par rencontrer

la fameuse Emmeline. Tu sais, la femme que tu devais voir ce soir-là ?

Marcus perd son sourire.

— Oui, je l'ai vue.

— Oh ?

Pour une raison quelconque, mon cœur se serre.

— Que s'est-il passé ?

— Nous avons dîné, dit-il en haussant les épaules. Et toi ? As-tu rencontré Mark ?

— Non.

La pression dans ma poitrine s'intensifie quand je me remémore l'avertissement de Kendall.

— Je crois qu'il a été fâché par ce qui s'est passé, parce qu'il n'a jamais répondu à mon email d'excuses.

— Je vois.

Marcus boit une gorgée d'eau. Par-dessus le bord de son verre, il me dévisage d'un regard insondable.

— Es-tu déçue ? D'ailleurs, qui était ce Mark ?

— Un gars d'une appli de rencontre.

Marcus essaie manifestement de me maintenir au centre de la conversation, mais les mots de Kendall résonnent à mes oreilles et je ne me laisse pas décourager aussi facilement.

— Et cette Emmeline, alors ? je demande d'un ton désinvolte. Qui était-ce, et comment s'est passé votre dîner ?

— Je l'ai rencontrée par l'intermédiaire d'un genre de site de rencontre, elle aussi, dit-il en s'adossant dans sa chaise.

Son visage demeure inexpressif, et comme il essaie

d'esquiver ma deuxième question, ma curiosité redouble.

— C'est-à-dire, un genre de site de rencontre ?

Je prends mon verre d'eau. Je plaisantais avec Kendall quand je lui disais que j'allais passer Marcus sur le grill, or mon instinct me dicte d'insister.

— Une entremetteuse, lâche-t-il alors.

Je m'étrangle avec ma gorgée d'eau. En toussotant, je m'exclame :

— Une *quoi* ?

— Une entremetteuse, répète-t-il, ses yeux bleus à nouveau glacials. Ce n'est pas très différent d'un site de rencontre, seulement plus personnalisé et exclusif.

— D'accord.

Je bois pour dissimuler ma stupeur. Je ne m'étais pas demandé comment Marcus était censé rencontrer une femme qu'il ne connaissait pas, mais je pensais vaguement qu'un ami commun les avait branchés l'un avec l'autre, ou qu'il avait un profil sur une appli classique, comme moi. De nombreuses personnes le font, de nos jours, si bien que les rencontres en ligne ne sont plus réservées aux tocards. Une entremetteuse, en revanche, c'est tout autre chose.

Une entremetteuse implique qu'il cherche quelqu'un de sérieux – et d'assez particulier, sans doute.

— Es-tu, euh...

Zut, comment lui poser cette question sans lui faire peur ?

— Cherches-tu à te marier ou quelque chose de ce genre ?

— Bien sûr.

Son expression se refroidit encore plus.

— N'est-ce pas la définition même du service d'une entremetteuse ?

— Si, évidemment...

Je sais que j'ai l'air d'une idiote, mais c'est plus fort que moi. Je n'ai jamais connu de spécimen de la gent masculine qui cherche une relation avec comme objectif le mariage. D'après mon expérience, si un homme fait sa demande, c'est parce qu'il veut faire plaisir à sa petite amie ou parce qu'il a rencontré la bonne personne et qu'il se rend compte que c'est la prochaine étape logique. Je suis sûre que certains cherchent le mariage pour le mariage, mais je n'ai encore jamais rencontré ce genre d'homme personnellement. Même mon ex trop collant, à l'époque de la fac, ne tenait pas cette institution en haute estime. Il voulait simplement que nous passions tout notre temps ensemble. Naturellement, mon expérience se résume à des garçons adolescents ou d'une petite vingtaine d'années. Marcus a trente-cinq ans, c'est un homme dans la force de l'âge, non pas un gamin qui se cherche encore.

Avant que je trouve une répartie intelligente, le serveur nous apporte nos entrées. Il dépose la pizza et le calamar au milieu de la table en partant sans doute du principe que nous allons les partager. Je salive en sentant le fumet délicieux. J'attends avec impatience que le serveur s'éloigne et je prends une part de pizza, manquant me brûler les doigts.

— Il semblerait que tu aies faim, tout compte fait ! dit Marcus en piquant un anneau de calamar au bout de sa fourchette.

— Pour la pizza ? Toujours.

Je mords dans la part et ferme les yeux. Le goût du fromage fondu et de la sauce tomate parfaitement assaisonnée m'emplit la bouche et je gémis presque à haute voix.

J'avale ma bouchée et j'ouvre les yeux pour lécher une goutte de sauce sur mes doigts. Aussitôt, je m'interromps en voyant l'expression avide de Marcus.

— Tu veux une part ? je propose, songeant que j'ai peut-être été impolie en accaparant toute la pizza.

Elle est petite, mais cela ne m'empêche pas de partager. Marcus me regarde manger avec une intensité telle qu'il semble vouloir me dévorer, moi, au lieu de la pizza.

— Non, merci.

Sa voix est légèrement rauque et il tend la main vers son verre d'eau.

— Prends des calamars, si tu veux.

— Non, merci.

Une fois de plus, je mords dans la pizza. Le goût est tout aussi orgasmique qu'avant, mais cette fois, je parviens à garder les yeux ouverts – et je vois le menton crispé de Marcus, qui me regarde mâcher et avaler.

Il ne mange pas. Il me dévisage et je me sens

clairement mal à l'aise.

— Tu es sûr que tu n'en veux pas ? je demande après ma troisième bouchée. Je veux bien partager, honnêtement.

— Non, ça va. Fais-toi plaisir.

Il reprend sa fourchette et poursuit la dégustation de ses calamars. Je décide de lui rendre la pareille et je le regarde ouvertement tandis qu'il savoure son entrée. C'est formidable, parce que chez lui, même l'acte le plus élémentaire, celui de manger, paraît puissamment viril. Les muscles de sa mâchoire se contractent lorsqu'il mâche et sa gorge tressaute à chaque déglutition, attirant mon attention sur l'épaisse colonne de son cou. Je n'ai jamais trouvé le fait de manger très érotique, mais avec Marcus, je suis fascinée chaque fois qu'il porte un anneau de calamar dans sa bouche et le broie sous ses dents blanches et régulières. Ma respiration s'accélère et l'humidité s'intensifie entre mes jambes. J'imagine sa bouche s'adonner à des activités bien plus salaces.

Afin de détourner mon attention de l'envie urgente de lécher une miette sur ses lèvres, je me concentre sur ma pizza. Une fois qu'il ne reste que la croûte, je lève les yeux.

— Tu ne m'as toujours pas raconté comment s'est passé ton dîner avec Emmeline. Ton entremetteuse a fait du bon boulot ?

Marcus pose sa fourchette et termine son calamar très ostensiblement.

— Oui, dit-il enfin, tamponnant une serviette sur

ses lèvres.

— Et ? j'insiste devant son mutisme.

— Rien, répond-il sans expression. Emmeline correspond à certains de mes critères, c'est tout.

C'est tout ? La pizza se change en brique dans mon ventre.

— Si elle est tellement parfaite, alors pourquoi...

— Et voilà. Le risotto à l'encre de seiche, annonce le serveur en posant le plat au centre de la table dans un grand geste, tandis qu'un commis débarrasse les restes de l'entrée.

Je pince les lèvres, m'imposant le silence le temps que le serveur dispose des assiettes propres devant nous.

Après son départ, j'ouvre la bouche pour reprendre mon interrogatoire, mais Marcus me surprend en tendant la main par-dessus la table, la posant sur la mienne. Sa paume est sèche et chaude, si grande que je me sens enveloppée par sa chaleur. Mon souffle reste suspendu dans ma gorge et les battements de mon cœur s'emballent lorsqu'il se penche, ses yeux bleus rivés sur mon visage.

— Emma, écoute-moi, dit-il à mi-voix. Emmeline n'a rien à voir avec cela. Je ne l'ai rencontrée qu'une fois et il n'y a aucun engagement d'aucune sorte entre nous. Comme tu as pu le deviner, je suis attiré par toi – *très* attiré – et si je ne me trompe pas, tu n'es pas totalement indifférente non plus.

Son pouce effleure mon poignet, où mon pouls cogne frénétiquement, confirmant ses propos. Il doit le sentir aussi, parce que son regard s'assombrit et sa voix devient plus grave, intense et enjôleuse alors qu'il murmure :

— Nous devrions profiter de ce repas et voir où cela nous mène...

Je déglutis péniblement. Je ne sais pas quoi dire ni même quoi penser. Curieusement, une partie de mon être est vexée de savoir que cette autre femme correspond à ses critères prédéterminés, mais ce qu'il dit me semble sensé. Un dîner ne fera pas d'elle sa petite amie, pas plus que cela ne me donne des droits sur lui. Au moins, son honnêteté joue en sa faveur. Il aurait pu mentir au sujet de sa rencontre avec Emmeline et je n'en aurais rien su. En même temps, je suis consciente que je ne pense pas correctement avec sa main sur la mienne me réchauffant de l'intérieur et réduisant mon cerveau en bouillie.

— Je, euh...

Retirant ma main, je m'efforce de retrouver ma contenance.

— Je pense que tu devrais manger ton risotto. Il va refroidir.

Il me dévisage avec ironie et j'ai le sentiment qu'il est parfaitement conscient de la façon dont il m'affecte.

— Bien sûr, le risotto. Il ne doit pas refroidir, dit-il avec un soupir de soulagement, en tendant la main vers le plat.

Il prend une cuillérée de risotto et l'approche de mon assiette.

— Oh, non, ça va, merci.

J'écarte l'assiette hors de sa portée en ajoutant :

— Prends tout.

— Tu ne veux même pas goûter un peu ?

— Je suis repue, merci.

C'est un mensonge, je salive devant les fruits de mer alléchants du risotto, mais je ne veux pas aggraver mon cas au moment de payer l'addition.

— Prends tout.

Après un moment d'hésitation, il se sert en risotto et entame son plat avec un plaisir évident.

— Tu n'es pas fan des fruits de mer ? demande-t-il après la première bouchée.

Je hausse les épaules en guise de réponse. J'adore ce plat, mais si je l'avoue, Marcus ne comprendra pas pourquoi je refuse d'y goûter.

— J'aime bien, dis-je lorsqu'il arque les sourcils pour m'inviter à développer. Je suis ouverte à tous tes styles de cuisine, en fait.

— Ah, une omnivore. Ça me plaît.

Il sourit, révélant ses fossettes séduisantes, et à nouveau, je ressens cette attirance magnétique. Ce n'est pas juste, car les hommes les plus beaux sont souvent inaccessibles, soit parce que ce sont des enfoirés, soit parce qu'ils sont gays. Marcus ne relève clairement pas de la deuxième catégorie, mais le jury délibère encore quant à la première.

— Alors, dis-je en m'adossant dans ma chaise pour mettre un peu de distance entre nous. Quels sont tes critères ? As-tu fait une liste avec toutes les qualités que tu attends chez ta future femme ?

Il hausse un sourcil.

— Comme tout le monde, non ? Tu n'as aucune idée de ce que tu attends de ton futur conjoint ? Des qualités que tu aimerais ?

— Sans doute, dis-je après avoir réfléchi pendant un moment. J'aimerais vraiment qu'il soit gentil et attentionné envers les animaux... surtout les chats. J'aimerais qu'il aime les chats.

— C'est tout ? Un homme gentil qui aime les animaux ?

— Disons que ce serait bien qu'il ait les mêmes centres d'intérêt que moi. Plus nous aurons de points communs, plus notre couple aura la chance de tenir sur le long terme.

Marcus me dévisage avec un sourire intrigué.

— Tu ne penses pas que les opposés s'attirent ?

— Non, pas de manière durable, en tout cas, dis-je alors qu'il reprend du risotto. Je crois que deux personnes incompatibles peuvent être attirées physiquement l'une par l'autre, mais pour qu'une relation dure longtemps, il faut des bases plus solides. Il doit y avoir des valeurs et des croyances communes, des projets et des centres d'intérêt... Sans cela, ce sera comme une allumette : fragile et vite consumé.

Son sourire s'estompe et son visage devient particulièrement grave.

— Tu as raison. Je suis parfaitement d'accord.

Il boit une gorgée d'eau avant de se pencher à nouveau sur son assiette. Avec fascination, je le regarde engloutir une portion impressionnante de risotto en un temps record.

— Et toi, tu ne m'as pas exposé tes critères, dis-je une fois que l'assiette de Marcus est presque vide. Est-ce la taille, le poids, la couleur des yeux... le niveau de diplôme ?

Il pose sa fourchette, les yeux braqués sur mon visage.

— Le diplôme est très important à mes yeux. Je dirais l'intelligence, l'éducation et un certain degré d'ambition. À l'évidence, elle doit me plaire, mais je cherche aussi une femme qui représentera un atout d'un point de vue social, une personne qui sera à l'aise pour interagir avec mes investisseurs actuels et potentiels, et qui aimera le faire. Par-dessus tout, je veux une femme qui comprend les sacrifices qu'exige une brillante carrière, parce qu'il faut travailler dur pour réussir dans la vie.

Je le regarde avec grand intérêt. Sa franchise est à la fois rafraîchissante et déstabilisante. Ce qu'il décrit ressemble plus à une associée d'affaires qu'à une amoureuse. J'imagine la femme de *House of Cards* – Claire, élégante et assurée, la moitié féminine du couple de pouvoir, politique et stratégique, dans la série Netflix. Marcus n'est pas un homme politique, mais ses exigences sont identiques. J'ignore à quels événements il participe, mais le fait qu'il fasse allusion à un « atout d'un point de vue social » sous-entend autre chose que des barbecues dans un jardin de Brooklyn.

— Et sa personnalité ? Ses passions ? je demande en maîtrisant mon désarroi.

Au fond, je suis déçue par les révélations de Marcus, et j'ignore pourquoi : après tout, je savais bien que nous étions fondamentalement différents. Quand il m'a invitée, je savais que le dîner serait l'histoire d'un soir, et je ne devrais pas être dépitée qu'il cherche une femme à l'opposé de ce que je suis. Je ne suis plus aussi empruntée en société que je l'étais à l'adolescence, mais je suis assez introvertie pour qu'une banale soirée entre amis m'épuise au plus haut point. La seule idée d'assister à des événements mondains me donne de l'urticaire et je ne saurais même pas où commencer pour discuter avec les investisseurs qu'il évoque.

Je peux parler de livres avec des inconnus, mais c'est à peu près tout.

— La personnalité et les passions ?

Marcus prend le temps d'y réfléchir tandis que le serveur débarrasse les assiettes et pose deux cartes des desserts devant nous.

— Oui, évidemment, c'est important. J'aimerais qu'elle soit posée et raisonnable. Je ne veux pas d'une tête brûlée. Et honnête, aussi. L'honnêteté et la loyauté sont primordiales à mes yeux.

— Aux miens aussi, dis-je en hochant la tête. Je crois que la confiance est essentielle dans un couple.

Marcus sourit.

— Je suis content que nous soyons d'accord sur ce point.

— Et les centres d'intérêt ? Qu'aimes-tu faire pendant ton temps libre ?

— Je n'ai pas beaucoup de temps libre, mais j'ai une âme de collectionneur et je suis plutôt sportif. J'aime les défis physiques, alors je participe à des marathons et à des triathlons chaque année. Je m'exerce aux arts martiaux quand j'en ai l'occasion.

— Oh, waouh.

Voilà qui explique sa carrure athlétique – et qui confirme mon impression générale. Marcus est un exemple extrême de Type A, le genre d'homme qui accomplit plus de choses en une semaine que la plupart des gens dans toute une vie.

— C'est du costaud.

— Et toi ? demande-t-il alors que je baisse les yeux sur la carte des desserts, plus par habitude que par véritable intérêt. As-tu des loisirs ?

— J'aime les livres, dis-je d'un ton penaud, levant la tête pour croiser son regard.

J'aimerais pouvoir lui parler d'une passion dynamique et sportive, comme le ski ou l'escalade, malheureusement mon exercice de prédilection demeure la marche. Les seuls moments où je cours, c'est pour prendre le métro.

— Quand je ne corrige pas des livres, je les lis, expliqué-je sous son regard attentif. J'aime aussi les séries télé et les films. Tu sais, des goûts plutôt classiques. Oh, et les chats. J'adore mes chats, évidemment.

— Évidemment, dit-il en esquissant un sourire.

J'aime les livres aussi, d'ailleurs. En fait...

— Voulez-vous prendre un dessert ? demande le serveur en approchant de notre table.

Je secoue la tête.

— Ça ira, merci.

— Rien pour moi non plus, je vous remercie, dit Marcus.

— Nous prendrons l'addition, ajouté-je avant qu'il puisse s'en aller.

Le serveur hoche la tête et disparaît. Quand je me retourne vers Marcus, c'est pour le voir froncer les sourcils.

— Pressée de partir ?

— Non, mais je pensais que ce serait le cas pour toi, dis-je avec honnêteté. À l'évidence, nous n'avons pas grand-chose en commun et tu es un homme très occupé, alors...

Je ne termine pas ma phrase et Marcus se renfrogne.

— Emma, écoute-moi, commence-t-il.

Au même moment, le serveur revient et pose discrètement un petit porte-documents noir au milieu de la table. D'un mouvement preste, je m'en empare et l'ouvre, parcourant les lignes du regard afin de m'assurer que ma portion correspond bien à ce que j'avais prévu.

— Que fais-tu ? demande Marcus en me voyant sortir mon portefeuille de ma poche et en tirer vingt-huit dollars – le coût de ma petite pizza, des taxes et du pourboire.

Quand je croise son regard bleu, il a les yeux plissés et la mâchoire crispée.

— Je paie toujours ma part, dis-je en guise d'explication, déposant l'argent dans la pochette en cuir. J'estime que ce n'est pas correct de laisser l'autre payer alors que je suis tout à fait capable de régler mon propre repas.

Je tends le porte-documents vers le centre de la table, mais aussitôt, Marcus se penche et m'attrape la main.

— Emma...

Sa poigne est douce autour de mes doigts, mais ses yeux brillent avec dureté. D'un ton égal, il continue :

— Je t'ai invitée à dîner et c'est moi qui paie. Fin de l'histoire.

À son contact, mon souffle s'accélère et je parviens difficilement à répondre sans trembler :

— Je comprends que c'est la coutume, mais je ne suis pas à l'aise avec ça. Je préfère payer ma part.

Un muscle de sa mâchoire frémit.

— Pourquoi ? Tu ne me seras pas redevable pour un dîner. Tu n'es pas obligée de coucher avec moi parce que je paye ta pizza.

La pulsation revient entre mes cuisses alors que ses paroles ravivent les images de mon rêve.

— Je le sais.

Ma voix est étranglée. Sa paume est chaude et forte. Elle plaque ma main sans le moindre effort et je me sens brûler sous la chaleur intense qui se développe en moi.

— C'est ma règle en cas de rencard, voilà tout.

Il me regarde fixement. Ses yeux me transpercent et le reste du restaurant disparaît autour de nous. J'ai l'impression que nous sommes complètement seuls. La tension vibre entre nous comme un fil électrique dénudé. Je me sens prise au piège, impuissante à rompre son charme. Il se penche. Son visage n'est plus qu'à quelques centimètres du mien.

— Ça ne se termine pas ici, chaton, dit-il d'une voix douce. Tu le sais, n'est-ce pas ? Que tu payes ton dîner ou non, cette histoire finira au même point.

Je sens clairement ma culotte se mouiller.

— Quel... quel point ?

— Dans mon lit, fait-il, les yeux luisants, plus foncés d'un ton. Ou le tien, ou même un lit d'hôtel si tu préfères. D'ailleurs, ça ne doit pas forcément être un lit. Je peux te baiser sur la table, par terre ou contre un mur. Dis-moi quand et où, et je le ferai.

L'air refuse de quitter mes poumons. On ne m'a encore jamais fait de proposition aussi directe, et encore moins en ces termes. La plupart des hommes essaient d'enrober leurs attentes avec du romantisme ou évitent carrément d'en parler. Nul doute que mon ex serait devenu aussi rouge que mes cheveux si de tels mots avaient franchi ses lèvres. Je devrais me sentir insultée, mais je suis trop excitée pour trouver l'indignation nécessaire. Sa franchise éhontément crue intensifie la chaleur entre mes jambes, me liquéfiant de l'intérieur. J'ai envie de ce qu'il suggère : je veux qu'il me prenne... sur le lit, sur une table, par terre... Même contre le mur, bien que j'aie du mal à l'imaginer avec notre différence de taille.

Cet homme n'est pas bon pour moi, mais je le désire. Je le désire plus que je n'ai jamais désiré personne.

— Je... je dois y aller.

Ma voix est étranglée lorsque je retire ma main et me lève. Dans ma hâte, je renverse presque ma chaise. Je fais volte-face et je me précipite vers le vestiaire comme une lâche. Les scènes qu'il a évoquées défilent dans mon esprit comme un film érotique.

Je suis sur le point de récupérer mon manteau quand une grande main passe à côté de moi et l'attrape. Je lève les yeux, le pouls encore plus fébrile en croisant son regard d'un bleu de glace.

— Je te raccompagne, dit Marcus à mi-voix.

Je le regarde, incapable de réagir, et il passe le manteau sur mes épaules. Ses doigts chauds effleurent ma clavicule. À force de tendre le cou pour soutenir son regard, je suis endolorie, mais je suis incapable de me détourner de ses yeux magnétiques. Je ne peux pas me concentrer sur autre chose que la promesse torride et sombre qu'ils expriment... ainsi que ma réaction impuissante.

— Je n'insisterai pas pour que tu fasses ce dont tu n'as pas envie, me promet-il avec prévenance.

Je le crois.

M'efforçant de déglutir pour faire redescendre mon cœur dans ma poitrine, je le laisse boutonner mon manteau et me conduire jusqu'à sa voiture.

arcus

Emma garde le silence pendant le court trajet jusque chez elle. Son regard demeure tourné vers les rues de l'autre côté de la vitre, ses petites fesses rebondies aussi éloignées de moi que le lui permet la largeur du véhicule. Je la laisse faire, bien que la tentation de la toucher, de raviver cette alchimie brûlante entre nous, soit presque irrésistible. Je résiste néanmoins, car je lui ai promis de ne pas la brusquer, de ne pas la pousser à faire ce qu'elle n'est pas prête à faire.

C'est déjà bien assez pitoyable que je lui aie sauté dessus comme un barbare, laissant ma courtoisie durement inculquée se faire étouffer par un mélange toxique de désir et de colère indistincte.

Je l'ai invitée au restaurant et elle a payé sa part.

Elle a payé sa foutue pizza.

Encore maintenant, je n'en reviens pas qu'elle l'ait fait – ni de l'avoir laissé faire. Elle m'a pris au dépourvu en s'emparant si rapidement de l'addition, sans la moindre hésitation. En temps normal, quand une femme propose de diviser la note ou de régler sa part, c'est une forme de politesse, une concession à l'époque moderne et au mouvement de libération de la femme. C'est une façon pour elle de montrer qu'elle n'a pas vraiment besoin qu'un homme paye à sa place, même si, bien sûr, elle est secrètement ravie qu'il refuse son offre sans conviction et paye malgré tout.

Du moins, c'était ainsi quand j'étais étudiant et que je n'avais pas un sou en poche. Lorsque j'ai commencé à gagner de l'argent, les propositions de ce genre se sont taries, et à partir du moment où j'ai touché mes dix premiers millions, j'ai oublié ce que c'était que de sortir avec une femme qui joue à ce jeu-là. Maintenant, elles partent toutes du principe que je vais payer, parce que je suis un homme et parce que je suis richissime. Ça ne me dérange pas. C'est logique, après tout, si je suis avec une femme, je veux prendre soin d'elle.

Mais pas avec Emma. Elle n'a rien imaginé de tel, pas plus qu'elle n'a eu l'air de jouer un quelconque jeu. Elle n'a pas proposé de payer, elle l'a fait, assenant ses billets sur la table avant que je puisse regarder l'addition. Elle était parfaitement sérieuse. Ce n'était pas une plaisanterie. J'ignore pourquoi, mais une chose est sûre, c'était important pour elle.

Je prends une inspiration afin de me calmer et j'essaie de me forcer à détourner les yeux de son profil délicat. Elle regarde toujours par la vitre. Ses petites mains sont serrées sur ses genoux et ses boucles sauvages et indomptées encadrent son visage parsemé de taches de rousseur. Je ne la comprends pas et je ne comprends pas ma réaction envers elle. J'ai envie de tendre les mains et de la prendre dans mes bras, de la hisser sur mes genoux afin de sentir la courbe sensuelle de ses fesses sur mon entrejambe. J'ai envie d'enfouir mes doigts dans sa crinière et de pencher sa tête en arrière afin d'embrasser la chair pâle de sa gorge, sentir son pouls palpiter sous cette peau diaphane.

Comment se fait-il que, jusqu'à présent, je ne me sois jamais rendu compte que les petites femmes aux courbes affriolantes pouvaient être aussi sexy ? Lorsqu'elle était debout devant le vestiaire du restaurant et qu'elle me regardait de ses yeux gris stupéfaits, je n'avais qu'une seule envie, me pencher et la saisir à bras le corps. La soulever et l'emporter comme le délicieux petit trésor qu'elle est. Aucune autre femme n'a encore jamais suscité un tel désir en moi – et certainement pas Emmeline, avec sa beauté altière et raffinée.

Je prends une autre inspiration avant de parvenir à détacher le regard. Il est inutile de comparer ces deux femmes, car j'attends d'elles deux choses bien différentes. Emma est un coup de tête, une anomalie dans une vie de discipline personnelle et de planification rigide, tandis qu'Emmeline représente ce que j'ai toujours voulu, l'aboutissement pour lequel j'ai œuvré depuis mon plus jeune âge.

Depuis que je me suis juré de ne jamais, au grand jamais, tomber amoureux d'une femme comme ma mère.

Emma ne lui ressemble pas – du moins, pas d'après ce que j'ai pu percevoir d'elle. Ma mère était impulsive et égoïste, des traits de caractère que je ne retrouve pas chez ma compagne. Emma n'est pas non plus alcoolique. Elle n'a bu que de l'eau au dîner, choix que j'approuve de tout cœur. Je n'ai rien contre un verre partagé entre amis, mais je dois avouer qu'en voyant une femme écluser plus de deux verres de vin, je sens revenir des souvenirs désagréables de mon enfance imprégnée de vodka et de vomi.

Aujourd'hui encore, je ne supporte pas la vodka, même haut de gamme.

Mon téléphone vibre dans ma poche et je le sors pour jeter un œil à l'écran.

Merde.

Ma boîte de réception est noyée sous les messages urgents de Jarrod Lee, mon directeur d'investissements. Je dois avoir oublié de consulter mon téléphone pendant le dîner, parce qu'il y a cinq emails en attente. Une occasion d'investir dans des obligations municipales à haut risque s'est présentée et il veut savoir si je donne mon feu vert, étant donné notre position sur les taux d'intérêt. Je m'empresse de vérifier les spécifications des obligations en question et j'envoie une réponse pour autoriser l'investissement de sept cents millions de dollars.

Nos analystes s'attendent à ce que la municipalité connaisse une hausse de capital intéressante avant la prochaine réunion de la Fed, ce qui signifie que notre investissement devrait doubler de valeur avant que le marché des obligations dégringole avec l'envol du taux d'intérêt.

Je termine avec les emails au moment où la voiture s'arrête au bord du trottoir, devant l'appartement d'Emma. Je sors, puis je vais ouvrir sa portière et je l'aide à quitter son siège. Sa main touche légèrement la mienne alors qu'elle sort du véhicule et je ne peux m'empêcher de refermer les doigts autour de sa petite paume, la retenant pendant une seconde de trop.

Une fois de plus, elle lève vers moi son regard ébahi et je sens un frisson la traverser. Elle retire sa main.

— Marcus... fait-elle d'une voix chevrotante. Je dois vraiment...

— Bien sûr.

Je lui souris en l'accompagnant sur le pas de sa porte, même si l'homme des cavernes qui vient de s'éveiller en moi hurle de frustration.

— Tu dois y aller. Je comprends.

Elle hoche la tête et fouille dans son sac lorsque nous nous arrêtons devant sa porte. Quand elle trouve ses clés, elle lève vers moi son visage aux joues délicieusement rouges.

— Oui. Je dois donner à manger à mes chats. Il faut

que je me lève tôt pour aller travailler demain matin, et...

— Emma.

J'interromps ses balbutiements avec un autre sourire faussement serein.

— N'en dis pas plus. Je t'ai promis de ne pas te mettre la pression et je ne le ferai pas.

Ses joues deviennent cramoisies.

— Oh. Eh bien, merci. J'ai passé un très bon moment.

— Moi aussi. Que fais-tu demain soir ?

Elle me regarde en clignant des paupières.

— Demain ?

— Vendredi, dis-je pour l'aider. Tu sais, le jour qui précède le week-end ?

— Oh, je...

Elle se tait et se mordille la lèvre.

— Tu veux me revoir demain ?

— Oui.

Et le jour d'après, puis le suivant. Je suis atterré d'en prendre conscience. Ce dîner était bien trop bref pour avoir satisfait ma curiosité au sujet d'Emma et de l'effet qu'elle me fait. J'ai envie de la baiser, certes, mais je suis également intrigué.

Je veux comprendre ce qui la motive et en quoi c'est important pour moi.

— Je crois...

Elle hésite avant de répondre :

— Je crois que ça me plairait.

— Excellent.

Je dois déployer tous mes efforts pour cacher ma joie spontanée.

— Des préférences en matière de cuisine ?

— Je ne suis pas difficile, mais j'ai surtout une préférence en matière de budget.

Je soupire en prenant conscience que cette bataille n'est pas terminée.

Cela dit, le moment est mal choisi pour en discuter. Je hoche la tête et réponds :

— Je tâcherai d'y penser. Je passe te chercher à dix-neuf heures ?

— D'accord, dit-elle en souriant. Dix-neuf heures. Merci encore.

Avant que je puisse tenter un malheureux baiser sur sa joue, elle se retourne, ouvre la porte et disparaît dans un chœur de miaulements scandalisés.

 Emma

— Es-tu sérieusement en train de me dire que tu as un second rencard avec Marcus Carelli de Carelli Capital Management ?

J'ai presque l'impression que les yeux de Kendall vont jaillir à travers mon écran de téléphone.

— Oui, pourquoi ? Tu le connais ?

J'incline légèrement le téléphone et jette un coup d'œil autour de moi pour m'assurer que la librairie est toujours vide. Mon patron prend son temps pour le déjeuner, et il aurait mieux valu que je profite de ce temps mort pour corriger la nouvelle que je ne cesse de remettre à plus tard, mais je n'ai pas pu résister à appeler Kendall et lui raconter ma soirée.

— Si je connais Marcus Carelli ? fait-elle d'une voix

haut perchée. Tu te fous de moi ? Tu es complètement à l'ouest ou quoi ?

— Euh...

— Laisse tomber.

Son visage occupe tout l'écran lorsqu'elle s'avance.

— Je devrais te connaître, depuis le temps. Si ce n'est pas dans un bouquin et si ça n'a pas de moustaches ni de truffe, ça n'existe pas.

Je soupire. Mon amie est vraiment une reine du mélo.

— Bon, dis-moi. Que sais-tu au sujet de Marcus ? Parce que je le revois ce soir et...

— Tu n'as même pas pris le temps de chercher son nom dans Google ?

— Je n'en ai pas eu l'occasion. Je suis rentrée assez tard, j'ai donné à manger aux chats, puis j'ai répondu à des clients pour la correction. Aujourd'hui, j'ai commencé plus tôt que les autres jours, parce qu'il y avait des livraisons le matin. Je commence seulement à reprendre mon souffle.

Il faut dire aussi que j'ai passé un moment de qualité avec mon vibro hier soir. J'avais besoin de soulager la tension du rencard, mais Kendall n'est pas obligée de le savoir. J'aurais pu consacrer ce temps à effectuer des recherches sur Marcus en ligne, mais honnêtement, l'idée ne m'est pas venue.

Jusqu'à présent, je n'ai jamais eu grand-chose de très intéressant à découvrir sur les hommes avec lesquels je sortais.

Kendall lève les yeux au ciel en s'assurant que je voie son manège.

— Oui, c'est ça. Bref, écoute, mademoiselle tête en l'air.

Elle se penche en avant jusqu'à ce que son petit nez parfait occupe tout l'écran.

— Il suffit d'avoir déjà feuilleté le *Wall Street Journal* ou allumé CNBC – comme tout le monde à New York à l'exception de tes chats et toi – pour connaître Marcus Carelli. Il fait la pluie et le beau temps à Wall Street. Son fonds gère un nombre de milliards ahurissant et il suffit qu'il s'exprime pour faire ou défaire une action. Tu ne te souviens pas de cette histoire avec l'entreprise de pneus corrompue, il y a quelques années, quand un éminent gestionnaire de fonds spéculatif a parié que l'action descendrait à zéro et que c'est exactement ce qui est arrivé ? Ils en ont parlé dans toutes les actualités et Netflix en a même fait un documentaire.

— Peut-être.

Je fronce les sourcils. Cela me dit vaguement quelque chose.

— C'était le fonds de Marcus ?

— Oui. Il a révélé des preuves contre cette société lors d'une conférence avec tous les gros bonnets de la finance. L'action a chuté de soixante pour cent ce jour-là. Le PDG a pleurniché sur toutes les chaînes, mais les régulateurs ont refusé de faire quoi que ce soit, et quelques mois plus tard, la société a déclaré faillite.

— Waouh.

Maintenant, cette histoire me revient. Elle a fait les gros titres. Même moi, je ne suis pas passée à côté. L'entreprise de pneus – un vieux chef de file hautement respecté dans l'industrie – avait été accusée de tout un tas de choses par un grand ponte de la finance, depuis des défauts de fabrication jusqu'aux conditions de travail proches de l'esclavage dans ses usines. La publicité qui en a résulté a fait plonger l'action de la société, précipitant sa chute.

Et ce grand ponte, c'était Marcus.

L'homme qui m'a appelée « chaton » et m'a ouvertement annoncé qu'il avait envie de me baiser.

L'homme avec qui je sors ce soir.

Pour la deuxième fois.

— ... figure sur la liste des milliardaires de Forbes, poursuit Kendall.

Je cligne des yeux en prenant conscience de ce qu'elle vient de dire.

— Milliardaire ?

J'ai l'air abasourdie, mais c'est plus fort que moi. Je savais que Marcus était riche, bien sûr – tout chez lui exprime l'argent –, mais la différence est énorme entre un quelconque gestionnaire de fonds et un colosse de la finance capable de détruire une immense entreprise publique avec quelques diapositives PowerPoint.

Marcus ne joue pas seulement en première ligue, il est de niveau olympique.

— Oui, ça fait plusieurs années qu'il figure sur cette liste, dit Kendall. Je n'en reviens pas que tu ne l'aies pas su. Il a dû t'emmener dans un super restau, n'est-ce pas ?

Elle plisse les yeux.

— Oui, très sympa.

À ma voix, on dirait toujours que j'ai avalé un crapaud, mais je suis fière d'être au moins capable de parler.

— C'était un petit restaurant italien de Bensonhurst et...

— À Brooklyn ?

Kendall fronce les sourcils.

— Tu es sérieuse ?

— Oui, pourquoi pas ?

C'est plus fort que moi, je suis sur la défensive. Kendall est une vraie snob vis-à-vis des arrondissements. Même si certains quartiers de Brooklyn sont maintenant plus tendance et plus chers que certaines rues de Manhattan, elle estime toujours que c'est la zone.

Elle soupire et secoue la tête.

— Tu es désespérante. S'il te plaît, dis-moi que tu n'as pas essayé de le traîner dans ce trou à rats où ils font des pizzas près de chez toi.

Je sens mon visage virer au rouge.

— Tu as osé ? Oh, mon Dieu, Emma !

— Je ne savais pas, d'accord ? je rétorque.

J'ai honte, ce qui ne me ressemble pas.

— Évidemment, je ne l'aurais pas invité là si j'avais su. De toute façon, nous sommes allés ailleurs – dans un restau qu'*il* a suggéré –, alors tout va bien.

Elle se pince l'arête du nez.

— Dis-moi au moins que tu l'as laissé payer.

Je la dévisage sans ciller.

— Emma !

— Quoi ? dis-je en serrant les dents. Tu sais que j'ai horreur de vivre aux crochets des autres.

— Il ne s'agit pas de ça. Un homme paie quand il invite une femme, c'est la tradition. Et puis, il gagne sans doute l'équivalent de ton salaire mensuel dans les quelques secondes qu'il t'a fallu pour ouvrir ton portefeuille.

Un rapide calcul mental me confirme qu'elle ne doit pas être loin du compte.

— Je me fiche de savoir combien il gagne. Ce n'est pas la question.

Kendall se radoucit.

— Je sais, Emma. Mais laisser un gars payer ton dîner, ce n'est pas le même enjeu que...

— Je sais, je ne suis pas bête. Mais je ne peux pas...

Je m'arrête et je prends une inspiration tout en levant les yeux vers l'horloge.

— Écoute, je dois y aller. Mon patron rentre bientôt de sa pause déjeuner.

— D'accord, mais tu me raconteras comment s'est passée ta soirée, d'accord ? Promets-moi que tu m'appelleras dès que tu seras rentrée.

— Ça marche... à moins que ce soit très tard.

Elle écarquille les yeux.

— As-tu l'intention de... ?

— Non ! Enfin, je ne sais pas. Et puis... oh, laisse tomber. Je t'appelle dès que je peux.

Je raccroche avant qu'elle puisse me cuisiner au sujet de la question qui fâche.

~

Tout en classant et organisant les romances au fond du magasin, je ne peux m'empêcher de penser à la discussion que j'ai esquivée avec Kendall.

Ai-je l'intention de le faire ?

Je sais ce que veut Marcus, ce qu'il cherche.

Le sexe. Moi et lui, nos corps en sueur enchevêtrés, tout comme les images mentales à l'aide desquelles je me suis masturbée hier soir.

La question est : que vais-je faire ? Vais-je coucher avec lui en sachant que c'est surtout un contrat d'une nuit ?

Même s'il n'y avait aucune Emmeline parfaite dans le tableau, un bel homme riche comme Marcus doit être entouré de femmes. De femmes grandes, somptueuses, aux hanches fines, dont les cheveux ne songeraient jamais à se rebeller – et qui le laisseraient payer au restaurant sans scrupule.

Les appellerait-il « chaton », elles aussi, de cette même voix de velours, ou ce surnom affectueux m'était-il exclusivement réservé ? Où est-il allé chercher cela, d'ailleurs ? Est-ce parce que j'aime les chats ? Quant à sa proposition, je devrais me sentir insultée, mais d'après la façon dont Marcus a parlé, dont il m'a regardée...

— Emma ? Tu peux venir, s'il te plaît ?

J'interromps la réorganisation d'une nouvelle étagère consacrée à la romance et je lance :

— J'arrive, Monsieur Smithson.

Puis je me précipite dans la première salle, où mon patron téléphone à un client.

— Peux-tu recommander une série d'urban-fantasy à Madame Wilkins ? dit-il en désignant la cliente d'un hochement de tête – une vieille femme si frêle que M'sieur Dodu pourrait facilement la renverser. Elle aime les télépathes et ce genre d'histoires.

— Oh, aucun problème, dis-je en souriant à la femme. J'ai exactement ce qu'il vous faut.

Écartant ce dilemme de mes pensées, je me concentre sur mon travail.

 arcus

ALORS QUE LE VENDREDI APRÈS-MIDI S'ÉCOULE lentement, je me surprends à surveiller l'heure, à tel point que je compte les minutes pendant le rapport hebdomadaire sur les résultats d'investissements avec mes gestionnaires de portefeuille. Il est presque dix-sept heures, ce qui signifie que dans deux heures, je reverrai Emma.

Je suis au comble de l'impatience.

— ... et je crois que ce sera un formidable argumentaire pour ta présentation dans la Zone Alpha du mois prochain, dit mon gestionnaire de portefeuille en télécom, ramenant mon attention à cette réunion. Si tu veux, je peux demander à mon analyste de t'envoyer sa recherche.

J'ignore de quelle action il parle, car je suis parti dans mes rêveries comme un écolier qui pense à son amoureuse. Bien sûr, je ne risque pas de l'admettre devant tout le monde.

— Oui, demande-lui de me l'envoyer, dis-je simplement. J'y jetterai un œil ce week-end.

La Zone Alpha est l'association des acteurs les plus influents de Wall Street et la conférence de décembre en est le socle. C'est là que nous puisons nos meilleures idées – que ce soit un jeu de devises, un placement en actions privé ou une initiative aussi ennuyeuse qu'adopter une position longue sur une action en particulier. L'investissement le plus rentable reçoit un prix lors de cet événement annuel. En soi, le prix n'a pas grande valeur – un voyage à Bora Bora ou quelque chose de ce genre –, mais le coup de pouce à la réputation, en revanche, est inestimable.

La proposition du gestionnaire de portefeuille en télécom a intérêt d'être bonne.

Jarrod, mon directeur des investissements, me lance un coup d'œil interrogateur – il n'a pas l'habitude que je sois engagé à moins de 110 % – et je m'efforce de me concentrer sur le reste de la réunion, m'attelant aux variations boursières aussi consciencieusement que d'habitude. Même si l'équipe chargée des entreprises de santé a connu un revers du marché hier, dans l'ensemble le fonds a encore monté d'un demi-pour cent cette semaine, plaçant notre gestion à près de quatre-vingt-treize milliards en actifs.

Si cette série de victoires continue, nous atteindrons les cent milliards en un rien de temps.

En temps normal, cette idée m'aurait rempli d'enthousiasme, mais la seule chose que j'attends avec impatience, c'est de passer chercher Emma dans deux heures. J'imagine déjà comment notre rendez-vous va se dérouler : je vais sonner à sa porte et elle accourra en échappant à ses chats, les joues rouges. Je prendrai sa main dans la mienne et je l'attirerai à moi pour un baiser parfaitement contrôlé – notre premier – avant de l'emmener à la voiture. Là, nous nous peloterons pendant que Wilson nous conduira jusqu'à mon restaurant grec favori, à East Village – dont les prix sont raisonnables, conformément à sa requête.

Quand nous arriverons au restaurant, le repas sera bien la dernière chose que nous aurons en tête, et dès que nous aurons terminé, je l'inviterai dans mon loft de Tribeca et je la baiserai à en perdre la raison.

Nous passerons le week-end au lit, et lundi, je serai enfin rassasié d'elle.

Je me serai débarrassé de cette lubie malsaine une bonne fois pour toutes.

19

JE COUPE L'EAU ET J'OUVRE LE RIDEAU DE DOUCHE POUR découvrir le carrelage de la salle de bain blanc comme s'il avait neigé. Les bouts de papier sont si petits qu'ils flottent dans l'air. Je sors en hurlant à pleins poumons :

— Dodu !

Ce maudit chat. Il doit avoir senti que je m'apprête à le laisser, avec son frère et sa sœur, pour le deuxième soir d'affilée. Il a réduit en lambeaux tout le rouleau de papier toilette pendant que j'étais sous la douche.

Je pousse des jurons en sautillant sur un pied, m'efforçant de retirer à l'aide d'une serviette les bouts de papier toilette mouillés, collés sous mon autre pied. Il me faut une éternité pour tout enlever et nettoyer la salle de bain. La sonnette retentit alors que j'applique mon mascara d'une main fébrile.

Zut, je suis encore en sous-vêtements.

— Une seconde ! m'écrié-je en traversant la chambre pour aller récupérer mes habits dans le placard.

M'sieur Dodu souffle depuis l'étagère supérieure et Coton pousse un miaulement plaintif, frappant doucement ma jambe de sa patte afin que je le câline devant la télé, comme toujours le vendredi soir.

— Désolée, pas aujourd'hui, mon grand. J'ai un rendez-vous.

Je me penche pour lui gratter la tête en guise d'excuse lorsque M'sieur Dodu bondit de l'étagère et atterrit sur mes épaules.

— Ah !

Je me penche en avant, poussant un cri de stupeur, déstabilisée par le félin de sept kilos qui me tombe dessus d'une hauteur de près de deux mètres. Reine Élisabeth saute du lit et nous rejoint, miaulant avec une inquiétude évidente lorsque j'atterris à quatre pattes. En même temps, la sonnerie retentit à nouveau, suivie par une voix grave qui m'appelle.

C'est Marcus et il a l'air soucieux.

M'sieur Dodu est toujours perché sur mes épaules. Il reste en équilibres sans enfoncer ses griffes dans ma peau et je le repousse pour me redresser en répondant :

— J'arrive !

Sauf que je trébuche sur Coton et m'envole avec un cri de panique.

Je m'écroule à plat ventre. Mes poumons se vident sous le choc. Le souffle rauque, je me retourne sur le dos. La voix grave de Marcus me parvient :

— Emma, tout va bien ?

L'instant d'après, un coup violent ébranle la porte, la faisant trembler sur ses gonds.

Bon Dieu, vient-il d'essayer d'enfoncer la porte ?

Après un autre coup retentissant, les gonds gémissent, sur le point de céder.

J'ai envie de lui crier que tout va bien, mais l'air me manque. J'arrive à peine à exprimer une réponse inaudible. Avec le concert de miaulement des trois chats, je n'entends même pas ce que je dis.

Roulant sur le ventre, je me hisse sur les genoux afin de rejoindre la porte pour l'arrêter, mais le prochain coup de pied, d'épaule ou autre moyen employé comme bélier arrache la porte de ses gonds.

Elle s'envole comme lors d'un raid des forces spéciales dans un film d'action, et derrière je découvre Marcus, vêtu d'un costume et d'un autre manteau hors de prix entièrement déboutonné. Ses yeux bleus se plissent avec une inquiétude manifeste. Il accourt et s'accroupit à côté de moi, tandis que Reine Élisabeth et Coton détalent sous le lit. Seul M'sieur Dodu reste à côté de moi, le dos rond. Il souffle en direction de l'intrus avant de battre en retraite sous le lit.

— Ça va ? Que s'est-il passé ? demande Marcus en m'agrippant le bras pour m'aider à garder l'équilibre, le temps que je me relève.

J'y parviens avec son soutien, mais mon genou

gauche réagit douloureusement. J'ai dû le heurter sur le sol.

— Ça va, je n'ai rien, dis-je d'une voix éraillée alors qu'il entreprend de me palper à la recherche de blessures éventuelles.

Ses grandes mains sont chaudes sur ma peau nue. Submergée par une vague de honte, je prends conscience que je n'ai jamais eu l'occasion d'enfiler des vêtements.

Je me tiens devant lui en soutien-gorge et culotte en dentelle bleue – d'accord, c'est mon plus bel ensemble, mais tout de même.

— Que s'est-il passé ? demande-t-il à nouveau lorsque je recule.

Les joues cramoisies, je referme les bras sur mon ventre – un peu trop flasque à mon goût. Il doit avoir l'habitude de fréquenter des adeptes de salles de sport aux abdos d'acier et...

Un instant. Pourquoi est-ce que j'inquiète de mon manque d'abdos alors qu'il vient juste d'*enfoncer ma porte* ?

— J'ai trébuché, d'accord ? J'ai trébuché.

J'ai encore le souffle court, mais j'ignore si c'est à cause de la chute ou de son regard attentif – teinté d'une inquiétude qui se change peu à peu en un autre sentiment.

Un sentiment plus enflammé et infiniment plus redoutable.

— Tu ne t'es pas fait mal ? précise-t-il d'une voix plus rauque.

Je secoue la tête. Sous ses yeux brûlants, je sens mon visage s'empourprer. Il n'y a pas que mon visage, d'ailleurs, tout mon corps est en feu lorsqu'il fait un pas vers moi. Ses grandes mains se contractent de part et d'autre de son corps.

Il ne semble pas refroidi par mon absence d'abdos – du moins, à en juger par l'avidité sombre dans son regard.

— Ma porte... dis-je d'une petite voix ténue. Tu... euh, tu as cassé ma porte.

— La porte ?

On dirait qu'il ne sait même pas de quoi je parle. Il fait un autre pas vers moi et son regard se pose sur mon soutien-gorge – qui met en valeur ma poitrine frémissante, comme s'il l'offrait en sacrifice.

Je déglutis lorsqu'il s'approche. Une grande main se referme avec tendresse sur mon menton tandis que l'autre se pose sur mon épaule nue, qu'il serre délicatement. Sa caresse me brûle et mon pouls s'emballe, propageant un frisson de chaleur le long de ma colonne vertébrale. Il me surplombe, si grand que je dois me dévisser le cou pour soutenir son regard. Je prends conscience que je ne me suis encore jamais sentie aussi petite et vulnérable auparavant... ni aussi désirée.

— Emma.

Sa voix est grave et tendue lorsqu'il glisse les doigts dans mes cheveux, soutenant mon crâne avec sensualité.

— Chaton, puis-je t'embrasser ?

Il baisse la tête tout en parlant et murmure le dernier mot contre mes lèvres. Son haleine chaude et parfumée se mêle à mon souffle enfiévré.

Je n'ai pas l'occasion de lui répondre. Posant les mains sur ses larges épaules, je ferme les yeux alors que mes lèvres rencontrent les siennes – de leur propre initiative. Il n'y a aucune logique dans ma décision, aucun raisonnement. Nous sommes à l'opposé l'un de l'autre et je sais que je finirai par souffrir, mais pour la première fois de ma vie, je me fiche éperdument des risques.

La peur n'a pas sa place dans ce besoin brûlant qui me consume.

Il approfondit notre baiser et me penche en arrière dans ses bras. Mes seins se plaquent contre son torse ferme et ma tête se laisse aller, uniquement soutenue par sa paume. Ses lèvres sont chaudes et souples. Sa langue explore ma bouche avec une habileté sensuelle et un gémissement m'échappe lorsque ses lèvres quittent les miennes pour suivre la ligne de ma mâchoire. Il me mordille le lobe d'oreille, où la chaleur de son souffle me donne la chair de poule. Je me délecte de l'odeur propre et boisée de sa peau, semblable aux arômes de pin dans une brise d'automne, et tout mon corps se raidit. La tension monte en spirale aux tréfonds de mon être. Je suis tellement excitée que je pourrais jouir sur l'instant. Mes mains agrippent les pans de son manteau. J'ai envie de le lui retirer pour pouvoir...

Soudain, un miaulement me fait sursauter, me

tirant de mon hébétude sensorielle. J'ouvre les yeux et repousse le torse de Marcus. Il me lâche, les yeux mi-clos. Son teint de peau s'est paré de couleurs sous l'effet de l'excitation.

Le souffle court, nous nous dévisageons. Entre mes pieds, M'sieur Dodu souffle de colère contre Marcus et m'adresse des miaulements, tour à tour.

— Ton chat, dit Marcus d'une voix rauque. Il ne va pas s'enfuir ?

Je le regarde, hébétée, avant de me rappeler que la porte est cassée. Mes chats n'ont pas pour habitude d'essayer de s'enfuir, mais il faut dire qu'ils n'ont jamais connu de tentation.

— Ça m'étonnerait.

Cela dit, on n'est jamais trop prudent. Je me baisse et soulève M'sieur Dodu, le serrant contre ma poitrine.

Cette sale bête se met à ronronner et je la caresse, heureuse du rempart que m'offre son grand corps touffu. Je ne porte toujours pas de vêtements, et avec l'air glacial de novembre qui souffle à travers l'ouverture de l'entrée, il fait de plus en plus froid dans l'appartement.

Sans oublier que je suis à demi nue devant Marcus.

— Alors, dis-je sur un ton maladroit, rejoignant mon placard avec M'sieur Dodu dans les bras. À propos de la porte...

— Je la ferai réparer, ne t'inquiète pas.

Son regard m'enveloppe avec une envie non dissimulée tandis que je me plante devant le placard et pose mon chat par terre, le temps de m'habiller.

— De toute façon, elle me semblait en fin de vie, ajoute-t-il.

— Tu veux bien te retourner, s'il te plaît ?

Il ne bouge toujours pas et je tends mon jean devant moi. Je sais que c'est ridicule – il m'a déjà vue presque entièrement –, mais je n'ai pas envie qu'il voie mes fesses remuer quand j'exécuterai les manœuvres nécessaires pour enfiler mon jean moulant.

Elles remuent beaucoup trop à mon goût.

Il ouvre la bouche, mais il se ravise et tourne la tête.

— Vas-y, dit-il enfin, d'une voix vibrante. Je ne regarde pas.

Je m'empresse d'enfiler le jean en ondulant les hanches, puis je choisis mon deuxième chemisier préféré – étant donné que j'ai porté l'autre hier. Je complète le tout par mon pull et mes bottes plus ou moins neuves. Toutefois, quand je me contemple dans le miroir du couloir, je me rends compte que ma tenue est identique à la veille, à la seule différence du chemisier. Pire encore, avec les récentes péripéties, mon mascara a coulé. Mon œil gauche ressemble à celui d'un raton laveur et je suis aussi échevelée que si je m'étais battue avec un chat sauvage – étant donné la corpulence de M'sieur Dodu, ce n'est pas tout à fait inexact.

Pour impressionner un milliardaire, c'est raté.

Je marmonne des jurons en essayant d'essuyer les traces de mascara lorsque Marcus demande :

— Je peux me retourner maintenant ?

Zut. Je passe les mains dans mes cheveux, jette un

autre coup d'œil au miroir et réponds d'un ton morose :

— C'est bon.

Il me faudrait une bonne heure pour arranger la débâcle que je vois dans le miroir – non pas quelques minutes. De toute façon, cela n'a aucune importance. Une fois revenue de ma stupeur, maintenant que je ne suis plus aveuglée par le désir, l'évidence me saute aux yeux.

Sans porte d'entrée, je ne peux pas laisser mon appartement ni mes chats.

Le rendez-vous de ce soir tombe à l'eau.

20

Marcus

MON SEXE EN ÉRECTION MENACE TOUJOURS DE transpercer mon pantalon lorsque je me retourne pour regarder Emma – qui, à ma grande déception, est entièrement rhabillée. Tant pis, de toute manière, l'image de son corps en sous-vêtements en dentelle reste gravée à jamais dans mon esprit et occupera le premier rôle dans tous mes rêves érotiques et mes fantasmes à venir.

Sexy est un terme bien faible pour décrire son petit corps plantureux. Chaque parcelle douce et féminine semble conçue tout spécialement pour satisfaire mes toutes nouvelles préférences. Sa peau laiteuse est mouchetée de taches de rousseur par endroits et son postérieur est le plus fabuleux que j'aie jamais vu :

rebondi, en forme de cœur, moelleux au toucher. Du moins, je l'imagine, car j'ai gardé le contrôle de mes mains lorsque j'ai dévoré sa bouche.

Et puis, bien sûr, il y a sa somptueuse poitrine, le creux sensuel de son nombril et ses parfaits petits pieds aux ongles rouges.

Bon sang, même ses adorables orteils m'excitent.

— Bon, pour la porte, reprend-elle devant mon silence et mon regard de convoitise. Dois-je appeler un réparateur ou… ?

Elle laisse sa question en suspens.

— Je m'en charge, dis-je avec brusquerie.

M'efforçant de détourner les yeux de la tentation, je sors mon téléphone.

Mon majordome, Geoffrey, décroche à la première sonnerie et je l'informe de la situation.

— J'ai besoin de quelqu'un dans une heure.

Il me promet que ce sera fait.

Quand je raccroche, je découvre Emma qui me regarde, bouche bée, son gros chat dans les bras.

— Quelqu'un va venir un vendredi soir ? demande-t-elle, incrédule. Tout de suite ?

— Bien sûr. Tu ne peux pas passer la nuit sans porte.

C'est parfaitement logique, et pourtant elle me regarde – et son chat aussi – comme si des cornes venaient de pousser sur mon front.

— Un vendredi soir, répète-t-elle en caressant la créature pelucheuse. Oui, bien sûr.

— Nous attendrons qu'ils aient terminé, dis-je en ôtant mon manteau.

Malgré les bourrasques qui s'infiltrent, il fait trop chaud à l'intérieur pour que je garde mon manteau sur le dos. Je le pose sur le dossier de la seule chaise visible en disant :

— Ça va leur prendre un peu de temps. Nous ferions mieux de manger. Connais-tu des restaurants qui livrent dans le coin ?

Elle cligne des yeux.

— Tu... tu veux dîner ici ?

— Bien sûr, dis-je en fronçant les sourcils. À moins que tu n'aies pas faim ?

— Si, j'ai faim, m'assure-t-elle en hissant le chat un peu plus haut contre sa poitrine. Mais étant donné ce qui s'est passé, je me disais que... tu sais... qu'on reporterait cette soirée.

Oh, non. Hors de question que je la laisse toute seule à Brooklyn, dans un appartement sans porte donnant directement sur la rue. Certes, je n'avais pas imaginé ce genre de soirée pour notre deuxième rendez-vous, mais ce revirement de situation ne me dérange absolument pas – même si j'ai bien failli faire une crise cardiaque en l'entendant tomber et crier.

Je croyais qu'elle s'était fait mal. L'élan de peur qui m'a traversé était disproportionné par rapport à la durée de notre relation.

Je n'ai pas envie d'en analyser les raisons ni de me demander pourquoi je n'ai aucune envie de quitter ce sous-sol. Cela me rappelle l'appartement de ma mère, où je vivais quand j'étais à l'école primaire. Comme j'avais horreur de ce studio, je devrais détester celui d'Emma. Pourtant, ce sont des vibrations bien différentes qui s'en dégagent. Même si l'unique fenêtre d'Emma est la même lucarne minuscule que nous avions, et même si la peinture s'écaille par endroits sur ses murs, je ne retrouve pas l'odeur d'alcool et de désespoir ici.

Son appartement est petit et délabré, mais il est douillet. Ce n'est pas seulement un endroit où dormir, mais un véritable lieu de vie.

Bien sûr, sans les chats, ce serait encore mieux. J'aperçois deux autres créatures à fourrure qui avancent la tête sous le lit, me dévisageant de leurs grands yeux verts. D'après les miaulements que j'ai entendus quand Emma est tombée, je les soupçonne fortement d'être à l'origine de sa chute – ou du moins, le gros matou dans ses bras.

— Nous ne reportons rien du tout, dis-je à Emma sur un ton catégorique. Je suis ici, toi aussi...

Je désigne son petit bureau et j'ajoute :

— Ceci peut très bien nous servir de table. Il nous manque juste le repas, et si tu me dis ce qui te ferait plaisir, je peux nous le faire livrer ou envoyer mon chauffeur le chercher.

Avant qu'elle puisse répondre, le gros chat miaule en agitant furieusement sa queue duveteuse. Perché contre la poitrine d'Emma, il me foudroie des yeux. Je lui renvoie son regard mécontent, persuadé qu'il a fait exprès de miauler en soufflant pendant notre baiser, tout à l'heure, rien que pour me couper le sifflet.

Sans son intervention, Emma et moi aurions rejoint son lit étroit et, à l'heure qu'il est, je serais enfoncé jusqu'aux bourses dans son magnifique corps si affolant.

— Désolée, dit-elle en couvrant l'animal de caresses pour tenter de le calmer. Il est très...

— Possessif, je sais.

Je le serais, moi aussi, si elle me caressait ainsi. D'ailleurs, il me suffit de regarder sa petite main sur la fourrure blanche pour me sentir jaloux.

J'ai envie qu'elle me touche de la même façon, qu'elle fasse courir ses mains douces sur tout mon corps.

— Bon, alors, pour le repas... fait Emma une fois que le chat se met à ronronner. Tout me convient. Il y a une épicerie fine au coin de la rue, où ils font d'excellents sandwichs, et je connais un kebab à deux pâtés de maisons. Ni l'un ni l'autre ne livre, mais...

— Wilson nous l'apportera, ce n'est pas un problème. Alors, sandwich ou kebab ?

Elle hésite avant de répondre :

— Va pour le kebab. Ça s'appelle Univers Kebab.

Eh bien, il semblerait que nous dînions ensemble, tout compte fait.

Sans laisser transparaître mon intense satisfaction, je sors mon téléphone et envoie les instructions à Wilson. Aussitôt, il m'annonce qu'il est en route et je range mon appareil avant de constater qu'Emma me regarde d'un air intrigué.

— Quoi ? dis-je en fronçant les sourcils. J'ai fait quelque chose de mal ?

Elle secoue la tête, mais elle répond tout de même :

— C'est toujours aussi facile pour toi ? Il te suffit de claquer des doigts et c'est tout ?

— Tu veux dire, est-ce que je peux me faire livrer des kebabs ? Oui, en temps normal. C'est mal ?

Elle repose le chat au sol.

— Non, bien sûr que non. Disons que... je ne suis pas habituée à ça.

Elle va s'asseoir sur son lit et les deux chats quittent leur refuge pour venir se blottir sur ses genoux. Celui qu'elle vient de poser me regarde avec méfiance pendant un moment, comme s'il hésitait à me croquer, puis il rejoint les autres sur le lit, sa queue touffue bien droite.

Je choisis d'ignorer son dédain. Après tout, ce n'est qu'un chat.

Je m'assieds sur la chaise où j'ai plié mon manteau et je dévisage Emma en essayant de comprendre ce que je trouve si attirant chez elle. Sa plastique, évidemment – je suis impatient de plonger ma queue dans son petit corps alléchant –, mais il n'y a pas que son physique.

Il se dégage de sa personne une chaleur et une tendresse qui m'émeuvent à un point que j'ai du mal à saisir.

— Comment s'appellent-ils ?

Comme les chats occupent une grande part de sa vie, autant essayer d'apprendre à les connaître.

— Tu as dit que celui-ci s'appelait Monsieur Dodu, c'est bien ça ?

Je désigne le matou de mauvais poil, qui s'est dégotté une place sur sa jambe gauche en bousculant ses concurrents plus petits.

Elle sourit, le regard brillant, et ses fossettes se creusent plus que jamais.

— Oui, c'est ça. Lui, dit-elle en baissant les yeux sur sa jambe droite, où un chat modèle-réduit ronronne comme un moteur, c'est Coton. Et voilà Reine Élisabeth.

Elle montre le chat évincé, le plus petit du trio, qui se lèche timidement la patte.

— Tu les as depuis longtemps ? Et pourquoi trois ? Ton appartement... n'est pas très grand.

À mes yeux, il y a tout juste assez de place pour un petit brin de femme.

Elle fait la grimace.

— Je sais. Ça me fait de la peine de les garder prisonniers de ce studio minuscule. Ils ont l'habitude, et pourtant, ce n'est pas bon. J'espère pouvoir me payer un appartement plus grand un jour, mais pour le moment, je dois me contenter de les divertir tant bien que mal.

Elle jette un œil par-dessus son épaule en direction du mur de l'autre côté du lit. Ce que j'avais pris pour une drôle de bibliothèque vide est en réalité un labyrinthe à chats qui s'étend du sol jusqu'au plafond –

un luxe dingue dans un appartement aussi restreint que celui-ci.

Décidément, elle s'implique pour ses chats.

— Alors, tu les as depuis qu'ils sont petits ?

Elle hoche la tête, la mine sombre pour une raison qui m'échappe.

— Ils avaient à peine deux semaines quand je les ai trouvés.

— Trouvés ?

— Ils sont entrés dans ma vie par hasard. Je n'avais pas l'intention de prendre des animaux quand j'ai emménagé ici. Mon amie Janie et moi, nous allions à Woodbury Common – tu sais, le grand centre commercial au nord de l'État – et nous nous sommes arrêtées à une station-service en chemin. Je l'ai contournée pour trouver les toilettes et j'ai entendu des miaulements faibles dans la benne à ordures. Quand j'ai regardé à l'intérieur, il y avait un carton avec des chatons – si petits qu'ils arrivaient à peine à ouvrir les yeux.

Son menton délicat se contracte et son beau regard s'embrase.

— Un connard les avait jetés comme de simples déchets.

En effet, un connard. Je ne me considère pas comme un ami des animaux, mais je meurs d'envie de passer à tabac celui qui a pu faire une chose aussi atroce.

— Alors, tu les as recueillis ? je demande en faisant

de mon mieux pour maîtriser les trémolos de colère dans ma voix.

Elle hoche la tête.

— Évidemment. Que pouvais-je faire d'autre ? Janie est allergique et personne à la station-service ne les a réclamés. J'ai pensé à les déposer dans un refuge – le vétérinaire que j'ai consulté m'a dit que c'étaient des Persans pure race et qu'ils seraient facilement adoptés –, mais ils commençaient déjà à me coller et je ne voulais pas leur causer d'autres traumatismes. En fait, comme ils n'ont pas connu de véritable sevrage de leur mère, ils n'ont pas arrêté de sucer tout ce qui leur passait sous le nez pendant les deux premières années de leurs vies. Ça ne fait pas longtemps qu'ils se sont calmés.

Elle les regarde avec un sourire empreint de tendresse, tout son emportement évaporé. Elle gratte l'une des bêtes à fourrure derrière l'oreille avant de câliner les deux autres.

Un concert de ronronnement s'élève et, une fois de plus, je dois réprimer un élan de jalousie à l'idée que ce soit *eux* qu'elle touche, et pas *moi*.

Bordel.

Il faudrait peut-être que je consulte un psy. Ce n'est pas sain.

Je m'apprête à lui poser une autre question quand j'entends frapper contre le chambranle de la porte. En même temps, des arômes épicés et appétissants emplissent l'appartement.

C'est Wilson avec notre dîner.

Je vais récupérer les sacs en plastique, mais alors que je le remercie, Emma s'approche.

— Voilà, dit-elle gaiement en posant dans la main de Wilson ce qui ressemble à un billet de vingt dollars. Ça devrait couvrir ma portion.

Puis, sans prêter attention à la mine ébahie de mon chauffeur, elle va rejoindre ses chats sur le lit.

mma

MARCUS ME REGARDE COMME S'IL N'AVAIT ENCORE jamais vu une femme dévorer un kebab – peut-être est-ce le cas. Je parie que tous les top-modèles avec qui il sort se contentent de jus de chou kale et de brocolis. Cela dit, il me regarde d'un drôle d'air depuis que j'ai payé ma part, alors c'est peut-être en rapport avec ça.

Son chauffeur a semblé étonné quand je lui ai remis le billet de vingt.

Naturellement, il est aussi possible qu'il n'ait pas l'habitude de voir une femme manger sur son lit, entourée de chats qui ne voient aucun inconvénient à lui chiper des bouts de viande. J'essaie de les chasser de mon assiette, mais c'est peine perdue.

Ils sont trois et le kebab a trop de côtés accessibles.

— Tu es sûre que tu ne préfères pas t'asseoir ici ? demande-t-il depuis mon bureau, où il s'est installé.

Je secoue la tête, la bouche trop pleine pour répondre oralement. En temps normal, je mange toujours au bureau. Hormis le plan de travail de la cuisine, c'est la seule surface qui se rapproche le plus d'une table. Si je m'asseyais sur la seule chaise qu'il occupe déjà, il serait obligé de rester debout ou de manger sur mon lit, et dans le deuxième cas, les chats attaqueraient *son* repas – situation à éviter.

Je me sens déjà assez mal de lui infliger le désordre de mon appartement.

— Ils t'embêteraient, expliqué-je après avoir avalé ma bouchée. Ils adorent les kebabs.

— Comme tout le monde ! C'est tellement bon, dit-il en mordant dans le pain pita juteux qu'il tient à la main.

Sa remarque me fait plaisir.

— N'est-ce pas ?

Je craignais qu'il estime que ce genre de cuisine n'était pas digne de son rang – le restaurant en question n'est pas un fourgon de rue, mais c'est tout comme. Pourtant, il semble apprécier sincèrement le repas. Dans l'ensemble, il est plus à l'aise dans mon appartement qu'on pourrait s'y attendre de la part d'un milliardaire – même si son corps imposant, aux épaules larges, paraît ridiculement engoncé dans ma petite chaise IKEA.

— Oui, bon choix, acquiesce-t-il en mâchant son kebab.

Je lui adresse un grand sourire. Ce rencard n'est peut-être pas un désastre absolu, après tout.

Il termine son repas en un temps record. Il se lève et emporte son assiette dans la cuisine, où je l'entends ouvrir le robinet de l'évier.

Fait-il la vaisselle ?

Avant que je puisse m'émerveiller devant ce phénomène – mon ex ignorait jusqu'à l'existence du produit vaisselle –, d'autres coups retentissent sur la porte.

Les réparateurs sont arrivés.

Ils sont deux. L'un ressemble au petit frère du Père Noël, avec ses joues roses et sa barbe presque blanche, tandis que l'autre est un Latino charmant d'environ mon âge. Il arbore un sourire contagieux et je le lui rends en me levant pour aller poser ma moitié de kebab sur le bureau.

— Salut, dis-je en les saluant. Je m'appelle Emma. Merci beaucoup d'être venus aussi vite.

Je tends la main et le jeune homme la prend avec enthousiasme, la serrant vigoureusement.

— Juan, répond-il avec un immense sourire. Ravi de te rencontrer, Emma.

— Et moi, c'est Rodney, me dit ensuite le frère du Père Noël, me serrant la main à son tour. C'est la porte que nous devons réparer ?

Il regarde le panneau sur le sol avant d'examiner l'encadrement, où je remarque d'importantes fissures à l'emplacement où se trouvaient les gonds.

Bon sang, Marcus doit être fort pour avoir causé de tels dégâts !

— C'est bien ça, dis-je en essayant de ne pas grimacer quand je songe au montant de cette facture et à ses conséquences sur mon compte bancaire. Avez-vous une idée de ce que cela me coûtera ?

— Oh, euh...

Juan jette un œil perplexe vers Rodney.

— Rien du tout, répond Marcus en sortant de la cuisine.

Sa voix est sèche, intransigeante – comme son expression lorsqu'il me regarde.

— Ça ne te coûtera absolument rien, car c'est moi qui l'ai cassée.

— Mais tu l'as fait pour *me* secourir, parce que tu croyais que j'avais des ennuis, objecté-je.

Marcus n'écoute pas.

— Vous m'enverrez la facture, ordonne-t-il en décochant à Rodney un regard perçant.

L'homme s'empresse de hocher la tête.

— Oui, bien sûr, Monsieur Carelli.

Pfff. Je suis tentée de protester, mais en ce moment, je n'ai même pas cent dollars en trop et je suppose que le montant des travaux sera de loin supérieur. Ce serait franchement gênant si j'insistais pour effectuer le paiement et demandais ensuite une extension de délai. Et puis, Marcus a raison, c'est bien son complexe du sauveur qui nous a mis dans cette galère.

Pourtant, mon cœur se serre alors que je retourne à

mon repas, le laissant discuter avec les réparateurs. Ça ne me plaît pas. Je sais bien que ce n'est pas en laissant Marcus payer ma porte que je deviendrai comme ma mère – je le sais d'un point de vue logique –, mais je ne peux m'empêcher d'avoir l'impression de profiter de lui.

Comme si je l'utilisais, de même qu'elle a toujours utilisé ses amants et tous ceux qui tenaient à elle.

Je chasse ces souvenirs et m'assieds au bureau en houspillant M'sieur Dodu qui s'approche trop de mon kebab – dont il ne reste pas grand-chose. Les chats ont grignoté la majeure partie de la viande pendant mon absence. En soupirant, je m'empresse d'avaler la fin du repas et j'emporte l'assiette sale dans la cuisine, où je retrouve l'évier propre.

Non seulement, Marcus a nettoyé son assiette, mais il l'a séchée et l'a rangée.

Je me charge de la mienne avant de préparer du café, au cas où il souhaiterait en boire une tasse. Enfin, je sors mon dernier pot de glace au caramel au beurre salé et deux bols. Je lui dois au moins le dessert.

Il entre dans la cuisine au moment même où les bruits reprennent dans l'entrée.

— De la glace ? je propose en accumulant une portion généreuse dans un bol.

Il secoue la tête.

— Pas pour moi, merci.

— Tu n'aimes pas ?

— Je n'ai pas le bec sucré, dit-il en haussant les épaules.

Évidemment. La crème glacée, c'est pour les

fainéants comme moi, pas les super-héros de la vie comme Marcus, pour qui le sport figure parmi ses principaux loisirs. Je suis déjà étonnée qu'il ait mangé le kebab imbibé de graisse. Il doit être aussi discipliné dans son régime qu'il semble l'être dans les autres domaines.

— Un café ? je propose.

Il accepte. Noir, bien sûr, sans sucre ni lait.

Je nous sers deux tasses, puis j'emporte mon café et mon bol de glace dans la chambre. D'abord, je ne vois les chats nulle part, mais j'aperçois ensuite le bout d'une queue blanche qui dépasse de sous le lit.

Ils doivent chercher à échapper au bruit qui consiste en coups de marteau et vrombissements de perceuse.

Je pose mon café sur la table de nuit et je m'assieds sur le lit pour manger ma glace. À mon grand étonnement, Marcus me rejoint avec son café au lieu de reprendre sa place au bureau. Il s'installe à quelques centimètres de moi, et même si nous sommes entièrement habillés, je ressens la proximité de son grand corps aussi intensément que si nous étions nus. Mon esprit revient au baiser que nous avons partagé et une bouffée de chaleur se propage sur ma peau. Mon cœur s'emballe comme si j'avais piqué un sprint.

Oh, Seigneur. Ce baiser.

J'essaie de ne pas y penser pour ne pas rougir et me mettre à bredouiller, mais je ne peux pas l'éviter plus longtemps. Ce baiser avec Marcus était sans doute l'expérience la plus torride de ma vie, meilleure encore que tout le sexe que j'aie jamais connu – ou rêvé de connaître. Ce n'était pas une bonne idée, et pourtant c'était incroyablement parfait. Sa façon de me tenir, comme s'il ne voulait jamais me lâcher, le goût et la sensation de ses lèvres... Il ne m'a touché que le dos et la tête, mais j'étais sur le point d'imploser, tellement excitée que j'en sens encore l'humidité entre mes jambes.

Maintenant, nous sommes assis tous les deux sur le lit, ce qui n'arrange pas mon cas. Son poids s'enfonce dans mon vieux matelas, formant un creux sur la surface molle. J'ai du mal à rester droite et je penche inexorablement vers lui. On dirait les illustrations sur la gravité, quand un grand corps céleste s'impose dans l'espace, empêchant un corps plus réduit d'échapper à son orbite.

C'est l'attirance qu'exerce Marcus sur moi.

Je ne peux pas échapper à son attraction – et je n'en ai pas vraiment envie.

Nos regards se rencontrent, mais le bruit de perceuse s'intensifie et nous ne pouvons pas discuter. Aucun de nous ne détourne les yeux. Avec les réparateurs, nous n'avons aucune intimité, et pourtant ils pourraient tout autant travailler à des kilomètres de là. Je ne suis consciente que de lui, de sa proximité et de la chaleur contenue par son regard.

La main tremblante, je plonge ma cuillère dans le bol et porte la glace à ma bouche. Je referme les lèvres autour du dessert crémeux, à la fois sucré et salé, et je le laisse glisser dans ma gorge. Les yeux de Marcus s'obscurcissent et ses traits bien taillés se contractent. Il se penche, tendant la main devant moi pour déposer sa tasse de café à côté de la mienne. Je sens le désir qu'il éprouve, son attirance dangereuse et virile, et mon souffle s'accélère. Mes tétons sont deux petites pointes dures sous le tissu de mon soutien-gorge.

— Emma...

Sa voix est grave, éraillée, mais je l'entends par-dessus le vacarme.

— Je crois... que je veux bien un peu de glace, tout compte fait.

Ma gorge se dessèche.

— Veux-tu que j'aille t'en chercher ?

Sans me quitter des yeux, il secoue lentement la tête.

— Je veux la tienne.

Oh, mon Dieu. Il ne parle pas seulement de la crème glacée, pas avec un tel regard.

Je lui tends mon bol, mais il m'arrête en posant une grande main sur mon genou.

— Donne-m'en un peu, ordonne-t-il d'une voix rauque.

À présent, j'ai tout le corps en feu. Des picotements électriques remontent le long de ma jambe, irradiant autour de sa paume. Le crissement de la perceuse cesse, remplacé par d'autres coups de marteau, mais les bruits des travaux sont incomparables avec le grondement du sang dans mes oreilles.

Lui en donner un peu.

Bon, très bien.

Ma main tremble quand je prends une cuillérée de glace et la porte à sa bouche.

Sa bouche ferme, masculine, conçue pour les baisers.

Ses lèvres se referment autour de la cuillère, la délestant de son contenu, et mon souffle reste suspendu dans ma gorge lorsque sa langue pointe pour lécher la goutte de crème qui s'attarde sur le manche – à un centimètre de mes doigts, crispés autour de la cuillère.

— Délicieux, murmure-t-il.

Son regard me brûle vive et je dois faire un effort pour ne pas oublier de respirer.

Je prends une inspiration et ramène la cuillère à moi, renversant presque le bol.

— Oh, attention...

Sa main se pose sur la mienne afin de le rattraper. À son regard pétillant, je me rends compte qu'il a parfaitement conscience de l'effet qu'il suscite en moi – et que ça lui plaît beaucoup.

Enfoiré.

J'ai envie de lui en vouloir, mais je suis incapable de mobiliser suffisamment de colère contre lui. Je n'ai jamais été aussi excitée. De toute ma vie. Ma culotte est détrempée et mon sexe palpite devant les images érotiques qui défilent dans ma tête. J'imagine sa bouche magique se poser sur mon téton, puis tracer un chemin brûlant le long de mon ventre avant que ses lèvres souples et chaudes me pincent le clitoris et...

— Excusez-moi, Monsieur Carelli ? Nous avons terminé.

La voix de Rodney me fait l'effet d'un seau d'eau glacée en pleine face.

J'avais complètement oublié la présence des ouvriers.

Mortifiée, je me lève d'un bond tout en serrant le bol devant moi, comme s'il pouvait dissimuler mes joues cramoisies. Bon sang, mais qu'avais-je en tête ? Deux minutes de plus et Marc et moi nous serions retrouvés à l'horizontale, oubliant la glace et notre public.

Les pensées de Juan doivent être en accord avec les miennes, parce qu'il sourit à côté de Rodney.

Marcus ne se laisse pas décontenancer. Il va inspecter le travail effectué sur la porte, puis il hoche sèchement la tête.

— Beau travail, merci.

— Oui, merci, dis-je en écho, réprimant un sentiment de honte alors que les hommes rassemblent leurs outils et s'en vont en agitant la main dans un geste amical.

Je suis soulagée lorsque la porte se referme – jusqu'au moment où je prends conscience que Marcus et moi sommes désormais seuls dans mon appartement.

Un appartement doté d'une porte qui se ferme et se verrouille.

Marcus

MON CŒUR BAT LA CHAMADE, VIBRANT D'UNE ATTENTE sombre, lorsque je referme la porte et me tourne vers Emma qui se tient à côté du lit et me regarde de ses immenses yeux gris. La crème glacée fond dans le bol qu'elle serre toujours entre ses mains.

Ça y est.

Enfin, elle est à moi.

Je sais que je tire beaucoup de déductions, mais l'attirance est mutuelle. J'ai senti sa réaction quand je l'ai embrassée, j'ai vu la pulsation dans son cou quand j'ai posé la main sur son genou.

Elle me désire.

Elle en a besoin tout autant que moi.

Je soutiens son regard et traverse la pièce pour

m'arrêter devant elle. Ma queue est douloureusement tendue, pourtant mes gestes sont soigneusement mesurés quand je prends le bol de ses mains tremblantes et le dépose sur la table de chevet à côté de nos tasses de café. Puis je serre ses petites mains et je l'attire à moi.

Elle me regarde, les yeux écarquillés et le souffle court.

Une beauté.

Bon Dieu, elle est tellement belle.

Sa peau mouchetée de taches de rousseur est si délicate qu'elle est presque translucide. L'excitation pare ses joues de rouge, avec un éclat couleur de pêche. Ses lèvres en boutons de rose sont entrouvertes, révélant de petites dents blanches, et ses boucles forment des spirales de feu autour de son joli visage délicieusement rond.

Tout chez elle est doux et charmant, aussi savoureux que cette cuillérée de crème glacée que je viens de déguster.

Une main sur sa taille, je referme mon autre paume sur le côté de son visage et penche la tête, prêt à l'embrasser, lorsqu'un autre miaulement grave interrompt le silence.

Oh, pitié... Je jette un œil sur le côté et foudroie le gros matou du regard. Il vient d'émerger de sous le lit et s'est assis sur son arrière-train touffu, agitant frénétiquement sa queue en broussaille, me fixant entre les deux fentes de ses yeux verts.

Je reporte mon attention sur Emma, déterminé à

ignorer ce bête tue-l'amour, mais elle quitte déjà mes bras, visiblement gênée.

Ça ne va pas le faire.

Ça ne le fait pas du tout.

Je lui prends les mains avant qu'elle puisse battre en retraite.

— Viens chez moi.

C'est un ordre, pas une demande, mais c'est plus fort que moi. Je n'ai jamais désiré une femme à ce point, je ne me suis jamais senti aussi dépouillé de mon propre contrôle. C'est impossible d'être charmant et séducteur avec cette avidité violente qui me taraude, exigeant que je la prenne, que je fasse mon possible pour la faire mienne.

En des temps plus primitifs, je l'aurais déjà jetée sur mon épaule et emportée dans ma caverne.

Ses yeux gris s'arrondissent sous le choc.

— Chez… chez toi ?

— Oui.

Je soutiens son regard sans chercher à masquer le désir sombre qui monte en moi.

— Chez moi. Tout de suite.

Je sais qu'il y aurait une meilleure formulation possible. Je pourrais l'emmener boire un verre, et ensuite, une fois que nous aurions tous les deux la tête agréablement légère, je pourrais lui proposer de lui montrer ma collection de livres rares dans mon loft. Nous saurions tous les deux ce qui se passerait là-bas, mais nous n'aurions pas besoin d'en parler. Elle ferait semblant d'être uniquement intéressée par les livres et tout se déroulerait de manière charmante, civilisée et convenablement romantique.

Si ce n'est que je suis incapable d'être civilisé en cet instant précis. Toutes mes aptitudes sociales semblent m'avoir déserté, le vernis de la civilisation s'écaille. Pour une quelconque raison, je ne peux pas jouer ces jeux-là avec Emma. Je ne peux pas me montrer lisse et courtois comme je le suis avec les autres femmes.

Avec elle, je suis motivé par un pur instinct, et cet instinct exige que je la mette dans mon lit *tout de suite*.

Sa petite langue point pour lui humecter les lèvres et cette tentation manque de me faire gémir.

— Que…

Elle déglutit visiblement.

— Et Emmeline ?

Putain.

— Quoi, Emmeline ? je grogne en l'attirant à moi. Je t'ai dit qu'il n'y avait aucun engagement entre nous.

Et il n'y en aura pas, pas tant que je n'aurai pas assouvi cette obsession pour Emma.

Je ne suis pas du genre infidèle.

— Mais tu… tu veux toujours sortir avec elle, pas vrai ?

Le souffle court, elle moule le bas de son corps contre moi et mon sexe en érection se presse contre son ventre souple.

— Tu pourrais peut-être même l'épouser ?

— C'est un grand *peut-être*, grommelé-je.

Incapable de résister une seconde de plus, je prends son visage entre mes paumes et penche la tête pour l'embrasser.

Ses lèvres sont aussi douces que la première fois que je les ai goûtées, moelleuses et rebondies, tellement délicieuses que le sang quitte mon cerveau pour affluer directement entre mes jambes. J'entends vaguement un autre miaulement, mais cette fois je me fiche éperdument du chat – tout comme Emmeline et mes ambitions de toujours. Emma emplit tous mes sens, par la chaleur moite de sa langue contre la mienne et le faible parfum de caramel dans son souffle, ses courbes affolantes contre mon corps et ses mains agrippées à mes côtes alors que je la dirige vers son lit.

Tant pis pour chez moi. Son appartement fera très bien l'affaire.

L'arrière de ses jambes touche le matelas, et soudain elle se fige. Elle me cramponne les poignets et se dégage de mon baiser.

— Attends !

Je reste pétrifié et je fais appel à toute ma force de volonté pour demeurer immobile alors qu'elle se dérobe à mon étreinte en reculant. Elle ne s'arrête qu'une fois le plus loin possible du lit – et de moi.

— Écoute, Marcus, dit-elle d'une voix chevrotante, écartant les boucles de son visage d'une main tremblante. Je ne suis pas… Ce n'est pas…

Elle prend une vive inspiration.

— De toute évidence, nous sommes attirés l'un par l'autre, mais ça ne va pas fonctionner.

Sous mon regard incrédule, elle soulève son chat du sol et déclare d'un ton calme :

— Va-t'en, s'il te plaît. J'aimerais que tu partes.

mma

— TU AS FAIT *QUOI* ?

La voix de Kendall grimpe d'une octave alors qu'elle me dévisage, son croissant à demi grignoté dans la main.

— Je lui ai demandé de partir, répété-je en me frottant les tempes, assaillie par une migraine infernale.

J'ai à peine fermé l'œil après le départ de Marcus hier soir – ma deuxième nuit blanche de cette semaine – et même si j'ai absorbé suffisamment de caféine pour réveiller un cheval ce matin, mon crâne me donne l'impression d'être écrasé dans un étau. Pour cette raison, je n'aurais sans doute pas dû me rendre chez Kendall pour le petit-déjeuner, mais j'avais besoin de parler à quelqu'un d'autre qu'à mes chats.

— Attends, marche arrière.

Kendall laisse tomber le croissant sur sa serviette et fait pivoter son tabouret de bar vers moi.

— Explique-moi encore ce qui s'est passé. Il a démoli ta porte pour te sauver après que tu as trébuché sur ton chat et vous vous êtes pelotés alors que tu étais à moitié nue. Puis il a mangé un kebab avec toi pendant que ses hommes à tout faire réparaient les dégâts. Ensuite, vous vous êtes *encore* embrassés, et il t'a invitée chez lui. *Et tu lui as dit que ça ne fonctionnerait pas et qu'il devait s'en aller ?*

— Techniquement, il m'a embrassée *après* m'avoir invitée chez lui, mais oui, c'est l'idée générale.

— Emma ! Qu'est-ce que tu as fait ?

Je cligne des yeux.

— Quoi ? Il compte toujours sortir avec Emmeline et c'est toi qui m'as conseillé d'être prudente. Tu te souviens ? Soi-disant que les hommes sont des chiens.

— Espèce d'idiote ! C'était *avant* qu'on sache qu'il était milliardaire.

— Kendall…

— Non, écoute-moi.

Elle se penche au-dessus du plan de travail, écrasant presque le croissant sous son coude.

— Ce n'est pas n'importe quel abruti de Wall Street, bordel, c'est *Marcus Carelli*. Et il s'intéresse suffisamment à toi pour enfoncer ta porte et manger un kebab à emporter dans ton petit studio pourri.

— Tout juste. Parce qu'il veut coucher avec moi.

Je me masse le front comme si cela pouvait

atténuer la pression que je ressens. Je n'aurais clairement pas dû venir ici, je m'en rends bien compte maintenant. Si j'avais fait une sieste cet après-midi, je serais plus en forme pour affronter Kendall et ses opinions farfelues sur les relations amoureuses. Mais bon…

— Et alors ? s'exclame Kendall en bondissant de son tabouret, le regard furibond, les mains sur les hanches. Toi aussi, tu veux coucher avec lui, non ?

— Oui, bien sûr, mais…

— Il n'y a pas de *mais* ! Il est riche, il est canon, il te désire et tu le désires. *Et,* ajoute-t-elle en se penchant jusqu'à ce que son nez touche presque le mien, il a été franc avec toi à propos de cette Emmeline. Ils ne sont pas mariés et ne sortent pas encore ensemble, alors même s'il y a une possibilité qu'il sorte avec elle un jour, on s'en fiche, non ?

Pfff. Je ferme vivement les paupières, regrettant de ne pas être restée chez moi avec mes chats. Je ne sais pas ce que j'attendais en débarquant à l'appartement de Kendall avec des croissants et du café achetés en bas de chez elle, mais je n'avais pas prévu qu'elle me reproche de ne pas avoir couché avec Marcus.

J'ai déjà passé toute la nuit à remettre en question ma décision et je me sens mal chaque fois que je me remémore l'expression de Marcus quand je lui ai demandé de partir. Pendant une seconde, il a paru presque blessé, mais ensuite, son regard s'est durci et son visage s'est changé en masque de pierre. Sans un mot, il a tourné les talons et il a disparu. J'ai dû mobiliser tous mes efforts pour me retenir de lui courir après.

De le supplier de revenir et de terminer ce que nous avions commencé.

— Emma, écoute-moi, poursuit Kendall.

J'ouvre les yeux à contrecœur lorsqu'elle remonte sur son tabouret de bar.

— Il est évident que Marcus t'aime bien. Si tu ne corresponds pas à ses critères de future épouse, quelle importance ? Ça ne t'empêche pas de prendre du bon temps avec lui. Tu fais même des rêves érotiques sur ce gars, bon Dieu ! Et puis, pose-toi cette question : *Marcus Carelli*, sais-tu quelles portes pourraient s'ouvrir devant toi si tu apparaissais à son bras ? Les endroits où il pourrait t'emmener, les gens que tu rencontrerais ?

Devant mon regard impassible, elle lève les yeux au ciel et reprend avec insistance :

— Ce poste dans l'édition dont tu as toujours rêvé ? Il pourrait te le décrocher en un clin d'œil. Tu sais quoi ? Son fonds pourrait sans doute *acheter* n'importe quelle maison d'édition de ton choix rien qu'avec de la petite monnaie.

— Kendall… dis-je avec une grimace.

Elle lève une main.

— Je sais, je sais. Tu tiens à te débrouiller toute seule et c'est admirable. Mais devine quoi, Emma ? La vie peut être un paysage verdoyant comme un marécage, et on ne choisit jamais, à moins d'avoir beaucoup de chance et que le destin nous offre un moyen de traverser de l'un à l'autre. Sache que le destin vient de t'offrir l'équivalent du pont du Golden Gate. Marcus Carelli peut te conduire vers les pâturages les plus verts que tu puisses imaginer, il te suffit de dire oui.

DANS LE MÉTRO, PENDANT LE TRAJET DU RETOUR, JE m'efforce d'oublier les paroles de Kendall, mais le goût amer s'attarde dans ma bouche. Je lui ai souvent parlé de mon enfance, et pourtant elle ne comprend pas, pas vraiment. Pour elle, le statut de milliardaire de Marcus est un atout, alors que pour moi, c'est un inconvénient majeur. Son argent et ses relations ne présentent pas le moindre intérêt à mes yeux, ce qui suffirait à vouer à l'échec toute tentative de relation entre nous.

Non qu'il veuille d'une relation avec moi, de toute façon. Je suis presque certaine que cela aurait été l'affaire d'un soir – ou deux, tout au plus. Bien que je me sois laissé bercer par cette idée, le moment venu – quand il n'a pas nié l'éventualité qu'un jour, il puisse épouser Emmeline – je n'ai pas pu m'y résoudre, quelle que soit l'obstination de mon corps.

J'étais trop submergée par les sensations qu'il provoquait en moi – et franchement terrifiée de ce que j'éprouverais quand il sortirait inévitablement de ma vie.

Alors, j'ai fait le meilleur choix hier, au lieu de passer à l'étape supérieure. C'est vraiment le mieux que je peux faire. D'accord, je me suis sentie pitoyable après l'avoir rejeté, à tel point que je n'ai pas réussi à dormir, et alors ? C'était trop pour moi – *il* représentait trop – et c'est toujours bon de connaître ses propres limites.

En tout cas, c'est ce que je me suis répété depuis le moment où Marcus est sorti, refermant derrière lui la porte fraîchement réparée. Sans sa présence, mon studio m'a tout de suite paru plus froid, plus vide… moins vivant, en quelque sorte.

Non, ce n'est pas vrai. Je refuse de m'engager dans cette voie. Aussi volcanique que soit notre attirance, nous sommes incompatibles par ailleurs. J'ai fait le bon choix, quoi qu'en pense Kendall ou n'importe qui d'autre.

Maintenant, je n'ai plus qu'à m'en convaincre.

24

Marcus

Je passe le reste du vendredi soir à essayer de me convaincre que ce qui s'est passé était pour le mieux, que je suis content qu'Emma ait mis un terme à cette folie avant que nous allions plus loin. Bien sûr, j'aurais adoré la baiser et soulager la tension qui s'est emparée de moi dès l'instant où j'ai posé les yeux sur elle, mais en fin de compte, cela ne nous aurait menés nulle part.

C'est Emmeline qu'il me faut – ou une autre femme comme elle. Emma n'aurait été qu'une distraction. Elle l'est déjà, d'ailleurs, m'empêchant de me concentrer au travail et dans le reste de mon quotidien.

Malgré ce raisonnement parfaitement rationnel, j'ai du mal à dormir vendredi soir. Je suis tendu et fébrile en dépit de deux douches froides et d'un moment privilégié avec mon poing. Chaque fois que je ferme les yeux, je vois Emma en sous-vêtements de dentelle et mon corps brûle du désir de la posséder, de sentir ses courbes souples sous mes paumes et la douceur de ses lèvres.

Enfin, j'abandonne l'idée de trouver le sommeil et je sors courir une quinzaine de kilomètres. Mon rythme effréné et soutenu est épuisant, et quand je m'assieds enfin pour déguster le petit-déjeuner de fin gourmet que m'a concocté mon majordome, ma frustration est retombée. Pourtant, je décide d'appeler Emmeline afin de m'éclaircir la tête.

Nous avons une autre discussion charmante. J'apprends qu'elle viendra à New York en déplacement d'affaires au mois de décembre et nous décidons de nous retrouver pour dîner le soir où elle sera disponible. Tout est très convenable et civilisé, et quand je raccroche, je n'éprouve pas la moindre envie irrépressible de la harceler ni de la traîner de force dans une caverne.

C'est ainsi que les choses devraient être, me dis-je en entrant dans mon bureau pour rattraper un peu de travail en retard. Avec Emma, j'étais constamment sur le point de perdre le contrôle et d'oublier le plus important. L'avidité que la petite rousse éveillait en moi était trop dévorante, trop dangereuse. J'ai envie d'être attiré par la femme avec qui je suis, mais pas comme ça.

Pas au point où elle serait la seule chose qui compte.

Je travaille toute la matinée et la majeure partie de

l'après-midi, mais ma nervosité revient et j'appelle mon ami Ashton pour une session de boxe à la salle de MMA.

Il s'avère qu'il est disponible et nous nous retrouvons une heure plus tard. Il est aussi doué que moi aux arts martiaux divers et après une heure d'échanges ininterrompus, nous sommes à égalité et ruisselants de sueur.

— On se change et on va boire une bière ? propose-t-il alors que nous retournons dans le vestiaire.

J'accepte avec joie.

Tout, pourvu que j'arrête de penser à Emma.

— Alors, l'entremetteuse a été efficace avec toi ? demande Ashton quand nous nous assoyons au bar.

Il est à peine dix-huit heures, et même si nous sommes samedi, les lieux sont assez calmes pour nous permettre d'avoir une conversation.

— Ma tante m'a dit que tu avais contacté Victoria, poursuit-il alors que le barman nous apporte nos bières. Elle t'a trouvé une femme ?

Je prends ma bière et je bois une longue gorgée en m'efforçant de ne pas lui répondre trop sèchement. C'est vraiment la dernière chose dont j'ai envie de discuter, mais comme c'est lui qui m'a orienté vers Victoria Longwood-Thierry, je lui dois une réponse.

— Elle m'a mis en rapport avec une candidate prometteuse, une femme qui s'appelle Emmeline

Sommers, dis-je en reposant ma bière. Mais elle vit à Boston, alors nous verrons bien où cela nous mène.

— Tu vois ? Je te l'avais dit.

Il sourit, dévoilant ses dents d'un blanc nacré.

— Ça fonctionne, ces trucs-là, enfin, si tu en as envie. Moi, je ne resterais pas avec une seule et même fille pour le restant de mes jours, même pour tout l'or du monde, mais si c'est ce que tu cherches, autant faire en sorte qu'elle en vaille la peine.

Ce type est un enfoiré, et il ne le cache pas, mais les deux femmes debout au bar ont l'air éblouies par son sourire. C'est toujours comme ça avec lui. Ashton Vancroft est issu d'une vieille famille – extrêmement – fortunée et ça se voit. Son arrogance innée de gosse de riche, associée à son physique athlétique et à son apparence de surfeur au teint bronzé, attire les femmes comme un aimant, et ce, depuis que je le connais – bientôt une décennie.

Nous nous sommes rencontrés en école de commerce, où nous passions tous les deux un master en administration des entreprises – moi, afin de pouvoir convaincre des investisseurs de me confier leur argent, et Ashton, parce que c'était ce que sa famille attendait de lui. Comme il me l'a expliqué un jour, ses options de carrière se limitaient à avocat, médecin ou banquier d'affaires. Tout le reste aurait été considéré comme inacceptable pour un membre de la famille Vancroft. Il a fini par se rebeller en abandonnant l'école de commerce pour devenir coach personnel, mais le mal était fait.

Il avait acquis trop de talent en gestion commerciale pour mener la vie de bohème insouciante qu'il avait toujours voulue.

Ce qui a commencé par quelques clients le week-end s'est rapidement développé en entreprise profitable – grâce au bouche-à-oreille sur son approche implacable et pragmatique de l'exercice physique ainsi que l'application qu'il avait créée pour superviser les séances de ses clients à distance lors de leurs déplacements. Il n'a pas tardé à acquérir des milliers de clients dans le monde entier. Ces derniers ont inondé Instagram de photos avant-après et la popularité de son appli a explosé, la propulsant parmi les meilleurs résultats de toutes les boutiques en ligne. Maintenant, il est multimillionnaire sans même avoir fait appel à l'argent de ses parents – et il est en plein déni vis-à-vis de son succès.

— Comment marchent les affaires ? je demande, conscient que ma question va l'agacer – ce n'est que justice, étant donné que son intrusion dans ma vie amoureuse m'a tapé sur les nerfs.

Comme je pouvais m'y attendre, il fait la grimace.

— Formidable. Les revenus ont augmenté de vingt pour cent le mois dernier et je croule sous les propositions de partenariat. Je ne veux rien de tout ça, mais est-ce qu'ils m'écoutent ? Non. Ils sont convaincus que je meurs d'envie de revendre leurs compléments minables, leurs équipements sportifs ou je ne sais quelles autres merdes. Tant pis si ces solutions à la con ne fonctionnent pas, tout est question de nutrition et des défis physiques qu'on impose à son corps…

Je me coupe automatiquement à son monologue lorsqu'il se lance dans sa diatribe habituelle contre les flemmards invétérés qui cherchent des solutions magiques à leur paresse, et mes pensées dérivent vers Emma. Je me demande ce qu'elle fait ce samedi soir. Est-elle en pyjama, blottie avec ses chats, ou est-elle de sortie quelque part ?

Peut-être avec un homme ?

Ma main se contracte autour de ma chope de bière quand je l'imagine assise dans un restaurant avec un abruti, à lui offrir son beau sourire à fossettes. Il doit baver devant elle, salivant pendant qu'elle mange sa part de pizza bon marché, puis ils partageront aimablement l'addition avant de rentrer ensemble chez elle et…

Non, bon sang ! Je ne m'aventurerai pas sur ce terrain.

J'ai déjà des envies de meurtre.

Elle ne t'appartient pas, me dis-je en vidant ma bière. Elle a tous les droits de voir qui elle veut et de faire ce qui lui chante. Nous ne sommes plus ensemble – de toute façon, nous ne l'avons jamais été. Il ne suffit pas de deux rendez-vous et deux baisers pour entamer une relation… à part si on est encore au lycée.

Alors, il n'y a aucune raison que je le ressente comme une véritable rupture, comme si j'avais perdu quelque chose quand elle a dit que c'était terminé, quand elle m'a demandé de partir. Dans le pire des cas, ma fierté devrait être piquée, rien de plus.

Et pourtant, quand les deux femmes du bar nous accostent en flirtant et battant leurs longs cils, je ne pense qu'à Emma, son sourire et ses fossettes. Et quand je trouve une excuse pour rentrer chez moi, ce sont ses courbes plantureuses que je vois, debout dans ma douche, le poing fermé autour de ma queue douloureuse.

C'est son visage que je vois quand je jouis.

25

LES ONZE JOURS SUIVANTS S'ÉCOULENT À UNE ALLURE d'escargot. Je vais au travail, je rentre chez moi et je crée mon site web de correctrice. Financièrement, ça va mieux : des clients satisfaits ont recommandé mes services et j'ai établi deux nouveaux devis, sans compter que l'un de mes clients habituels vient de m'envoyer un roman à relire. Un auteur qui rencontrait des difficultés financières vient enfin d'effectuer le paiement qu'il me devait pour la correction de son roman de fantasy épique de mille pages. Mes chats n'ont pas eu besoin de rendez-vous hors de prix chez le vétérinaire, si bien que pour une fois, mon compte bancaire affiche quatre chiffres. J'ai même remboursé une petite portion de mon prêt étudiant de manière à ce que la hausse brutale du taux d'intérêt soit un peu moins douloureuse.

Alors, je n'ai aucune raison d'avoir l'impression de patauger dans un marais avec un sac de vingt-cinq kilos sur le dos.

— Appelle-le, insiste à nouveau Kendall le mercredi matin, quand je me plains d'avoir le cafard et de mal dormir. Dis-lui que tu as changé d'avis et que tu aimerais le revoir. Au moins, envoie-lui un texto pour lui passer le bonjour. S'il est toujours intéressé, il répondra.

Je balaie sa suggestion, prétextant que ma mauvaise humeur n'a rien à voir avec *ça*, mais pendant toute la journée du mercredi, mon téléphone me tente. Sa coque rose vif agit comme une cape rouge devant un taureau. Je n'appelle pas – je résiste héroïquement à cette envie –, mais le soir venu, je rêve que je cède… et que Marcus arrive immédiatement.

Je me réveille moite et endolorie, en feu après le plus torride des rêves. Je me redresse et allume la lampe de chevet. Sur mon oreiller, les chats me regardent froidement, agacés d'être perturbés dans leur sommeil de plomb.

— Oh, tu as bien cassé un vase en pleine nuit, la semaine dernière, toi ! je marmonne à M'sieur Dodu.

Il agite la queue, admettant que j'ai raison.

Les chats se rendorment aussitôt, mais je me lève, trop fébrile pour rester immobile. Le téléphone me nargue et m'attire depuis la table de chevet. Je tends la main, mais la retire au dernier moment en me persuadant que c'est une mauvaise idée.

Une très mauvaise idée.

Pourtant, je suis incapable de détacher les yeux de l'appareil et, une fois de plus, ma main s'avance et s'en saisit.

Ne fais pas ça, Emma.

Je reste pétrifiée en essayant de faire appel à la voix de la raison, mais une seconde plus tard, mes doigts bougent de leur propre initiative et effleurent l'écran pour afficher mes derniers échanges avec Marcus. Mon cœur bat furieusement dans ma poitrine alors que j'écris : « Salut… »

Ne l'envoie pas. Efface, efface, efface !

Je me mords la lèvre en fixant l'écran, le doigt suspendu au-dessus du bouton *supprimer*. Envoyer ou ne pas envoyer ?

Un léger miaulement me tire de mon dilemme existentiel et je lève les yeux pour voir Reine Élisabeth s'approcher de moi sur la couverture, d'une démarche nonchalante.

— Crois-tu que je devrais l'envoyer ? je demande.

Elle miaule.

— Vraiment ?

À son regard, je vois bien qu'elle me trouve ridicule de parler à un chat.

— Oui, eh bien, à qui voudrais-tu que je parle en pleine nuit ?

Elle s'assoit et commence à se lécher la patte.

— Bon, d'accord, continue comme ça.

Agacée, je baisse les yeux sur mon téléphone… et mon estomac se noue.

Sans savoir comment, pendant que je parlais au chat, mon doigt a glissé et j'ai appuyé sur « envoi ».

26

MON TÉLÉPHONE ÉMET UN BIP À 2 H 49 DU MATIN LE jeudi, me réveillant moins de deux heures après mon retour du travail. Je pousse un juron et je le prends, pour constater que c'est un texto.

D'Emma.

Je me réveille instantanément, tout mon corps vibrant d'adrénaline, et je me redresse dans mon lit avant de frôler l'écran.

Salut...

C'est tout ce que dit le message.

Je rejette ma couverture et j'allume. Aussitôt, j'aperçois les trois points qui dansent sur l'écran, m'annonçant qu'Emma s'apprête à envoyer un second message.

Salut... tu veux venir ?

Salut... tu m'as manqué.

Salut... je me suis rendu compte que j'avais commis une erreur.

Salut... qu'est-ce que tu fais ce soir ?

Les possibilités sont infinies et je meurs d'impatience de voir ce qu'elle va dire.

Les trois points disparaissent, comme si elle avait cessé d'écrire et effacé son message. Cinq secondes plus tard, ils reviennent.

Je fixe le téléphone du regard, le cœur battant d'une impatience de prédateur. Je suis impatient qu'elle avoue qu'elle me désire, qu'elle a changé d'avis et qu'elle ne me rejette plus. J'ai une entrevue capitale avec un investisseur demain à la première heure, mais si elle veut que je passe la voir, je bondirai.

Si je pouvais, je me téléporterais à Brooklyn afin d'apparaître sur le pas de sa porte comme par enchantement au moment où elle m'envoie le message.

Elle prend tout son temps pour le rédiger, alors je me lève, incapable de me tenir tranquille. Serrant le téléphone dans ma main, je me dirige vers la salle de bain afin de me préparer pour l'éventualité où ce serait, comme je l'espère, une proposition de plan cul.

J'ai presque fini de me raser quand le téléphone tinte enfin, annonçant un texto. Je pose le rasoir et je passe un doigt humide sur l'écran.

Désolée, erreur de destinataire.

Je relis les mots avec incrédulité... et une colère grandissante.

Putain de merde !

Elle envoie des messages à *quelqu'un d'autre* à trois heures du matin ?

Réprimant l'envie d'écraser le téléphone contre le plan de travail en marbre, j'essuie méticuleusement les résidus de mousse à raser et je jette la serviette dans le lavabo. En théorie, ce quelqu'un pourrait être un ami ou un proche, mais en pratique, les chances sont quasi nulles.

Il n'y a qu'une seule personne à qui l'on écrit à cette heure-ci, et c'est quelqu'un avec qui l'on baise – ou qu'on a l'intention de baiser.

Et ce quelqu'un n'est pas moi.

Une fureur chauffée à blanc déferle en moi quand j'imagine le type – sans doute un abruti, bénévole au Corps de la paix et qui possède un million de chats. Il ignore probablement comment donner du plaisir à une femme, et pourtant il obtient une place dans le lit d'Emma parce que c'est un ami des bêtes et qu'il est « gentil ». Bordel.

Eh bien, moi, je ne suis pas gentil – et je n'ai jamais baissé les bras quand je désire vraiment quelque chose. Ces douze derniers jours, j'ai fait de mon mieux pour l'oublier, pour me convaincre de passer à autre chose, mais chaque nuit, j'ai rêvé d'elle, et chaque matin, je me suis réveillé dur et frustré, incapable de me concentrer avant de m'être soulagé avec mon poing. Que ça me plaise ou non, cette nouvelle obsession est tenace et il est grand temps que je l'accepte.

Maussade, j'ouvre ma boîte de messagerie et j'écris

un e-mail au détective privé auquel je fais appel pour garder un œil sur les cadres de niveau C dans les entreprises où nous investissons le plus. Il opère en marge de la loi et il est capable de renifler le scandale plusieurs années avant que la presse en ait vent. Je ne lui avais encore jamais demandé d'enquêter sur une femme qui m'intéressait, mais il y a une première fois à tout.

Cela ressemble beaucoup à une initiative de harceleur, mais je dois savoir qui fréquente Emma. Parce que j'en ai assez de jouer selon les règles.

D'une manière ou d'une autre, cette petite rouquine sera à moi.

LES FLEURS ARRIVENT JEUDI APRÈS-MIDI, AU MOMENT OÙ mon patron m'explique son nouveau régime dans les moindres détails. Le vase est si grand que le livreur a du mal à le hisser sur le comptoir. Quand il y parvient enfin, l'énorme bouquet de tulipes roses, jaunes et rouges occulte presque la caisse enregistreuse.

— C'est ton anniversaire aujourd'hui ? demande Monsieur Smithson en regardant les fleurs, perplexe, alors que je me mets en quête d'une carte dans la forêt de tiges et de feuilles.

— J'aurais juré que c'était en septembre.

— Euh… oui, c'est en septembre.

Mon visage vire au rouge lorsque je trouve enfin la carte et lis le message, qui se résume à un seul mot.

Comme mon patron me regarde toujours d'un drôle d'air, j'opte pour un mensonge :

— C'est de la part de mes grands-parents. J'adore les tulipes et ils m'en envoient de temps en temps, pour me faire savoir qu'ils pensent bien à moi.

— Oh, fait Monsieur Smithson en clignant des yeux. D'accord. Profites-en bien.

Il s'éloigne d'un pas nonchalant pour réapprovisionner l'étagère des thrillers et j'expire, la main tremblant d'un mélange d'inquiétude et d'excitation. Je lève à nouveau la carte devant mes yeux et relis le message.

Il n'y a qu'un seul mot.

Salut.

Je me suis vaguement calmée en rentrant chez moi, après m'être convaincue que le bouquet était la vengeance de Marcus pour mes messages ridicules de la nuit dernière. Je me suis comportée comme une lâche en feignant d'avoir envoyé ce « salut » à la mauvaise personne, mais j'ai paniqué et je ne savais pas quoi faire.

Je n'avais aucune raison de lui écrire à trois heures du matin, à l'exception de l'évidence – et je ne suis clairement pas prête à m'orienter de ce côté-là.

Je suis tentée d'appeler Kendall et de lui parler des textos et des tulipes – qui, par une étrange coïncidence, s'avèrent être mes fleurs préférées –, mais je résiste.

Elle déformerait tout, et l'instant d'après, je serais persuadée que Marcus s'intéresse toujours à moi au lieu d'être en bonne voie pour épouser Emmeline ou une autre femme tout aussi parfaite.

Non, je dois absolument oublier Marcus et son message de revanche bizarrement gentil. Cela ne signifie rien – et certainement pas que je l'intéresse toujours. Ce qu'il y a pu avoir entre nous est terminé, et maintenant qu'il m'a laissé entendre à quel point mes messages étaient ridicules, je suis certaine de ne plus jamais entendre parler de lui.

Ma conviction perdure jusqu'à ce que la sonnette retentisse, alors que je nourris les chats.

— Une seconde ! je lance en essayant de ne pas trébucher sur M'sieur Dodu.

Je pose sa gamelle par terre et je me rue vers la porte. Évitons de répéter la cascade de la semaine dernière.

Il n'y a personne à la porte quand je l'ouvre, mais je découvre un paquet sur le paillasson.

Mon pouls s'emballe.

Je n'attends aucune livraison.

La boîte est petite et légère. Je n'ai aucun mal à la soulever. Le cœur battant, je l'emporte dans la cuisine et la dépose sur le plan de travail avant de m'emparer d'un couteau pour déchirer le ruban adhésif.

À l'intérieur se trouve une autre boîte, bien plus jolie, avec le logo de Saks, Cinquième avenue. Je l'ouvre et reste bouche bée devant son contenu.

Un foulard en cachemire blanc, exactement comme

la marque chinoise bas de gamme que j'ajoute à ma liste de vœux Amazon pour Noël, si ce n'est qu'il s'agit d'un créateur italien et que le tissu semble mille fois plus luxueux.

En quel honneur ?

Je fouille dans la boîte et j'y trouve un message.

De la part de ton mauvais destinataire.

~

— Bon, laisse-moi résumer, dit Kendall le vendredi matin, quand je finis par céder et l'appelle du travail après une autre nuit blanche. Tu lui as envoyé un texto par erreur à trois heures du matin jeudi, et il t'a déjà fait expédier *deux* cadeaux ?

— Oui !

Dans la section polars, une femme me lance un regard courroucé et je me laisse tomber sur ma chaise, à demi cachée derrière le comptoir.

— Pourquoi fait-il ça ? je reprends à mi-voix. Et avec ces petits mots ? Tu crois qu'il joue avec moi ?

— Pourquoi jouerait-il avec toi ? Emma, sors-toi la tête du cul. C'est évident qu'il a toujours envie de toi. Il t'a envoyé… quoi ? Des fleurs et un foulard ?

— Oui. Un énorme bouquet de tulipes et un foulard en cachemire blanc comme celui que j'aurais voulu que mes grands-parents m'offrent pour Noël, mais infiniment plus classe. Comment a-t-il su que j'avais besoin d'un foulard ? Ou que j'adore les tulipes, d'ailleurs ?

— La plupart des gens aiment les tulipes, et il a déjà dû te voir sans foulard. Quoi qu'il en soit, quelle importance ?

La voix de Kendall exprime toute son exaspération.

— Il t'a envoyé des *cadeaux*. Ça veut dire que tu lui plais vraiment. Lui as-tu au moins écrit pour le remercier ?

Je me mords la lèvre.

— J'aimerais bien, mais…

— Bon, sérieusement ? Tu dois le faire. Là, tout de suite. Envoie-lui un merci et dis-lui que tu aimerais le revoir.

— Kendall…

— Pas de *Kendall* qui tienne. Écris-lui et rappelle-moi quand ce sera fait.

— Excusez-moi.

La femme qui passait en revue le rayon des polars s'approche du comptoir, son large visage plissé dans un froncement de sourcils désapprobateur.

— Je ne trouve pas le dernier James Patterson.

— Un instant.

Je raccroche au nez de Kendall et je me lève d'un bond, soulagée par cette interruption.

— Je vais vous montrer où il se trouve.

Tout en conduisant la femme dans le magasin, je m'efforce d'oublier les instructions de Kendall – et l'homme qui me cause un tel tourment.

～

Je n'ai toujours pas trouvé le courage d'appeler Marcus ni de lui envoyer un message lorsque je rentre chez moi. D'un côté, c'est parce que j'ignore totalement quoi dire. Se moque-t-il de moi, ou est-ce bien réel ? Devrais-je être en colère ou reconnaissante ? Les cadeaux qu'il m'a envoyés sont excessivement chers – je le sais, parce que j'ai cherché le prix de ce foulard en ligne. Je devrais les refuser, au moins. Mais pour cela, il faudrait que j'entre en contact avec Marcus, ce qui ravive mon dilemme au sujet de ses intentions.

Que cherche-t-il ?

A-t-il toujours envie de sortir avec moi ou est-ce un jeu pour lui ?

J'ai nourri les chats et je suis en train de dîner quand la sonnette retentit à nouveau.

Je me lève et me précipite, mais le livreur Fedex qui vient de déposer le colis sur le pas de ma porte remonte déjà dans son fourgon.

La boîte est lourde pour son volume. Je l'emporte dans la cuisine et déchire le ruban adhésif, les mains tremblantes.

À l'intérieur, je découvre des livres, chacun dans une poche plastique scellée de manière hermétique.

Les Voyages de Gulliver, Autant en emporte le vent et *Le Comte de Monte Cristo.*

Mes trois romans préférés de tous les temps – et chacun d'eux dans une édition originale dédicacée.

Pour la première fois, je comprends les gens qui vont faire du jogging quand ils sont stressés.

Je ne tiens pas en place – et ce, depuis une heure. Impossible de terminer mon dîner. Je fais les cent pas dans mon petit appartement, alternant entre la cuisine et la chambre, puis la salle de bain. Mes chats me dévisagent comme si j'avais perdu la tête et c'est bien possible.

Je ne peux pas croire que des livres rares d'une valeur inestimable soient posés sur le plan de travail de ma cuisine, avec un message : « Je passe te chercher à 19 h ce soir. »

C'est une farce. Je ne vois que ça.

Pour la vingtième fois, je m'empare de mon téléphone et entreprends de composer un message pour Marcus.

Merci beaucoup pour tes cadeaux d'une générosité folle, mais je crains de ne pas pouvoir les accepter. J'ai d'autres projets ce soir. Au fait, est-ce que tu te paies ma tête ?

J'efface le message avant de me résoudre à l'envoyer, tout comme j'ai effacé les dix-neuf tentatives précédentes.

Rien de ce que je compose ne me paraît convenable. Je suis capable de corriger un roman avec une précision d'orfèvre, de suggérer des mots et des expressions qui expriment parfaitement le sens recherché, mais apparemment, je suis incapable d'écrire ce foutu message.

Je n'ai jamais été aussi déstabilisée. Et le pire, c'est que l'horloge tourne, se rapprochant inexorablement de dix-neuf heures. Dans dix-sept minutes, Marcus va passer me chercher et je n'ai toujours pas trouvé le courage de l'appeler ni de lui écrire pour m'assurer qu'il ne vienne pas.

C'est sans doute mieux si je lui en parle en personne, me dis-je en essayant de me rassurer quant à ma lâcheté inexplicable. Si je vois son visage, je saurai peut-être ce qu'il cherche au lieu de me contenter de suppositions à l'aveugle. Parce que rien de tout ceci n'a de sens – les cadeaux, les messages ambigus.

À l'évidence, je n'ai aucune intention de sortir avec lui – si tant est que « je passe te chercher » soit synonyme de rendez-vous. Et si tel est le cas, quel genre de connard *impose* cela à une femme au lieu de le lui proposer ? Si j'avais prévu autre chose ? Bien sûr, il se trouve que je n'ai rien, mais il ne pouvait pas le deviner, si ?

Et d'abord, comment sait-il quels sont mes livres et mes fleurs préférés ? Ou le genre de foulard que je voulais ? Nous n'en avons jamais discuté.

Je commence à avoir mal à la tête à force de réfléchir et je m'arrête à côté de mon lit pour prendre Coton dans mes bras. Aussitôt, il se met à ronronner.

— Je sais, bébé.

Je le serre contre ma poitrine et caresse son doux pelage.

— Je ne t'ai pas fait de câlin ce soir, et je suis désolée. Marcus ne viendra peut-être pas. Tu sais, tout cela n'était peut-être qu'une vaste plaisanterie. Il se peut que les livres ne soient pas authentiques, que ce soient des reproductions, même si je me demande bien pourquoi il se donnerait cette peine.

Reine Élisabeth lève la tête de mon oreiller et me regarde en plissant les yeux.

— Toi, tu ne crois pas que ce soit une plaisanterie ? je lui demande par-dessus le ronronnement assourdissant de Coton.

Elle bâille à s'en décrocher la mâchoire.

— Oui, d'accord, ce n'est peut-être pas très drôle, mais que veux-tu que ce soit d'autre ? Je lui ai dit que ça ne marcherait pas entre nous et je suis sûre qu'il a des millions de femmes qui font la queue pour sortir avec lui.

Une fois de plus, elle bâille et repose sa tête sur l'oreiller.

— Je sais. C'est troublant, n'est-ce pas ?

Je soupire et m'assieds sur le lit à côté d'elle. M'sieur Dodu l'interprète comme une invitation et bouscule Coton pour prendre sa place sur mes genoux. Il devient jaloux quand j'interagis avec son frère et sa sœur. Je le gratte derrière les oreilles, consciente que si je ne le fais pas, mes derniers accessoires risquent de le payer cher.

Tout en caressant M'sieur Dodu, je jette un œil à mon téléphone.

18 h 53.

S'il s'agissait d'un rendez-vous, je serais en train de paniquer, parce que je porte toujours mon vieux pantalon de survêtement élimé et un tee-shirt couvert de poils de chat, mais je reste calme. Parfaitement calme. Ce n'est pas un rendez-vous. Même si Marcus se pointe devant ma porte comme promis, je me contenterai de lui rendre ses livres hors de prix en lui expliquant posément que je ne sors pas ce soir. Je lui demanderai d'arrêter de m'envoyer des cadeaux et des messages ironiques, et… Non, personne n'est dupe, pas même moi !

Sans prêter attention au miaulement offensé de M'sieur Dodu, je le chasse de mes genoux et me rue vers le placard, d'où je sors fébrilement une tenue après l'autre. Ce n'est pas pour Marcus que je m'habille, mais pour moi, ou du moins, j'essaie de m'en persuader. Je veux être présentable, car c'est ce que font les personnes civilisées. Je le ferais avec n'importe qui, même Kendall. Surtout Kendall, à bien y penser. Si elle me voyait attifée comme une vagabonde, je n'aurais jamais fini d'en entendre parler.

Bien sûr, comble de malchance, mon jour de lessive tombe le samedi et je n'ai pratiquement rien dans mon placard. Cela dit, pratiquement rien, c'est déjà mieux que ce que je porte. J'enfile tant bien que mal un jean moulant – dans lequel je serais bien plus à l'aise si j'étais infiniment plus mince – et je passe un pull gris qui n'a pas beaucoup de poils de chat.

Voilà. C'est fait. Tant pis si je peux à peine fermer le bouton du jean ou si le frottement du pull a créé de l'électricité statique et que, maintenant, mes cheveux semblent avoir été frappés par la foudre. Je passe mes paumes sur les boucles hirsutes, je me pince les joues pour leur donner quelques couleurs et j'applique du gloss rose, juste au cas où.

La sonnette retentit alors que je m'apprête à enfiler des bottes à la place de mes chaussons rembourrés.

Merde, merde, merde.

J'espérais qu'il ne viendrait pas.

Non, c'est un mensonge. J'aurais été déçue s'il n'était pas venu, mais uniquement parce que j'ai deux mots à lui dire. Bon sang, mais pour qui se prend-il ? À me faire des cadeaux scandaleusement onéreux – ce bouquet aussi devait être hors de prix – pour ensuite m'ordonner de sortir avec lui ?

Je suis tellement remontée que je rejoins la porte d'un pas furieux et l'ouvre violemment – pour me rappeler brusquement que j'ai toujours aux pieds mes chaussons roses à fourrure.

— Salut, murmure Marcus en me toisant du regard.

J'en oublie aussitôt mon indignation et mes chaussons, et je retiens mon souffle en voyant la chaleur sombre qu'expriment ses yeux bleu ciel.

Ces deux dernières semaines, j'ai oublié à quel point il était grand, à quel point ses traits virils étaient beaux. Il porte un costume à la coupe parfaite, presque intimidant, une chemise bleue immaculée, une cravate à rayures discrètes et un manteau ouvert qui lui arrive aux genoux. On dirait un roi des temps modernes qui exsude la richesse et le pouvoir – ainsi qu'un magnétisme animal indéniable. Je sens presque mon sang déferler encore plus vite dans mes veines, réchauffant chaque centimètre carré de ma peau au point que les bourrasques glaciales de l'extérieur me fassent l'effet d'une douce brise d'été.

— Euh, salut, bredouillé-je en prenant conscience que je le dévisage, la bouche ouverte. Enfin, bonsoir.

La petite portion de mon cerveau qui fonctionne encore me fait comprendre que je souffre toujours de la même incapacité à formuler une phrase, affliction qui ne m'a pas quittée depuis nos derniers textos. Le reste de mon esprit est au point mort. Je ne me rappelle aucun des discours que j'ai répétés en marchant de long en large dans ma chambre, ni même pourquoi j'ai pris la peine de répéter quoi que ce soit. La seule chose à laquelle je suis capable de penser, c'est à la sensation de ses grandes mains chaudes sur ma peau et de ses lèvres douces et viriles lorsqu'il a mordillé mon oreille, propageant des frissons de plaisir dans tout mon corps.

— Emma.

Sa voix est grave, intense, si veloutée qu'on dirait un massage sensuel à mes oreilles.

— Chaton, tu es prête ?

— Prête ?

Oh, bon Dieu, ressaisis-toi, Emma ! Il ne parle pas de sexe ! À moins que si, auquel cas la réponse est oui, mille fois oui. Les autres femmes ne connaissent peut-être pas de périodes de chaleur, pourtant c'est exactement ce qui semble m'arriver quand je suis avec Marcus. Déjà, ma culotte est détrempée et j'ai du mal à ne pas me pencher pour me frotter contre lui comme une chatte qui marquerait son territoire.

— À partir, précise-t-il en baissant les yeux.

Je suis son regard jusqu'à mes pantoufles, plus roses et excentriques que jamais.

Par un prodigieux effort de volonté, je parviens à rassembler mes pensées éparses.

— Partir où ? Je ne suis pas…

— Au restaurant grec que nous n'avons pas eu l'occasion d'essayer l'autre semaine, dit-il d'un ton affable. C'est très bon, je te le promets, et pas cher du tout.

— Mais…

— C'est une ambiance décontractée, mais tu vas peut-être devoir enfiler des chaussures. Tiens, celles-ci feront l'affaire.

Il s'avance. Instinctivement, je recule pour le laisser entrer dans mon appartement, refermant la porte derrière lui en pilote automatique.

Sans accorder un regard à M'sieur Dodu qui souffle, Marcus me dépasse et va choisir les bottes que j'ai déjà sorties du placard. Puis il revient et s'agenouille devant moi comme un vendeur dans un magasin de chaussures. Il prend ma cheville dans sa grande main, retire mon chausson et commence à ajuster mon pied dans la botte.

Ce qu'il me reste de cerveau subit un court-circuit. La sensation de ses doigts chauds et fermes sur ma cheville est aussi érotique que s'il s'était mis à me sucer les orteils. Oh, Seigneur, serait-ce un nouveau fantasme ? Parce que, tout à coup, j'ai une folle envie que Marcus retire ma chaussette et pose ses lèvres sur ma cheville, puis trace un chemin de baisers sur mon pied avant de…

— Donne-moi ton autre pied, murmure-t-il, me tirant de ma rêverie dépravée.

Je cligne des yeux et une rougeur honteuse s'empare de mon cou lorsque je prends conscience que j'ai déjà une botte au pied – et que c'est lui qui me l'a enfilée.

J'ai l'impression d'être une Cendrillon perverse et je réponds :

— Je m'en charge.

Je me baisse pour l'intercepter au moment où il s'empare de mon autre pied. L'ennui, c'est que j'ai mal calculé mon coup. Je lève le pied et baisse la tête en même temps.

Avec un cri de stupeur, je bascule en avant… et me rattrape aux épaules musclées de Marcus. Aussitôt, ses mains se referment autour de ma taille pour me stabiliser et nous finissons nez à nez, si proches que je sens son souffle chaud sur mes lèvres. Un parfum léger de brise fraîche et d'aiguilles de pin me parvient – son après-rasage, sans doute.

Je remarque vaguement que ses yeux ne sont pas tout à fait bleus, alors qu'il m'aide à me redresser, à genoux à côté de lui. Ses iris sont mouchetés de taches argentées, certaines si légères qu'elles sont presque blanches. Ils sont beaux et ses pupilles dilatées m'hypnotisent. Mon souffle s'accélère sous l'effet d'une excitation soudaine et une chaleur liquide se forme entre mes jambes.

— Emma.

Le timbre grave et suave de sa voix se réverbère à

travers mon corps, augmentant l'effet d'hypnose. L'une de ses mains quitte ma taille pour se poser sur mon menton, dans un geste à la fois tendre et possessif. Il se penche encore de quelques centimètres et chuchote :

— Chaton, si tu n'as pas envie, dis-le-moi maintenant.

Oui, dis-le-lui. Seulement, ma bouche refuse de coopérer, de formuler les paroles nécessaires afin de stopper cette folie. Parce que j'en ai envie. J'en ai tellement envie que c'en est douloureux. Je sais que c'est une mauvaise idée pour un certain nombre de raisons, mais il se trouve que je ne me souviens d'aucune d'entre elles.

Il interprète mon silence comme il se doit et ses lèvres s'attardent au-dessus des miennes, pendant un instant encore, avant de s'y poser en un baiser tendrement exigeant. Sa langue caresse l'interstice entre mes lèvres afin de trouver l'entrée et je la lui accorde dans un gémissement. Je ferme les yeux et serre les poings sur les pans de son manteau alors qu'un plaisir incandescent déferle à travers mon corps.

Je perçois vaguement un miaulement mécontent, mais il ne parvient pas à percer le brouillard sensuel qui enveloppe mon cerveau. La tension monte dans mon bas-ventre, de plus en plus forte à chaque coup subtil de sa langue. Mes mains s'aventurent dans son cou et s'autorisent à s'enfoncer dans son épaisse chevelure soyeuse. On dirait que cette initiative lui plaît. Un grondement sourd monte de sa gorge alors qu'il me relève et nous dirige vers le lit, abandonnant son manteau et sa veste en chemin.

D'autres miaulements outrés se font entendre lorsque les chats sautent au bas du lit, nous libérant la place, et je m'étends sur le dos, Marcus au-dessus de moi. Sa bouche dévore la mienne tandis que ses mains parcourent avidement mes vêtements. Sa grande main s'aventure sous mon pull, sa paume chaude et calleuse sur ma peau nue, et je frissonne de plaisir lorsque ses doigts se rapprochent de mon sein gauche, le pétrissant à travers mon soutien-gorge avec une pression ferme. Son pouce effleure mon téton durci et je me cambre à son contact. J'ai envie de plus, besoin de plus.

J'ai besoin de tout.

Je n'avais jamais été emportée par la passion, mais ça doit ressembler à cela. Mes doigts tirent sur le nœud de sa cravate luxueuse, impatients de la détacher avant d'arracher sa chemise et de pouvoir sentir son torse nu. J'ai toujours cru que ce n'était qu'une expression poétique, une exagération romantique. Emportée par la passion. Pourtant, c'est exactement ce que je ressens, comme une vague irrépressible, un raz-de-marée de sensations sur lesquelles je n'ai aucun contrôle. Mon corps tout entier est en feu, mes tétons durs et douloureux. Mon clitoris palpite alors que l'envie me contracte de l'intérieur.

J'ignore comment je parviens à lui retirer cravate et chemise malgré mon état, mais je réussis cet exploit et la chaleur en moi se change en véritable déflagration lorsque mes mains glissent sur les surfaces planes de son torse et de son dos. Tout son corps est chaud et ferme, l'aspect lisse de sa peau à peine altéré par la toison légère à côté de ses tétons plats et par le chemin de poils prometteur qui descend le long de son ventre tonique. On dirait que ses abdominaux ont été sculptés dans la pierre. Chacun est délimité si parfaitement que j'ai envie de ralentir le rythme pour le contempler en bavant d'envie. Mais déjà, il retire mon pull et mon jean trop serré, mes chaussettes et mon unique botte. J'oublie aussitôt mon projet de ralentir, lorsqu'il enfonce la main dans mes cheveux et m'embrasse à nouveau, sa langue balayant ma bouche avec une faim aiguë tandis que sa main libre caresse mon corps et plonge dans ma culotte détrempée.

Oui, oh, mon Dieu, oui, juste ici. J'ai envie de crier ma joie sur tous les toits quand il trouve immédiatement mon clitoris gonflé, mais je ne parviens qu'à émettre un gémissement rauque contre ses lèvres, comme si mes cordes vocales étaient bloquées en même temps que les muscles de mon corps. Je ferme vivement les yeux et je me cambre contre lui, frémissante et à bout de souffle. Mes ongles s'enfoncent dans ses flancs lorsqu'il appuie le pouce contre mon renflement nerveux et commence à décrire un cercle cruellement aguicheur. Je suis proche, très proche, si proche…

— Regarde-moi, ordonne-t-il en levant la tête.

J'ouvre brusquement les yeux et rencontre son regard. Son index s'aventure plus bas, étalant ma moiteur le long de ma vulve tandis que son pouce continue sa torture exquise. Ses yeux sont noirs et avides quand il me dit d'une voix éraillée :

— Je veux te voir jouir.

Oui, oh, oui, pitié. L'intonation possessive de sa voix accentue la tension insoutenable qui monte en moi et je reste suspendue pendant une seconde délicieuse avant que la pression de son pouce augmente. Alors, je me laisse aller avec un cri étouffé.

L'extase est comme une bombe dans mon corps. Elle souffle tout sur son passage. Le plaisir déferle violemment dans mes terminaisons nerveuses, les vagues de sensations affluant dans toutes mes cellules. Pendant tout ce temps, il ne me quitte pas des yeux, le regard rivé sur moi avec un triomphe voilé de ténèbres – et son propre désir qui monte en flèche.

mma

LE CONTRECOUP ME SECOUE ENCORE DE L'INTÉRIEUR lorsque Marcus dégrafe mon soutien-gorge, puis baisse la tête pour refermer les lèvres autour de mon téton droit, à peine ma poitrine exposée. La déferlante de sensations est presque cruelle. Sa bouche chaude et humide me suce avec une telle vigueur que je ne peux retenir un cri, me cramponnant à ses cheveux dans un élan de plaisir insoutenable. Une fois de plus, je ferme les yeux. Mais il est implacable, et à ma grande stupeur, une nouvelle palpitation se fait sentir au creux de mon ventre. La tension revient en force. Je n'ai jamais joui deux fois pendant l'amour, uniquement seule avec mon vibro, et pourtant je me rends compte que c'est possible avec Marcus.

En fait, c'est même inévitable.

Il reporte son attention sur mon autre sein et suce mon téton avec ferveur, tandis que sa main redescend vers ma culotte trempée. Il la baisse le long de mes jambes et ses doigts retrouvent le chemin de ma vulve. Cette fois, cependant, il ne joue plus. Inondant mon téton sous sa langue, il me pénètre d'un long doigt épais, s'enfonçant profondément tandis que son pouce se presse sur mon clitoris.

Je prends feu. Il n'y a pas d'autre mot.

Il s'avère que mon premier orgasme n'a fait que me préparer à cela et mon corps tout entier est saisi de spasmes, en proie à un plaisir brûlant, tandis que je soupire en me trémoussant sous ses caresses. La chaleur humide de sa bouche sur mon sein, la sensation de son doigt dans mon sexe, le poids implacable sur mes jambes – c'est à la fois trop et trop peu.

J'ai envie de plus.

Je veux le sentir en moi.

— Oui, tu as raison, gronde-t-il.

Mes yeux s'ouvrent brusquement pour croiser son regard ardent.

J'ai dû parler à haute voix. En temps normal, cette idée me ferait rougir, mais je suis dans un état trop extrême pour m'en soucier – et d'après le visage pincé et concentré de Marcus, je comprends qu'il est à des lustres de songer à se moquer de moi.

Il porte toujours son pantalon et sa ceinture, et nos mains se rejoignent sur la boucle que nous tentons de détacher en même temps. Ce serait comique, mais je suis tellement excitée que le moindre retard est une véritable torture. J'ai l'impression que les deux orgasmes n'ont fait qu'aiguiser mon appétit, comme si après cet avant-goût, je ne pouvais plus m'arrêter avant d'avoir englouti le plat de résistance.

Et quel plat ! Je suspends mon souffle lorsqu'il ouvre son pantalon, libérant enfin son sexe en érection, et sort un préservatif de sa poche. J'ai senti la bosse dure plaquée contre moi l'autre semaine et elle m'avait semblé impressionnante, mais je ne m'attendais pas à *cela*.

— As-tu déjà été acteur porno ?

J'ai parlé sans réfléchir, avant de pouvoir me raviser, et cette fois je rougis – parce que je n'avais *pas* l'intention de passer pour une vierge effarouchée. Habituellement, il doit fréquenter des femmes aussi expérimentées que lui en matière de sexe, et non des filles à chats de vingt-six ans qui n'ont couché qu'avec deux petits amis en tout et pour tout dans leurs vies.

Ses sourcils noirs se rejoignent, mais à mon grand soulagement, il ne semble pas enclin à se moquer de moi. À la place, il répond un simple « non » et termine d'enfiler son préservatif. Ensuite, il s'avance au-dessus de moi et son corps imposant me recouvre. Une main sur mon visage, il prend possession de mes lèvres dans un baiser intense et dévorant, tandis que son genou se cale entre mes cuisses pour les écarter. Son large gland effleure l'intérieur de ma cuisse et je sens la pression lourde et franche qu'il exerce entre mes jambes.

Oh, bordel, je la trouve encore plus grosse, même dans mon état d'excitation extrême.

Bien trop grosse.

Je détache mes lèvres des siennes.

— Hmm, Marcus…

Immédiatement, il s'interrompt, son sexe à peine inséré d'un centimètre. Il se redresse sur un coude et demande sèchement :

— Je te fais mal ?

Je déglutis et rencontre son regard.

— Un peu.

— Veux-tu que j'arrête ? fait-il en serrant les dents.

— Quoi ? Oh, non. Mais… vas-y doucement, d'accord ?

Un soulagement intense envahit ses yeux bleus.

— Très bien, promet-il avant de pencher la tête pour m'embrasser à nouveau.

En même temps, ses hanches commencent à aller et venir, se frayant un chemin entre mes cuisses, un millimètre après l'autre. Cet étirement me brûle, mais je suis tellement excitée que l'infime douleur ne me dérange pas – et la sensation de sa langue mêlée à la mienne ajoute à la moiteur qui facilite sa pénétration.

D'abord, sa lenteur me rassure, mais une minute plus tard, alors qu'il n'est inséré qu'à moitié, je suis déjà prête à lui griffer le dos.

J'ai besoin qu'il soit en moi. Tout entier. Maintenant.

Enfonçant les dents dans sa lèvre inférieure, je décolle les hanches pour l'accueillir sur quelques centimètres supplémentaires. Mon souffle reste suspendu dans mes poumons lorsqu'il me pénètre avec un gémissement grave, sur toute sa longueur.

Oh, putain. Elle est *énorme*.

J'ai dû le dire à haute voix parce qu'il se fige et lève la tête.

— Je t'ai fait mal ?

Sa voix est tendue, à l'image de chaque muscle de son grand corps, tandis qu'il s'immobilise.

— Emma, chaton… dis-le-moi. Veux-tu que j'arrête ?

Je parviens à secouer la tête.

— Non. N'arrête pas.

Mes muscles internes palpitent, en proie à la panique, peinant à s'adapter à son volume imposant, mais la nymphomane que je semble devenir exige encore plus.

Je veux ce troisième orgasme, je le veux maintenant.

Il me dévisage, sa peau légèrement hâlée couverte d'une fine pellicule de sueur, et je sens le moment précis où il perd totalement le contrôle. Dans un râle, il recule et revient en force, me pénétrant si fort que je tressaille. Pourtant cette fois, il n'arrête pas. Il plisse les yeux, son regard croise le mien et il imprime un mouvement plus soutenu.

Le feu qui bouillonne en moi devient plus chaud encore et chaque coup de son épaisse queue me rapproche du délice à venir. Pantelante, j'enfonce les ongles dans ses côtes et l'accueille coup pour coup, la tension érotique propulsée à des niveaux insoutenables. Je suis sur le point de jouir, et cette fois, c'est différent, plus intense maintenant qu'il est en moi. Mon cœur cogne violemment et ma peau s'embrase. Mes muscles sont si tendus que je me mets à trembler. On dirait qu'un train me percute à pleine vitesse et je suis incapable de l'éviter, de le ralentir. Chaque fois qu'il se plante en moi, son bassin vient heurter mon clitoris gonflé et un cri monte de ma gorge. C'est trop, trop intense, et pourtant j'en veux encore.

— Jouis avec moi, lâche-t-il, le visage tordu, tout en me labourant sans pitié.

Le plaisir m'atteint avec une telle force que je ne peux retenir un hurlement. Mes muscles internes se contractent autour de lui alors que le plaisir fait vibrer chaque terminaison nerveuse de mon corps. Au même moment, je sens son sexe tressauter avant de gicler lorsqu'il vient s'enfoncer au plus profond de moi. Il ferme les yeux et rejette la tête en arrière, exprimant son orgasme par un gémissement grave.

Le contrecoup me fait l'effet d'une série de séismes alors qu'il s'effondre, puis roule sur le côté, me maintenant ancrée à lui dans une étreinte possessive. Son sexe s'amollit lentement et glisse hors de mon corps. Nos peaux poisseuses de sueur restent collées et nos souffles effrénés résonnent dans la pièce silencieuse. Pendant ce temps, une pensée tourne en boucle dans mon esprit.

Je suis complètement baisée.

Marcus

J'ENLACE EMMA ENCORE PLUS FORT QUAND ELLE BOUGE pour tenter de s'écarter. Je devrais la laisser aller, retirer le préservatif et me laver, mais je ne peux m'y résoudre. Mon cœur cogne comme une locomotive à vapeur en surrégime, et malgré la relaxation de l'orgasme qui se propage dans tous mes muscles, je vibre d'un excès d'adrénaline.

De toute ma vie, je n'ai jamais rien expérimenté de tel, je ne m'étais jamais abandonné si éperdument avec une femme. Dès l'instant où elle m'a agrippé par les épaules, j'ai été habité par une seule envie primitive : la pénétrer, la revendiquer et la faire mienne. J'ai complètement oublié mes projets élaborés de séduction par étapes. Je devais utiliser ce que le détective avait découvert afin de la convaincre de me donner une seconde chance.

Je voulais lui faire la cour comme un vrai gentleman ce soir, mais au lieu de ça, je l'ai attaquée avec toute la finesse d'un détenu en manque de sexe et je n'ai pas reculé en sentant son étau étroit à l'extrême, même en sachant que je lui faisais mal.

— Tu vas bien, chaton ? je murmure en l'attirant à moi jusqu'à m'emboîter à son corps comme une cuillère, une main sur son sein et l'autre bras glissé sous son cou.

Son petit corps plantureux est si délicieux, si parfait contre moi. Ses fesses sont fabuleusement rondes et rebondies, pressées entre mes jambes, et le globe souple de sa poitrine remplit ma paume comme si elle était faite pour cela.

Elle me fait vraiment penser à un chaton, adorable, tendre et câlin.

— Ça va.

Son épaule rougit nettement, donnant à sa peau un teint de pêche délicat alors qu'elle essaie de s'esquiver en bredouillant :

— Je devrais faire un brin de toilette.

Cette fois, je n'ai pas le choix, je dois la lâcher. Avec réticence, j'écarte les bras et elle se lève d'un bond, quittant le lit dans un méli-mélo de boucles rousses et de courbes claires. Elle fonce en droite ligne vers la salle de bain. Je me redresse et m'empare d'un mouchoir dans une boîte sur la table de chevet. C'est le bon moment, parce que le préservatif glisse déjà. Alors que je roule le mouchoir en boule avec le préservatif, je remarque deux des chats – les plus petits – qui me regardent fixement, de leurs yeux verts accusateurs. Heureusement, le gros matou n'apparaît nulle part.

Peut-être s'est-il senti offensé que j'aie pris sa place sur le lit ?

— Quoi ? je m'écrie devant leur regard insistant, avant de prendre conscience que c'est à de foutus chats que je m'adresse.

Je me lève et remonte la fermeture de mon pantalon avant de me diriger à grandes enjambées vers la salle de bain, où j'entends couler l'eau de la douche.

— Emma ? dis-je en frappant. Je peux entrer ?

Aucune réponse.

Je prends ça pour un oui et je pousse la porte. Comme la plupart des personnes qui vivent seules, elle n'a pas l'habitude de fermer sa salle de bain à clé.

À l'intérieur, la petite pièce est remplie de vapeur et le miroir est embué. À travers le rideau bleu semi-transparent suspendu devant sa baignoire, je distingue les contours du corps d'Emma sous le jet d'eau, et même si je me remets encore du puissant orgasme que je viens de vivre, mon sexe frémit avec un intérêt renouvelé.

Putain. J'étais censé me sentir plus en contrôle une fois que je l'aurais prise.

J'hésite et je la contemple pendant un moment

avant de retirer mes chaussures, mon pantalon et mon boxer. Je suspends les vêtements au porte-serviettes et j'écarte le rideau.

— Je peux me joindre à toi ?

Elle versait du gel douche dans sa main, mais elle suspend son geste en écarquillant les yeux.

— Quoi ?

— Je peux me joindre à toi ? je répète d'une voix plus tendue au fur et à mesure que le sang afflue entre mes jambes.

Avec les spirales splendides de ses cheveux remontés sur son crâne et l'eau ruisselante sur sa peau claire et lisse, c'est la vision la plus érotique que j'aie jamais vue. J'ai l'habitude que les femmes soient rasées ou épilées, mais elle se contente d'un entretien léger, et la petite bande de poils flamboyants entre ses jambes attire mon attention comme un phare.

Rousse naturelle – même si je n'en ai jamais douté.

Sa peau délectable prend un joli ton rosé lorsqu'elle constate où se dirige mon regard.

— Euh… oui.

Sa voix est étranglée et quand je lève les yeux, je vois qu'elle fixe du regard ma queue à nouveau dure.

— Tu peux… venir si tu veux.

Oh, oui, je le veux. J'entre dans la baignoire et je tire le rideau, orientant le pommeau de douche afin que le jet d'eau ne nous arrose pas trop, et je prends le flacon de gel douche entre ses doigts engourdis.

— Attends, laisse-moi faire.

Elle lève la tête vers moi sans comprendre, en clignant des paupières.

— J'ai envie de te laver, expliqué-je en versant le liquide dans ma paume avant de reposer la bouteille dans le coin de la douche. Tourne-toi.

Elle obéit et j'étale le gel sur ses épaules pâles, puis mes mains descendent sur la peau douce de son dos, le cœur battant un peu plus fort sous l'effet de mon excitation croissante. D'adorables fossettes creusent la base de la colonne vertébrale, à l'endroit où sa taille fine s'évase sur un postérieur délicieusement charnu. Mes mains glissent pour nettoyer ses globes ronds et souples et je ne peux m'empêcher de les serrer dans un geste possessif.

À moi.

Ces adorables petites fesses sont à moi, désormais, comme toutes les autres parties de son corps succulent.

C'est une pensée éminemment régressive – ce n'est pas parce qu'on baise une femme qu'on la possède –, mais je ne peux pas l'étouffer. C'est une conviction chevillée au corps.

Emma m'appartient, maintenant. J'ai affirmé ma possession sur elle et je ne la céderai pas.

Je suis à l'étroit dans cette baignoire, surtout à cause de mon gabarit, mais je parviens à m'agenouiller derrière elle en lui frottant les jambes. Ma queue se raidit quand les muscles de son mollet se contractent sous ma main. Ses fesses délicieuses sont désormais au niveau de mes yeux et j'ai l'eau à la bouche, désireux de mordre cette chair souple et laiteuse, d'y enfoncer mes dents comme si c'était une pomme.

— Retourne-toi.

Ma voix est si rauque de désir que j'ai peine à la reconnaître. Je ne comprends pas ce qui m'arrive, pourquoi j'éprouve le besoin écrasant de la marquer de mon empreinte, d'imprimer mon appartenance sur sa peau. Je n'ai jamais éprouvé la moindre envie de blesser une femme, mais quelque chose de sombre en moi, dont j'ignorais l'existence, apprécie l'idée de souiller sa peau claire, de voir des signes de ma possession sur sa chair lisse.

Réprimant ce penchant étrangement sadique, j'attends qu'elle se retourne et, à ce moment-là, je lui agrippe les hanches et l'attire à moi. Même avec mes jambes repliées sous mon corps, je suis encore trop grand – ou elle est trop petite – pour atteindre mon objectif. Alors, je lui soulève une jambe et la remonte jusqu'à ce qu'elle se retrouve en équilibre sur les orteils, soutenue au carrelage du mur, puis je me penche en arrière de sorte que mon visage se place en droite ligne de son sexe.

Ses yeux gris sont grands ouverts lorsqu'elle me dévisage.

— Qu'est-ce que… commence-t-elle, mais j'attaque déjà mon festin, lapant ses replis roses comme si je ne pouvais jamais m'en repaître totalement.

C'est le cas. On dirait que son goût a été créé spécialement pour moi. J'ai besoin de la goûter, de sentir sa chair douce et moite sous ma langue.

Elle pousse un cri et sa jambe se crispe sous ma main lorsque j'atteins son clitoris. Je goûte son excitation, qui enduit l'orifice de son sexe.

Elle me désire.

Bordel, oui, elle me désire.

Oubliant toute retenue, je dévore sa vulve, encouragé par les soupirs sensuels et les gémissements qui montent de sa gorge. Elle est aussi délectable que je l'avais imaginée, sa chair d'une douceur soyeuse sous ma langue. Son clitoris est encore gonflé de mes précédentes caresses et je le suce. À chaque pincement de mes lèvres, sa cuisse frémit un peu plus. Ses sécrétions savoureuses glissent sur ma langue et j'utilise ma main libre pour la pénétrer à deux doigts, pressant le bout de mes doigts sur le point G spongieux de sa paroi interne.

Ses cris montent en intensité. À présent, tout son corps est parcouru de spasmes et je sens le moment précis où cela se produit. Ses muscles compriment mes doigts et un tremblement violent la parcourt. Je calme le jeu et ma succion frénétique se change en coups de langue plus doux alors qu'elle frissonne dans le contrecoup. Enfin, je retire mes doigts, baisse sa jambe et me redresse, à genoux devant elle.

Elle oscille un peu, comme si l'orgasme l'avait affaiblie, et je lui retiens les hanches afin de la stabiliser avant de me lever. Je la fais pivoter pour la placer sous le jet d'eau. Son goût demeure sur mes lèvres et ma queue est si raide qu'elle me fait mal. Mais je n'ai pas de préservatif sous la main et je suppose qu'elle est encore endolorie après notre premier rapport. Je m'efforce de la lâcher pour m'empoigner la queue.

Sous son regard hébété, mon poing va et vient. Je laisse mes yeux envelopper son corps pulpeux.

Il me suffit de quelques caresses pour jouir, marquant sa cuisse claire de jets de sperme épais.

30

J'AI L'ESPRIT TOUJOURS COTONNEUX APRÈS NOS ÉBATS, mes pensées mêlées d'endorphines alors que je regarde fixement mes jambes, où le sperme de Marcus coule lentement le long de ma cuisse gauche, dilué par l'eau claire. J'ai l'impression d'avoir atterri dans un film porno – interminable, avec l'acteur le plus canon que j'aie jamais vu.

Marcus a joui sur mon corps.

Sur ma jambe.

Pendant que je le regardais.

C'était si cru – si puissamment érotique. Comme mes fantasmes nocturnes... Meilleurs encore, parce que c'était mon quatrième orgasme. *Quatrième.* Je n'avais jamais joui quatre fois d'affilée, pas même avec mon vibro. Et j'avais raison sur les talents fous de sa langue. *Mon Dieu, qu'il est doué !* La façon dont il a attaqué mon clitoris…

— Ça va ? murmure-t-il.

Je cligne des yeux, cramoisie sous son regard.

— Quoi ?

— Ça va ? répète-t-il en haussant ses épais sourcils.

Je reviens à la réalité et je me rends compte que je suis toujours plantée sous ma douche, le regard dans le vague comme si j'étais toute seule.

Comme s'il s'agissait d'un rêve érotique comme un autre et non d'un échange sexuel bien réel avec l'homme que je comptais renvoyer dès qu'il débarquerait sur le pas de ma porte.

— Les livres, dis-je de but en blanc.

On dirait que mon cerveau a décidé de reporter son attention sur autre chose que le sperme sur ma jambe.

Autre chose que le fait qu'il m'a pénétrée, si profondément, avec une possession si forte que j'en suis encore endolorie.

— Quoi donc ?

Il a l'air amusé. Il reprend le gel douche et s'en verse dans la paume avant de se frictionner, aussi désinvolte que s'il était dans un vestiaire avec d'autres sportifs.

— Je ne peux pas…

Je déglutis et mes yeux se posent sur la colonne assouplie de son sexe, qu'il lave minutieusement. Malgré son état, il me paraît toujours d'un volume impressionnant, plus gros que ceux de mes deux ex, en tout cas. Avec un effort, je lève les yeux vers lui.

— Je ne peux pas les accepter.

Sa mine s'assombrit.

— Pourquoi pas ? Tu aimes les livres, non ?

— Bien sûr. Mais ce sont des éditions originales. Elles doivent coûter plus cher que mon appartement. Et le foulard… je ne peux pas l'accepter non plus. C'est trop.

Voici, je l'ai dit. Bizarrement, je me sens fière de moi, du moins jusqu'à ce qu'il s'approche et s'avance sous le jet avec moi. Alors, je me rappelle que je devais lui dire tout cela *avant* qu'il se passe quoi que ce soit.

L'objectif était de le rejeter afin de ne pas céder à cette attirance dangereuse.

Il doit penser la même chose, parce qu'un coin de sa bouche esquisse un demi-sourire ironique alors qu'il incline le pommeau de douche pour recevoir le jet plus directement.

— Ce sont des cadeaux, chaton. Le concept ne t'est pas étranger, si ?

Il est si proche à présent que mes tétons effleurent son torse velu et mon souffle reste suspendu lorsqu'il baisse la main avec sa nonchalance désarmante, essuyant les résidus de sperme sur ma cuisse non sans frôler mon sexe au passage.

— Et voilà, fait-il d'une voix rauque. Tu es toute propre maintenant.

Il se tourne et s'empresse de rincer le savon sur son corps avant de sortir de la douche, me laissant debout sous l'eau, à rassembler ce qu'il me reste de sang-froid.

Je m'attendais presque à ce que Marcus soit parti quand je sortirais de la salle de bain – après tout, il a eu ce qu'il voulait –, mais il est là, assis sur mon lit en costume de travail, comme si de rien n'était.

Enfin, si l'on ignore la chaleur possessive dans ses yeux bleu clair, lorsqu'ils balaient mon peignoir rose court et mes jambes nues qui en dépassent.

Oh, putain. Est-ce qu'il veut encore baiser ?

Avec moi ?

Ça va devenir une habitude ?

Je m'arrête devant mon placard et le dévisage avec hésitation, tandis que M'sieur Dodu miaule depuis son perchoir sur l'étagère supérieure.

— Alors, dis-je en ignorant le chat. À propos de…

— J'ai demandé à Wilson de reporter notre réservation d'une heure.

Marcus se lève. Son grand corps imposant fait paraître mon studio encore plus exigu.

— Nous arriverons à temps si tu ne mets pas trop longtemps à t'habiller.

Je le regarde, bouche bée.

— Tu veux toujours aller dîner ?

— Pourquoi pas ? répond-il en fronçant les sourcils.

Parce que tu viens de me baiser de dix manières différentes sans avoir eu besoin de m'emmener où que ce soit, ai-je envie de dire, mais je me ravise juste à temps.

— Sans raison, grommelé-je en m'emparant d'une culotte propre dans le placard avant de rejoindre le bureau, où le jean, le pull et le soutien-gorge que je portais sont soigneusement pliés.

Reine Élisabeth et Coton s'étirent sur le tas de vêtements, que Marcus a dû ramasser par terre ou sur le lit – où qu'ils aient atterri quand il me les a retirés.

Selon toute logique, je devrais refuser d'aller dîner avec lui. Aussi torride qu'ait été notre partie de jambes en l'air, cela ne change en rien notre incompatibilité – ni le fait qu'il a déjà rencontré la femme qu'il pourrait épouser. Pour le moment, je peux encore tuer cette folie dans l'œuf, y mettre un terme avant de souffrir pour de bon. Ce serait plus raisonnable, plus malin, et pourtant je sais déjà que je n'en ferai rien.

Je veux Marcus, encore plus de Marcus !

Je veux que cette folie continue.

— Donne-moi une seconde, dis-je à bout de souffle.

Puis je chasse les chats de mon bureau, j'attrape mes vêtements et je retourne me changer dans la salle de bain.

arcus

Ses trois chats semblent mécontents qu'elle parte avec moi. Le gros pousse un miaulement retentissant lorsque je conduis Emma hors de l'appartement, ma paume au bas de son dos.

À l'endroit précis où se creusent ses fossettes si charmantes.

Bon sang, ces deux petits creux sont canon – comme tout le reste chez elle. J'avais tort de penser qu'il me suffirait de la prendre une ou deux fois pour assouvir cette pulsion. Au contraire, elle est encore plus vive à présent, comme si la réalité avait surpassé de loin mon imagination. Ces fossettes si sexy au bas de sa colonne, par exemple, je n'avais jamais fantasmé à ce sujet, et maintenant je suis impatient de les voir à nouveau, quand je la prendrai par-derrière… quand je prendrai son sexe *et* son délicieux petit cul.

À ma grande stupeur, ma queue se manifeste à nouveau et je m'efforce de ne pas penser à toutes les choses vicieuses que j'ai envie de lui faire.

Pour me concentrer, par exemple, sur les bons petits plats grecs de ce soir.

C'est la première chose sur ma liste d'initiatives non vicieuses.

— Tu leur as donné à manger ? je demande en la faisant monter à l'arrière de la voiture. Ça va aller pour ce soir ?

Elle cligne des yeux alors que je m'installe à côté d'elle sur la banquette avant de dresser le panneau de séparation entre Wilson et nous.

— Les chats ? Oui, je les ai nourris dès que je suis rentrée.

Tant mieux. Ainsi, elle ne pourra pas utiliser cette excuse pour refuser d'aller chez moi après le dîner. Parce que je n'en ai pas fini avec elle, loin de là.

— Bon, au sujet des livres, reprend-elle alors que la voiture s'engage dans la circulation. Je pensais ce que j'ai dit tout à l'heure… Je ne peux pas accepter. Ils sont bien trop…

— C'est un cadeau, Emma, tout comme les fleurs et le foulard.

Je garde une voix douce, mais intransigeante. En effet, les livres valent plus que son appartement, mais je n'ai aucune intention de les reprendre. Après avoir lu le rapport de mon enquêteur, je comprends ce qui se cache derrière son autonomie farouche, et je m'attendais à une telle réaction face à mes cadeaux onéreux.

Je me doutais qu'elle accepterait de me revoir, ne serait-ce que pour me les rendre, et j'avais raison.

— Mais où t'es-tu procuré ces livres ? demande-t-elle, les sourcils froncés. Et comment as-tu su que c'étaient mes romans préférés ?

Je hausse les épaules.

— Tu les as mentionnés sur les réseaux sociaux, un jour.

En réalité, cela faisait partie de son dossier de motivation pour l'inscription à l'université, que le détective a retrouvé lorsqu'il a piraté les archives de l'établissement. Je l'ai lu et relu plusieurs fois ces deux derniers jours, ainsi que les nouvelles qu'elle a rédigées pour son cours d'écriture créative.

Il s'avère qu'Emma est non seulement une excellente correctrice, mais aussi une brillante écrivaine. Ses mots sont si fluides que même les phrases les plus simples deviennent captivantes, le rythme même de son écriture narrant sa propre histoire. Cependant, c'est le contenu de ces récits – et de ses rédactions d'admission – qui m'a subjugué.

Avec ma petite rousse, il ne faut pas se fier aux apparences. Il y a une noirceur que je n'aurais jamais devinée dans son passé. Si elle me fascinait déjà, c'est doublement le cas maintenant que j'ai eu un aperçu de son esprit. Quelques nuits ne suffiront pas pour assouvir mon désir, je m'en rends compte à présent.

Je n'ai pas encore analysé ce que cela signifiait, mais je ne peux plus le nier.

Mon obsession pour Emma Walsh n'est plus seulement de nature sexuelle.

— Tu m'as espionnée sur les réseaux sociaux ? fait-elle, atterrée.

Intérieurement, je me fais la promesse de ne jamais mentionner le détective devant elle.

— Bien sûr. C'est à cela que ça sert, non ? Sinon pourquoi présenter sa vie aux yeux de tous ?

— C'est pour mes amis, pas pour les inconnus.

Elle se mord la lèvre et ajoute :

— Ça craint. Je vais devoir modifier mes paramètres de confidentialité.

— En règle générale, c'est toujours une bonne idée, dis-je.

Je le pense. Bien sûr, cela ne pourrait pas la protéger contre moi, mais les harceleurs quelconques – ou les journalistes fouineurs qui risquent de s'intéresser à elle s'ils ont vent de notre relation – ne pourront pas accéder facilement à son profil.

Elle regarde par la vitre tout en se mordillant la lèvre, puis elle se tourne vers moi.

— Est-ce pour ça que tu étais au courant pour le foulard ? Par les réseaux ? Mais je ne me souviens pas d'avoir mentionné cela...

Je lui adresse un sourire tranquille.

— Tu devrais peut-être modifier les paramètres de confidentialité sur ta liste d'envies Amazon.

Elle grogne et enfouit son visage dans ses paumes.

— Bon sang, tu es un vrai harceleur.

Tu n'as pas idée. Je le savais déjà – que je suis plus impitoyable, plus déterminé que la plupart des gens –, mais avant de la rencontrer, toute mon énergie était orientée vers ma carrière. Pour réussir, j'ai consenti à des choses que d'autres auraient refusées, et je n'ai aucun regret. J'ai toujours été comme ça, motivé et sans remords. Si mon instituteur de CE1, Monsieur Bond, n'avait pas encouragé mes aptitudes en mathématiques, j'aurais peut-être choisi de bâtir ma fortune dans le monde criminel au lieu de Wall Street.

Pour un gamin comme moi, cela aurait été un parcours plus cohérent vers la richesse.

Quoi qu'il en soit, je désire Emma comme j'ai désiré mon premier milliard autrefois : avec une intensité résolue qui balaie tout sur son passage. Je suis heureux qu'elle m'ait envoyé un texto quand elle l'a fait, m'offrant cette occasion, parce que je n'aurais pas pu rester loin d'elle plus longtemps.

— Que veux-tu que je dise ? Je suis un homme qui se donne les moyens d'obtenir ce qu'il veut.

J'ai parlé avec légèreté, comme si c'était une plaisanterie, mais à voir le regard d'Emma quand elle baisse les mains, je comprends qu'elle m'a pris au mot.

Maline.

— Pourquoi moi ? demande-t-elle brusquement. Pourquoi n'est-ce pas cette Emmeline que tu cherches à obtenir ? Ce n'est pas la femme de tes rêves ?

— Pas pour le moment.

Ça fait deux jours que je n'ai pas songé à

Emmeline – une semaine, à bien y penser. Nous avons toujours rendez-vous lors de son séjour à New York, mais je n'éprouve pas le moindre enthousiasme à cette perspective.

Au contraire, l'idée d'aller dîner avec Emmeline me paraît être une obligation désagréable.

— Alors, tu ne l'as pas revue depuis le soir de notre rencontre ? demande Emma, ses yeux gris rivés sur mon visage.

Je secoue la tête.

— Non. Pas une fois.

Je me rends compte avec un étrange pincement au cœur que ça n'arrivera pas – pas tant que durera cette obsession pour Emma. Non seulement je n'en ai pas la moindre envie, mais ce ne serait pas juste pour les deux femmes.

Emma et moi commençons à peine à sortir ensemble, mais je pourrais détruire tout homme qui s'approcherait d'elle – par conséquent, pendant la durée de cette relation indéfinissable, je ne verrai personne d'autre.

L'hypocrisie ne fait pas partie de mes défauts.

L'expression tendue d'Emma se radoucit, puis elle plisse les yeux.

— Et les autres femmes ? Ton entremetteuse t'a présenté quelqu'un d'autre ?

Si j'étais Ashton ou d'autres types que je connais, je me serais dérobé à cette question – parce que cela ressemble beaucoup à une demande d'exclusivité, une étape sérieuse pour un début de relation. Mais étant donné ce que je viens de décider, je réponds avec sérénité :

— Non. Il n'y a personne d'autre.

— Oh.

Elle me dévisage avant d'ajouter :

— Bon, d'accord.

— Et toi ? je demande, même si je connais déjà la réponse. Est-ce que tu fréquentes le gars que tu devais retrouver l'autre soir ?

D'adorables couleurs se propagent sur ses joues mouchetées de taches de rousseur.

— Euh, non. C'est… j'ai peut-être un peu menti à ce sujet.

— Vraiment ?

Je le savais, bien sûr – son statut amoureux est la première chose que mon détective a vérifiée –, mais son embarras m'amuse trop et j'en profite un peu.

— Tu veux dire que tu m'as volontairement écrit à trois heures du matin ?

Elle me fusille du regard.

— C'était une erreur, d'accord ? Je parlais à mon chat et mon doigt a appuyé sur *envoi* par erreur. Ce n'était pas intentionnel.

— Je vois.

Je lui prends la main. Jouant avec ses doigts délicats, je demande :

— Alors, ton chat a choisi mon numéro et a écrit « salut » ?

Ses joues se parent d'un rouge encore plus délicieux et elle serre le poing dans ma main.

— Peut-être. Je ne sais pas vraiment ce qui s'est passé. Laisse tomber, d'accord ?

Un sourire sombre étire mes lèvres.

— Tu aimerais bien, pas vrai ? Et si je te disais ce qui s'est réellement passé ?

Je me penche et ma voix devient plus grave quand je murmure :

— Tu étais là, en pleine nuit, toute seule dans ton lit et incapable de trouver le sommeil. Tu avais peut-être lu une histoire érotique dans la soirée… ou tu avais fait un rêve, qui sait ?

Sa main tressaille dans la mienne et mon sourire se teinte d'espièglerie.

— Ah, d'accord, alors c'était un rêve. Tu as rêvé de moi, chaton ? Qu'est-ce que je te faisais ? Je te baisais ? Je léchais ton joli petit sexe ? J'enfonçais le doigt dans ton cul étroit ? Ou peut-être tout cela à la fois ?

Au fur et à mesure que je parle, ses joues rougissent et je vois son pouls palpiter dans son cou.

— Chut, souffle-t-elle en jetant un œil vers le panneau qui nous sépare de Wilson. Il va t'entendre.

— Alors, dis-moi si j'ai raison.

Je porte sa main à ma bouche et j'effleure les jointures de ses doigts.

— C'est de moi que tu rêvais ce soir-là ? Est-ce que je…

— Oui !

À présent, elle est cramoisie, son souffle est frénétique et inégal lorsqu'elle retire sa main.

— Tu as raison. D'accord ? Tu as raison. Voilà, tu es content ?

Oh, bordel ! Son aveu me fait l'effet d'une injection de Viagra directement dans la verge. Je bande comme si je n'avais pas baisé depuis des années, et non quelques minutes plus tôt.

Si je n'avais pas promis un dîner à Emma, je demanderais à Wilson de nous emmener chez moi pour que je puisse passer directement au dessert.

— Oui, dis-je d'une voix rauque une fois que j'ai retrouvé l'usage de la parole. Très content.

Alors qu'elle se tourne pour regarder par la vitre, les joues couleur pivoine, je prends de grandes inspirations pour tenter d'apaiser le feu qui fait bouillonner mon sang.

mma

— OH, MON DIEU, C'EST TROP BON !

Je gémis, la bouche pleine d'un fromage qui brûlait encore quelques instants plus tôt. Je n'avais encore jamais mangé d'halloumi, mais je ratais vraiment quelque chose. Non seulement, c'était amusant de voir le serveur mettre le feu au morceau de fromage qu'il nous apportait, mais le résultat est un délice sans pareil – riche, salé, un peu croustillant à l'extérieur et fondant à l'intérieur.

Un million de calories par bouchée, sans doute, mais ça en valait la peine.

— C'est l'une de mes spécialités préférées de ce restaurant, me dit Marcus d'une voix rauque, le regard braqué sur mon visage.

Une nouvelle vague de couleurs me submerge quand je prends conscience que ma réaction quasi orgasmique à cette explosion de saveurs l'excite au plus haut point.

Cet homme est un démon sexuel, clairement – tout comme moi, quand je suis avec lui.

Pourtant, après qu'il m'a extorqué cette confession embarrassante, nous avons réussi à entretenir une conversation normale pendant le reste du trajet. Je lui ai parlé de mon travail à la librairie, de long en large, et Marcus m'a écoutée attentivement. Je ne sais pas s'il était sincèrement intéressé ou s'il voulait seulement me faire plaisir, mais je ne peux nier que c'était agréable d'avoir son attention pleine et entière. Je l'ai toujours, d'ailleurs, même si au moins deux femmes dans la salle du restaurant font de leur mieux pour se faire remarquer.

J'ignore si elles savent qui il est ou si elles réagissent à sa beauté impérieuse, toujours est-il que ça ne me plaît pas.

À sa décharge, Marcus ne semble pas prêter attention à leur existence – même quand la blonde aux allures de top-modèle laisse délibérément tomber son sac devant sa chaise pour pouvoir se pencher et exhiber ses petites fesses parfaites moulées par une robe qui ne laisse pas beaucoup de place à l'imagination. Même *moi*, je la regarde bouche bée, frappée par son audace, mais Marcus lui accorde tout juste un regard. Pas plus qu'il n'admire la brune splendide, deux tables plus loin, qui a déjà défilé deux fois devant notre table en jouant avec ses longs cheveux raides, souriant à Marcus comme s'il était la réincarnation de Thor.

— Tu viens souvent ici ? je demande en réprimant l'envie de faire un croche-pied à la brune lorsqu'elle passe à nouveau à côté de notre table en ondulant des hanches comme sur un podium. Dans ce restaurant, je veux dire.

Il hoche la tête tout en découpant sa portion d'halloumi.

— Ce n'est qu'à quelques rues de chez moi, alors je viens au moins une fois par mois.

Voilà qui explique tout. Je parie que ces deux-là ont appris qu'un milliardaire fréquentait cet établissement et qu'elles sont ici tout spécialement pour le rencontrer. Peut-être même ont-elles soudoyé un serveur pour en savoir plus sur les réservations de Marcus.

Sinon, pourquoi la blonde serait-elle assise toute seule à une table ? Les femmes – et surtout les plus belles – ne vont pas dîner toutes seules dans de charmants restaurants de quartier. Au moins, la brune est venue avec une amie – qui, maintenant que j'y pense, me foudroie du regard comme si elle voulait demander au serveur de *me* mettre le feu.

Je détourne le regard et ma dernière bouchée de fromage devient amère quand je me rends compte qu'elle me croit sans doute du même genre que son amie, une croqueuse de diamants.

Am, stram, gram, ta mère est une nymphomane.

Je prends mon verre d'eau d'une main tremblante. Ces rimes enfantines résonnent encore à mes oreilles comme si je les avais entendues il y a quelques minutes à peine et non plusieurs années en arrière.

— Emma.

Une grande paume chaude se pose sur ma main libre.

— Ça va ?

Je hoche la tête et me force à sourire.

— Oui, bien sûr. Pourquoi ça n'irait pas ?

— Peut-être parce que tu fais la même tête que si on venait de cracher dans ton assiette, dit Marcus sèchement, en retirant sa main.

— Non, je…

Je bois une gorgée d'eau et pose mon verre.

— Les gens ici savent qui tu es, n'est-ce pas ?

— Ah.

Son regard s'éclaire, comme s'il venait de résoudre un mystère.

— Oui, en tout cas le gérant et le personnel. C'est ce qui te pose un problème ? Tu as peur qu'ils s'imaginent que tu es avec moi pour mon argent ?

Instinctivement, je tressaille. Soit Marcus est d'une perspicacité redoutable, soit mes complexes sont plus évidents que je le pensais. À moins que…

— Et toi, crois-tu que je sois avec toi pour ton argent ? m'exclamé-je, effarée. Parce que je te promets que ce n'est pas du tout ce que…

— Non, bien sûr que non.

Je contracte la mâchoire.

— Ce n'est pas du tout ce que je pense.

— Oh, d'accord.

Je me mords la lèvre en voyant son expression fermée.

— Tu en es sûr ? Parce que je comprends pourquoi tu serais ennuyé et je peux t'assurer que jamais je ne…

— Je le sais, chaton.

Son visage dur se radoucit et il se penche par-dessus la table pour couvrir à nouveau ma main.

— Je sais que tu ne profiterais jamais de moi comme ça.

Profiter.

Je le dévisage et l'air s'épaissit dans mes poumons, à tel point que j'ai l'impression d'inspirer de l'eau.

Profiteuse. Salope. Sociopathe. Garce manipulatrice.

— Comment peux-tu le savoir ?

Je me sens aussi étranglée que ma voix, tandis que toutes ces insultes lancées à ma mère tournent en boucle dans mon esprit.

— Qu'est-ce qui te permet d'en être aussi certain ?

— Toi.

Son regard ne quitte pas mon visage et son pouce décrit des cercles apaisants à l'intérieur de mon poignet.

— Ta façon d'être.

— Mais tu ne me connais pas vraiment. Nous venons de nous rencontrer et…

— J'en sais suffisamment.

Je le dévisage et la pression dans mes poumons

s'intensifie. Sa confiance me réchauffe le cœur et me détruit à la fois. Parce qu'il ne sait pas… pas vraiment. S'il connaissait toute la vérité, il ne serait pas aussi prompt à écarter cette possibilité.

En tout cas, à sa place, je ne le ferais pas.

Toute tremblante, je retire ma main de la sienne.

— Ma mère… c'était une profiteuse, dis-je.

Les mots ont du mal à franchir ma gorge nouée. J'ignore pourquoi je me sens contrainte à le lui dire, mais c'est plus fort que moi.

S'il doit s'en aller, je veux que ce soit maintenant, avant que je tombe un peu plus sous son charme.

Son regard est insondable quand il demande :

— Qu'est-ce que tu veux dire par là ?

— Je veux dire qu'elle profitait des gens – tous les gens, mais surtout des hommes qui s'intéressaient à elle.

Je ravale la boule qui se forme dans ma gorge.

— Un jour, quand j'avais neuf ans, elle a couché avec mon prof de sciences pour qu'il ne me donne pas de mauvaise note à un contrôle. Et avant que tu me poses la question : non, elle se fichait de mes notes. Elle voulait seulement montrer un bulletin de notes correct à ses parents – mes grands-parents. Ils l'accusaient de négligence envers moi parce qu'elle faisait les quatre cents coups en ville et me traînait d'appartement en appartement, au fil de ses petits amis dont elle finissait toujours par se lasser.

L'expression de Marcus ne change pas et je

continue, bien déterminée à lui faire comprendre la situation.

— On a dit qu'elle avait un trouble de la personnalité antisociale, qu'elle manquait d'empathie, tout ça. Une sociopathe pas très maligne, tu vois ? Parce que les malignes vont loin dans la vie, mais pas elle – même si elle ne s'embarrassait pas de morale ni d'éthique. Elle ne se souciait que d'elle-même, et elle faisait son possible pour arriver à ses fins : elle mentait, elle trompait, elle volait... et elle profitait toujours, toujours des gens.

— De toi aussi ? demande-t-il à voix basse.

Je hausse les épaules, la gorge encore plus nouée.

— Sans doute, même si j'étais trop jeune pour lui être d'une quelconque utilité. Elle aimait me déguiser et me faire parader devant ses petits amis, un peu comme un animal de compagnie. La plupart du temps, cela dit, elle m'ignorait, mais ce n'est pas le sujet.

Je prends une inspiration.

— Écoute, Marcus, la raison pour laquelle je te dis ça, c'est...

— Tu n'es pas comme elle.

Son regard me perfore.

— Tu m'entends ? Tu n'as rien de commun avec elle.

Je le dévisage, hébétée par la vibration de sa voix.

— Je sais, mais...

— Tu n'as rien de commun avec ta mère, répète-t-il avec douceur.

Quelque chose en moi – un nœud glacial dont

j'ignorais l'existence – commence à fondre et une sensation chaude m'envahit.

— Merci, dis-je d'une voix rauque avant de détourner le regard quand notre serveur arrive en apportant le plat principal.

Je ne veux pas que Marcus ni lui puissent voir les larmes luire dans mes yeux.

arcus

La culpabilité, puissante et inconnue, épice chaque bouchée du *branzino* au beurre qui constitue mon plat principal. Emma a choisi une salade grecque et j'ai mal au cœur à la regarder manger aussi piteusement.

Elle s'est ouverte à moi.

Elle m'a raconté son secret douloureux – et je n'ai pas eu d'autre choix que de la laisser parler, comme si je l'entendais pour la première fois.

Comme si je ne connaissais pas déjà l'ampleur du gâchis.

Elle ne m'a pas tout dit, évidemment – ni le fait que sa mère avait été arrêtée pour prostitution ni qu'elle était morte dans un accident de voiture alors qu'elle était poursuivie par un amant dont elle venait de vider le compte en banque. Mais ce qu'elle m'a dit était suffisant.

Suffisant pour savoir que sa peur de devenir comme sa mère – la peur qu'elle évoquait dans ses rédactions à l'université – est toujours là. C'est une partie d'elle-même autant que sa chevelure rousse et sa peau mouchetée de taches de rousseur.

Et moi, ordure que je suis, j'ai utilisé cette peur contre elle, lui envoyant des cadeaux hors de prix afin qu'elle n'ait pas d'autre choix que de me voir en personne.

En un sens, je suis comme sa mère, prêt à tout pour arriver à mes fins.

— Je suis désolé, dis-je à mi-voix alors qu'elle continue de manger sans parler. Emma, chaton, je suis tellement désolé que tu aies subi tout cela.

Mon téléphone vibre dans ma poche, mais je l'ignore. Le travail peut attendre.

Elle lève les yeux de son assiette en clignant des yeux.

— Quoi ? Oh, non, tout va bien. Ma mère ne m'a pas maltraitée ni rien de ce genre, et de toute façon, elle est morte dans un accident quand j'avais onze ans. Ce sont mes grands-parents qui m'ont élevée à partir de ce moment-là. Je te disais ça au cas où, tu sais…

Elle s'interrompt et de jolies couleurs se propagent sur sa peau claire.

— Au cas où nous deux, cela deviendrait sérieux ?

Ses joues s'empourprent.

— Je n'étais pas…

— Non, ça va.

Bon sang, c'est même un euphémisme. J'aime cette idée. À vrai dire, je l'adore.

À ma grande stupeur, je prends conscience que j'ai *envie* qu'elle envisage une relation sérieuse entre nous, qu'elle nous imagine à l'avenir... parce que je le fais déjà moi-même.

Chassant cette pensée déconcertante, je me concentre sur le sujet qui nous occupe.

— Emma, écoute-moi, dis-je lorsqu'elle recommence à manger. Je me fiche éperdument de ta mère. Enfin, non, j'aimerais revenir dans le temps et t'enlever à elle bien avant tes onze ans, mais je me fiche de la femme qui t'a donné naissance. Cela ne détermine pas qui tu es, et ça ne change en aucun cas l'opinion que j'ai de toi.

Elle pose sa fourchette et ses lèvres esquissent un léger sourire.

— Les chiens ne font pas des chats, tu ne crois pas ?

— Non, pas du tout.

Comment pourrais-je croire cela, avec des parents comme les miens ? J'hésite pendant un moment, puis je lâche sans préambule :

— Mon père a été tué en prison quand j'avais deux ans. Il avait été incarcéré pour braquage à main armée et agression. Quant à ma mère, c'était une alcoolique, et pas du genre fonctionnel, saoule continuellement. Elle est morte d'insuffisance hépatique quand j'avais dix-huit ans.

Je n'en ai parlé à personne pendant des décennies,

au contraire, je me suis donné toutes les peines du monde pour cacher mon passé aux médias dès que j'ai eu les moyens de le faire. La seule chose que mes amis et mes connaissances actuelles savent au sujet de mon enfance, c'est que j'ai été élevé à Staten Island par une mère célibataire, décédée d'une rare maladie du foie.

Pas d'horreurs, pas de mélodrame, une éducation classique au sein de la classe populaire.

Cependant, au fond, j'ai envie qu'Emma sache tout – qu'elle comprenne à quel genre d'homme elle a affaire. Parce que s'il y a le moindre fond de vérité dans l'expression « les chiens ne font pas des chats », mon héritage est bien plus lourd à porter que le sien.

Devant mes révélations, ses yeux s'agrandissent, mais à mon grand soulagement, elle ne semble ni découragée ni dégoûtée.

— Je suis désolée, dit-elle d'une voix douce en se penchant par-dessus la table pour poser sa petite main sur mon bras.

— Ça a dû être difficile pour toi, de grandir comme ça. Avais-tu quelqu'un vers qui te tourner pour obtenir de l'aide ? Des grands-parents ? D'autres membres de la famille ?

Je décèle une sincère compassion dans sa voix et je sais que, mieux que quiconque, elle comprend ce que c'est que de grandir tout seul, de se débrouiller par soi-même depuis le plus jeune âge.

De savoir que votre propre mère, la personne qui est censée avoir vos intérêts à cœur, n'est pas digne de confiance.

— Mes parents ne viennent pas d'une famille soudée, mais j'avais beaucoup de soutien à l'école.

Autant tout lui raconter.

— Mon instituteur de CE1, Monsieur Bond, s'est avéré particulièrement attentionné. Il m'a guidé pendant toute l'école élémentaire et même après. C'est grâce à lui que j'ai décidé de me concentrer sur mes études plutôt que de me laisser tenter par l'argent facile de la délinquance.

— Oh ?

Je souris en voyant la curiosité dans son regard.

— Nous manquions d'argent, comme tu peux l'imaginer, alors à huit ans, je faisais déjà tout mon possible pour mettre de quoi manger à notre table. J'exécutais de petites missions pour les gangs locaux, je revendais de l'herbe dans les rues, je voulais des fournitures à l'école. C'est à cause de cela que je me suis fait pincer et que j'ai failli être renvoyé. Monsieur Bond est intervenu à la dernière minute et il s'est porté garant pour moi, puis il m'a fait asseoir et m'a expliqué certains moyens légaux de gagner de l'argent – enseigner à des enfants qui n'étaient pas aussi doués que moi en maths, pour commencer. Il m'a aussi donné plusieurs numéros du magazine *Forbes* et m'a parlé de ces riches personnes sur la couverture. Il m'a expliqué comment ils en étaient arrivés là et comment, moi aussi, je pouvais réussir.

Un léger sourire se dessine sur ses lèvres.

— Et tu as réussi, n'est-ce pas ?

— Oui.

Je n'essaie pas de cacher la satisfaction dans ma voix.

— Ils ont écrit un article de présentation sur moi, peu après que j'ai gagné mon premier milliard.

— Waouh.

Son sourire s'agrandit, révélant ses adorables fossettes.

— Monsieur Bond doit être si fier de toi. Es-tu toujours en contact avec lui ?

— Je l'étais. Malheureusement, il est mort il y a quelques années. Cancer du pancréas, expliqué-je, la gorge nouée.

J'ai fait tout ce qui était en mon pouvoir pour l'aider, mais ni les médecins d'envergure internationale que j'ai engagés ni les traitements expérimentaux que j'ai payés n'ont pu venir à bout de la maladie mortelle.

De ma vie d'adulte, je ne me suis jamais senti aussi impuissant.

Le sourire d'Emma disparaît.

— Je suis désolée. Tu as dû terriblement souffrir de ce deuil.

— Merci, dis-je d'un ton posé. C'était un homme bon.

Ma seule consolation, c'est de savoir que ses enfants et ses petits-enfants ne connaîtront jamais de problèmes financiers grâce au fonds de soixante-dix millions de dollars que j'ai établi à son nom. J'ai laissé croire à ses avocats qu'il avait gagné cette somme au loto peu avant sa mort.

Le serveur vient débarrasser nos assiettes et nous

apporter la carte des desserts. Je profite de cette distraction pour clore le sujet pesant, encore en suspens dans l'atmosphère. Je n'ai jamais discuté de cela avec qui que ce soit, mais je sais que j'ai fait le bon choix en me confiant à Emma, en lui montrant qui je suis vraiment au lieu du masque aseptisé que j'affiche au reste du monde.

Le serveur s'en va et Emma jette un œil sur la carte des desserts pendant une seconde avant de l'écarter.

Je lui adresse un sourire ironique.

— Laisse-moi deviner. Tu n'as plus faim ?

Maintenant que je sais qu'elle essaie de réduire sa part de l'addition, je peux prédire ce qu'elle commandera ou non.

— En fait, j'avais dîné – disons, à moitié – avant de recevoir ton tout dernier cadeau, dit-elle. En parlant de ça…

— Si ça ne te dérange pas, je vais prendre le baklava, dis-je comme si je ne l'avais pas entendue.

Elle va essayer de refuser les livres et je ne compte pas me laisser faire.

— Il est délicieux ici, ajouté-je. Je n'ai jamais rien mangé d'aussi bon.

Elle cligne des paupières.

— Bien sûr, vas-y.

Mon sourire s'agrandit et je fais signe au serveur, qui s'empresse d'accourir.

— Le baklava, s'il vous plaît. Et apportez deux assiettes. Nous allons partager.

— Oh, je ne vais pas… commence Emma, mais je lève la main alors que le serveur détale.

— C'est du donnant-donnant. J'ai partagé ta glace, alors je te dois au moins un peu de mon dessert, dis-je avec le plus grand sérieux.

— Mais…

— Il n'y a pas de *mais*. Et le dessert sera sur ma part de l'addition. Après tout, moi aussi, je tiens à l'égalité.

— Oh, fait-elle en triturant sa lèvre inférieure entre ses petites dents blanches. Bon, d'accord. Je crois que j'y goûterai un petit bout.

Je dissimule un sourire satisfait. Ce n'est peut-être que trois fois rien de partager mon dessert avec elle, mais c'est un pas dans la bonne direction. Bientôt, j'ai l'intention de payer tous nos repas, ainsi que tout ce dont elle aurait besoin ou envie.

Mais d'abord, je dois la guérir de sa crainte d'être comme sa mère – un morceau de baklava après l'autre.

Le serveur revient en nous apportant le dessert. Avant qu'elle puisse dire quoi que ce soit, je découpe un morceau et le pose sur son assiette.

— Essaie, insisté-je en la poussant vers elle.

Elle porte à sa bouche la pâtisserie feuilletée aux multiples couches de miel.

Je n'obtiens pas la même réaction orgasmique qu'avec l'halloumi, mais ma queue se durcit quand même lorsqu'elle mâche et avale avec une expression béate.

Merde. Je dois vraiment la ramener chez moi avant

de lui sauter dessus en public comme l'obsédé sexuel que je suis devenu.

Le baklava est petit et nous avons tôt fait de l'expédier. Je fais signe au serveur de nous apporter l'addition. Emma s'en empare, une fois de plus, et je la laisse faire, même si ça me fait de la peine de la voir compter soigneusement ses billets.

Dans le compte-rendu du détective, il y avait une section sur ses finances, dont l'état pitoyable rend ce qu'elle est en train de faire encore plus incompréhensible.

Enfin, la note est payée et je la conduis hors du restaurant, la main au creux de son dos.

— Où est Wilson ? demande-t-elle en cherchant la voiture du regard. À moins qu'on prenne un taxi ?

Aussitôt, elle écarquille les yeux et ses joues virent au rouge quand elle se rend compte de ce qu'elle a sous-entendu.

— Laisse tomber, j'avais oublié que tu habites tout près. Je vais rentrer en métro et…

— Nous sommes à moins de quatre pâtés de maisons de chez moi, alors j'ai donné à Wilson le reste de sa soirée, dis-je en me tournant vers elle.

Je prends ses petites mains dans les miennes et je regarde son visage tourné vers moi.

— Emma, chaton… J'ai envie que tu rentres à la maison avec moi.

Emma

Je ne sais pas ce que j'attendais de la résidence d'un milliardaire, mais l'appartement-terrasse de Marcus à Tribeca me semble appartenir à un tout autre monde – un monde que je n'ai vu que sur papier glacé dans les magazines, et dans les émissions télévisées sur les vies que mènent les personnalités riches et célèbres.

Ultra-moderne et décoré en tons de gris et de blanc, c'est un endroit immense – en tout cas, pour la ville de New York. Dans les régions du Sud ou du Midwest, où les terrains sont moins chers, un appartement de cette superficie n'aurait peut-être rien de spécial, mais au cœur de Manhattan, c'est l'équivalent d'un diamant de cinquante carats. Marcus me fait visiter. J'aperçois, au milieu, un gigantesque salon avec un escalier en colimaçon aux lignes épurées, puis une salle de divertissement aussi vaste qu'un cinéma, une salle de sport entièrement équipée, une salle à manger avec une table qui pourrait recevoir une vingtaine de convives, ainsi qu'une cuisine spacieuse aux appareils électroménagers étincelants qui ne dépareilleraient pas dans un vaisseau spatial.

Et une piscine.

Une piscine rectangulaire de plus de dix mètres carrés, séparée du reste de l'appartement par une épaisse cloison de verre et partiellement protégée à la vue par des plantes en pot de trois mètres de haut, dotées de feuilles aussi larges que ma tête.

— Ce sont des vraies ? je demande à mi-voix, tendant la main pour toucher une feuille luxuriante.

Marcus hoche la tête en souriant.

— Oui, naturellement. Un spécialiste en aménagement paysager d'intérieur vient s'en occuper une fois par semaine. Il les arrose et tout le nécessaire.

Oui, bien sûr. Parce que c'est ce que font les riches, ils embauchent des paysagistes professionnels pour entretenir leurs plantes d'intérieur.

— As-tu aussi un chef cuisinier ?

À ma grande surprise, Marcus secoue la tête.

— Mon majordome s'occupe de tout, y compris la cuisine et le ménage. Enfin, il supervise le ménage, il y a une société pour ça.

— Je vois.

Ma voix est légèrement étranglée, mais c'est plus fort que moi.

Bordel, un majordome ? Je suis dans *Downton Abbey* ou quoi ?

— Viens, je vais te montrer l'étage, dit-il.

Je lui emboîte le pas en direction de l'escalier en colimaçon, tout en essayant de ne pas paraître aussi abasourdie que je le suis réellement. Je savais qu'il était riche, bien sûr, mais je n'en avais pas réellement pris conscience.

Où que je regarde se trouvent des objets qui coûtent plus cher que tous les biens de ma famille combinés. Depuis les tableaux abstraits sur les murs jusqu'aux sculptures lisses qui auraient leur place dans des musées d'art moderne, cet appartement-terrasse empeste l'argent. Un argent fou. Des sommes folles qui me font comprendre que nous ne serons jamais sur le même pied d'égalité, quand bien même je tiendrais à payer ma part de l'addition.

Bon Dieu, mais qu'est-ce que je fiche ici ?

Je n'y suis pas à ma place, comme une souris de labyrinthe.

— Voici la bibliothèque, dit Marcus en me conduisant dans la première salle en débouchant de l'escalier à l'étage.

J'aperçois deux fauteuils inclinables devant une cheminée, ainsi que des rangées de livres le long des murs. Certaines étagères sont protégées derrière des vitres hermétiques. Ce sont sans doute des livres précieux comme les éditions originales signées qu'il m'a envoyées.

Comme l'héroïne de *La Belle et la Bête*, je me dirige vers l'une des vitrines et je regarde à l'intérieur.

En effet. *Le Vieil Homme et la Mer* d'Hemingway, les pages jaunies et légèrement abîmées. Je suis convaincue que si j'ouvrais la couverture à reliure de tissu, je découvrirais la signature manuscrite de l'auteur sur la page de titre.

— Tu les as tous lus ? demandé-je en levant les yeux alors que Marcus s'approche de moi.

— La plupart, mais pas tous, dit-il. Certaines des premières éditions, comme celles que tu regardes, font simplement partie de ma collection. Comme j'ai commencé à te le dire lors de notre premier rendez-vous, moi aussi j'aime les livres et j'en fais la collection.

Hmm, nous avons peut-être plus de points communs que je le pensais, en fin de compte. J'ai toujours rêvé d'avoir une bibliothèque garnie d'exemplaires dédicacés de mes auteurs préférés.

— Est-ce là que tu as pris les éditions originales que tu m'as envoyées ? Dans ta collection ?

Il sourit.

— Oui. J'ai de la chance, j'avais tes préférés.

Je prends une grande inspiration.

— D'accord. Merci beaucoup. Malheureusement, je ne peux pas…

— Viens, je vais te montrer le reste de l'appartement.

Avec habileté, il me conduit hors de la bibliothèque pour me faire entrer dans une chambre d'amis plus vaste que mon studio tout entier. Ensuite, son bureau, avec cinq écrans d'ordinateur et trois télévisions sur les murs, puis nous entrons enfin dans la chambre principale.

Aussitôt, mes battements cardiaques s'accélèrent. La présence de l'homme à côté de moi me donne la chair de poule. Au cours de la visite, je me suis laissé impressionner par l'opulence des lieux, à tel point que j'en ai presque oublié pourquoi j'étais ici. Or maintenant, je ne pense à rien d'autre. Mon esprit revient sur les yeux remplis de chaleur de Marcus, quand il m'a pris les mains pour me demander de rentrer avec lui.

Ses pensées doivent suivre le même chemin, car ses doigts d'acier se referment autour de mon poignet. En levant les yeux, je découvre son regard chargé d'une intention sombre et primitive.

— Emma…

Sa voix est grave et sèche lorsqu'il m'attire à lui.

— Chaton, j'ai envie de toi.

En réaction, un puissant désir monte en moi et mon ventre se noue. Au même instant, il plaque ses lèvres sur les miennes, dans un baiser intense et vorace.

Je me réveille lentement et à contrecœur. Je n'ai pas envie de quitter la chaleur suave de la couverture et la douceur soyeuse des draps. Mes membres sont lourds lorsque je m'étire et je ressens une étrange douleur à l'intérieur des cuisses, comme si j'avais exécuté des mouvements de yoga extrêmes. Même ma peau est curieusement sensible, surtout aux endroits les plus intimes et...

Oh, mon Dieu. Je me redresse et jette un regard circulaire dans la chambre inconnue. Une bouffée d'adrénaline chasse l'engourdissement quand je comprends où je suis et pourquoi je ressens cela.

Je me trouve dans la chambre de Marcus et il m'a baisée toute la nuit.

D'accord, j'exagère peut-être un peu, mais c'est l'impression que j'ai eue. Cet homme était insatiable. Il m'a prise sans relâche comme si nous n'avions pas couché ensemble quelques heures plus tôt à peine. Je n'ai pas tenu le compte de mes orgasmes de la nuit dernière. Sept, huit… neuf, peut-être ?

On dirait que mon sexe a été frotté à vif par un début de barbe râpeux. Ce n'est pas étonnant.

Parce que c'est le cas.

Ma peau se réchauffe à ce souvenir et je remonte la couverture sur mon corps en prenant conscience que je suis totalement nue. Heureusement, je suis seule. Cramponnant la couverture, je cherche mes vêtements du regard. Je ne les vois nulle part, mais il y a un peignoir rose duveteux suspendu à la porte, semblable au mien, ainsi qu'une paire de pantoufles pelucheuses au pied du lit.

J'hésite pendant un moment, puis je glisse les pieds dans les chaussons et me précipite en droite ligne vers le peignoir.

J'ai horreur de me dire que je porte sans doute la même tenue que les autres filles d'un soir de Marcus, mais c'est toujours mieux que de me promener entièrement nue.

À mon grand étonnement, il y a une étiquette toujours accrochée au vêtement.

L'a-t-il acheté spécialement pour moi ou en conserve-t-il pour ce genre de situations ?

Quoi qu'il en soit, je me fais un plaisir d'arracher l'étiquette et d'enfiler le peignoir, refermant la ceinture autour de ma taille. Contrairement au mien, celui-ci est long. Il m'arrive aux chevilles et je me sens tout de suite au chaud et à mon aise, comme si j'étais chez moi, blottie avec mes chats.

En parlant de ça, je ne devrais pas tarder à rentrer à la maison. Mes chats n'ont pas l'habitude que je m'absente toute la nuit et je suis sûre que M'sieur Dodu est déjà sur le sentier de la destruction. Et puis, si je ne fais pas de lessive aujourd'hui, je n'aurai aucun sous-vêtement à me mettre demain.

Comme Marcus est toujours introuvable, je me rends dans la salle de bain adjacente et je prends une douche rapide avant de me brosser les dents. Il a eu la prévenance de laisser une brosse à dents à côté du lavabo, encore dans son emballage plastique. Il y a aussi une crème hydratante haut de gamme pour le visage – non parfumée, comme je préfère – et même un flacon de gel que j'utilise pour dompter la folle explosion frisée sur ma tête.

Décidément, il a l'art et la manière de plaire à ses invitées.

Pendant tout ce temps, j'essaie de ne pas admirer les lieux avec un regard hébété de paysanne. D'accord, le bain à remous dans le coin est suffisamment profond pour qu'on s'y tienne debout, et alors ? La cabine de douche vitrée fait deux fois la taille de ma salle de bain et elle est équipée de cinq pommeaux rotatifs, et alors ? Rien de tout cela ne m'impressionne, pas même les toilettes au design futuriste avec un bidet intégré et un siège qui réchauffe les fesses.

Oh, et puis, personne n'est dupe ! Je ne serais pas plus impressionnée, même si les meubles tournaient en lévitation autour de moi. Sans conteste, le 0,1 pour cent des plus privilégiés de ce monde sait profiter de la vie.

Je secoue la tête et retourne dans la chambre afin d'essayer de retrouver mes vêtements.

Toujours pas de chance, même si je me rappelle distinctement que mon jean et mon pull ont atterri par terre lorsque Marcus me les a retirés. Il a dû les ramasser et les ranger quelque part, mais où ? Je ne les vois pas dans le dressing, où les costumes et les chemises de Marcus sont suspendus avec méthode, classés par couleurs. Pas plus que dans les tiroirs de la commode blanche et moderne à l'intérieur du dressing. Il n'y a que des chaussettes, des t-shirts, des sous-vêtements pour hommes – je ferme rapidement ce tiroir avec l'impression d'être une perverse – et d'autres habits soigneusement pliés. Comme l'intégralité du dressing, tout ce qui se trouve dans les tiroirs est rangé avec un soin parfait, comme si Marie Kondo avait fait des siennes dans la penderie.

Quelqu'un a des TOC ici, soit Marcus, soit son majordome.

Je ne trouve pas non plus mes bottes, mais c'est plus logique. En entrant, je les ai laissées dans l'entrée pour ne pas propager la crasse des rues new-yorkaises sur le parquet immaculé.

Je me hisse sur la pointe des pieds afin de jeter un œil sur une étagère en espérant sans trop y croire que

Marcus y aura déposé mes vêtements. Non. Il n'y a qu'une boîte avec des menottes et…

— Emma ?

Le cœur battant, je fais volte-face pour découvrir Marcus, debout à la porte du dressing, ses sourcils noirs interrogateurs.

Oh, zut.

J'aurais dû me douter de l'impression que donnerait mon attitude.

— Salut. Bonjour…

Je suis un peu essoufflée. D'ailleurs, je dois avoir l'air atrocement coupable.

— Désolée, mais mes habits, je ne les ai pas trouvés. Je le jure, je ne fouillais pas. En fait, je les cherchais et…

— Ce n'est rien.

Il s'avance avec un sourire langoureux et espiègle.

— Tu peux fouiner si ça te chante. Quant à tes vêtements, je les ai donnés à Geoffrey pour qu'il les fasse nettoyer. Ils devraient être prêts dans une heure.

— Oh.

L'idée que quelqu'un puisse nettoyer mes propres vêtements ne m'avait même pas effleuré l'esprit.

— Bon, d'accord.

Moi qui comptais m'éclipser discrètement au petit matin, c'est raté.

— Tu dois aller quelque part ? demande-t-il en inclinant la tête.

Mes joues deviennent cramoisies quand je me rends compte qu'il porte un pantalon de jogging et un t-shirt au tissu souple. C'est la première fois que je le vois autrement qu'en costume de travail.

Ou nu.

Parce qu'en effet, je l'ai clairement vu entièrement nu.

Arrête de penser au sexe, Emma. Et ne rougis pas.

— Mes chats seront perturbés si je ne rentre pas bientôt, dis-je, le visage écarlate en dépit de mes propres avertissements. Et j'ai un rendez-vous Skype avec mes grands-parents à onze heures et demie. En parlant de ça, sais-tu quelle heure il est ?

Il sourit.

— La dernière fois que j'ai vérifié, il était onze heures vingt-trois.

— *Quoi ?*

— Que veux-tu que je te dise ? Tu n'as pas beaucoup dormi cette nuit.

Parce qu'il m'a tenue éveillée en me pénétrant, en me caressant ou en me suçant la… Oh, misère, c'est reparti.

— Bon, ce n'est pas grave.

Au prix d'un effort, je détourne mon attention de ses pectoraux bien dessinés sous son t-shirt moulant.

— Où est mon sac à main ? Je dois envoyer un texto à mes grands-parents pour reporter notre appel.

— Pourquoi ? Tu peux utiliser Skype ici. J'ai une excellente connexion internet et je peux te laisser ton intimité.

Je cligne des yeux.

— Ici ? Tu veux dire, dans ta chambre ?

— Ou à la bibliothèque, dans la chambre d'amis, où tu préfères. Peut-être pas en bas, cela dit. Geoffrey est en plein coup de feu pour le brunch et les odeurs de cuisine vont te rendre folle.

C'est lui qui me rend folle. Ne se rend-il pas compte que si j'échange avec mes grands-parents sur Skype depuis un autre appartement que le mien, je vais devoir leur expliquer où je suis ?

— Non, c'est bon, merci. Je vais…

— Pourquoi ?

Il croise ses bras puissants devant son torse, attirant mon attention sur ses muscles bandés.

— Le repas ne sera prêt que dans une demi-heure, de toute façon. Geoffrey s'est mis à cuisiner tard et je ne savais pas quand tu te réveillerais.

Je détache mes yeux de ses biceps impressionnants.

— Tu ne comprends pas. Mes grands-parents sont curieux, très curieux, et je ne veux pas leur mentir en disant que je suis dans un hôtel de luxe.

— Pourquoi voudrais-tu leur mentir ?

Je le dévisage, abasourdie.

— Eh bien, je ne vais tout de même pas leur raconter que nous… tu sais.

— Pourquoi pas ? Sont-ils vieux jeu ? Imaginent-ils que tu attendras le mariage ?

— Non, ils sont assez ouverts sur la question, mais enfin, ce sont mes *grands-parents*.

Il le fait exprès, ou quoi ?

— Si je leur parle de toi, ils vont penser que c'est

sérieux et ils me poseront un million de questions, puis ils voudront te rencontrer, ce genre de choses.

Voilà, je l'ai formulé en détail. Maintenant, prends tes jambes à ton cou comme tout homme normal le ferait.

Il décroise les bras sans paraître soucieux le moins du monde.

— Ça me va. Je serais ravi de les rencontrer.

— Tu… vraiment ?

Ai-je des problèmes d'audition ? Parce que je suis presque certaine que Marcus m'a dit qu'il voulait rencontrer ma famille.

— Oui, pourquoi pas ? Sens-toi libre de me présenter quand tu leur parleras. Je serai dans mon bureau, j'ai du travail en retard. Oh, le mot de passe du wi-fi est *bond$carelli19*.

Sur ce, il sort de la pièce, ou plutôt, de son gigantesque dressing.

mma

Je n'appelle pas mes grands-parents.

Pas à 11 h 30, du moins. Il me faut plusieurs minutes pour retrouver mon sac dans la vaste chambre de Marcus. Il était discrètement suspendu derrière la porte. Quand je repêche enfin mon téléphone, il est déjà 11 h 37 et j'ai reçu un texto inquiet de ma grand-mère.

En temps normal, je ne suis jamais en retard pour nos sessions sur Skype, deux fois par semaine.

Pfff. Maintenant, je ne peux pas *ne pas* leur donner d'explications. Si je leur envoie un texto pour reporter notre appel, ils croiront qu'il se passe quelque chose de grave.

Téléphone à la main, je regarde autour de moi. La

chambre est aussi belle que le reste de l'appartement-terrasse et il y a un renfoncement, dans un coin, avec un fauteuil inclinable moderne où je peux me connecter à Skype. Mais je ne me sens absolument pas à l'aise de parler à mes grands-parents à côté du lit où Marcus m'a fait grimper aux rideaux. *À plusieurs reprises.* C'est déjà assez dingue que je sois en peignoir d'emprunt.

Dans ce cas, la bibliothèque.

Je m'y précipite et pose mes fesses sur l'un des sièges, devant la cheminée. Puis je connecte mon téléphone au wi-fi et j'envoie la demande de visioconférence. J'attends.

— Emma, ma chérie !

Le visage rond de mamie apparaît sur le petit écran, avec l'oreille de papi à côté d'elle.

— Que se passe-t-il ? Tout va bien ?

— Oui, je me suis réveillée tard. Désolée. Comment ça va, tous les deux ?

— Oh, très bien. Nous préparons déjà le dîner de jeudi, m'annonce mamie en souriant, tandis que papi se déplace pour apparaître à la caméra.

Brusquement, je me rends compte qu'elle parle de Thanksgiving – ce qui signifie que je prends l'avion pour la Floride ce mercredi, après avoir acheté mes billets lors d'une période de soldes l'an dernier.

— Ta grand-mère a déjà acheté la dinde, dit papi aussi fièrement que s'il s'agissait de son propre exploit. Elle a trouvé une nouvelle recette de farce en ligne.

Il me dévisage et son nez devient énorme lorsqu'il s'approche de la caméra.

— Attends. Tu n'es pas chez toi.

— Euh, non.

Zut, je ne suis absolument pas prête pour ça. Si je m'étais souvenu que Thanksgiving – et ses occasions interminables d'interrogatoire – arrivait cette semaine, je ne les aurais certainement pas appelés d'ici.

— Je suis... chez une connaissance.

Mamie cligne des paupières.

— C'est vrai ? Qui ça ? Kendall ou Janie ?

Elle se penche à son tour vers l'appareil.

— Cette cheminée est splendide. Et ce sont des bibliothèques, derrière ?

— Oui.

En soupirant, je tourne mon téléphone et le déplace lentement en demi-cercle pour leur montrer l'intégralité de la salle – parce que, de toute manière, ils m'auraient demandé de le faire.

— Il y a des tas de livres.

— Ton amie doit vraiment aimer lire, renchérit papi, impressionné. C'est comme ça que vous vous êtes rencontrées, par ton travail ?

— Alors, ce n'est *pas* Kendall ou Janie, dit mamie, soulignant une évidence.

Je tourne à nouveau le téléphone vers mon visage.

— Non, c'est quelqu'un d'autre.

Bon Dieu, pourquoi ai-je laissé Marcus m'entraîner là-dedans ? À moins de mentir franchement, tout ce que je dirai donnera l'impression que notre relation est bien plus sérieuse qu'elle ne l'est en réalité. Même si j'ignore à quel point nous en sommes exactement. Ce n'est pas une aventure d'un soir, étant donné que nous sommes sortis deux fois ensemble avant de nous retrouver au lit. Une amourette de week-end, peut-être ? Une histoire sans engagement ?

Ce n'est clairement pas le début d'une véritable relation de couple – d'autant moins qu'il est bien décidé à épouser une femme comme Emmeline.

Mes grands-parents me dévisagent d'un air intrigué et je sais que je vais devoir leur dire *quelque chose*. En soupirant, je me pince l'arête du nez.

— Vous ne le connaissez pas, c'est un gars que j'ai rencontré il y a quelques semaines, voilà.

S'il s'agissait d'un film, la bande originale se serait arrêtée dans un crissement sonore. D'ailleurs, le silence est assourdissant et les deux me regardent bouche bée.

Enfin, mon grand-père prend la parole :

— Un homme ?

Il a l'air incrédule.

— Tu veux dire, un petit ami ?

— Nous n'en sommes pas encore là, papi, dis-je avec une grimace. Mais en effet, c'est quelqu'un que je fréquente.

J'espère ne pas devoir leur expliquer toutes les nuances des relations modernes, parce que je ne suis pas certaine de les comprendre moi-même – surtout quand on considère la volonté bizarre de Marcus de rencontrer mes grands-parents.

J'aurais pourtant cru que les aventures d'un soir et la famille ne faisaient pas bon ménage.

— C'est un peignoir que tu portes ? demande mamie en observant mes épaules. On dirait un peignoir.

Merde. J'espérais qu'ils ne s'en rendraient pas compte.

— Mes habits sont à la buanderie, expliqué-je avant de me rendre compte que cela peut donner l'impression que Marcus et moi vivons ensemble. Enfin, ce sont les vêtements que je portais hier soir, je ne garde rien chez lui, bien sûr. Marcus a décidé de faire une lessive avant que je me réveille, d'où le peignoir.

J'en ai sans doute trop dit – dans l'ensemble, nous aurions pu nous passer de toute cette conversation –, mais cela ne semble pas gêner mes grands-parents. Papi sourit et mamie me demande, la mine réjouie :

— Marcus ? C'est son prénom ?

Je hoche la tête et elle insiste :

— Comment vous êtes-vous rencontrés, tous les deux ?

— Oh, rien qu'une… tu sais, une appli de rencontres.

Ou plus précisément, à l'occasion d'un malentendu associé à une application de rencontres, mais c'est une histoire trop longue.

— Vraiment ? fait mamie en se penchant. Nous ne savions pas que tu faisais des rencontres en ligne.

— Oui, je n'en ai pas parlé parce que ce n'était pas

grand-chose. Janie m'a convaincue de créer un profil, il y a quelques mois, mais je ne m'y suis connectée qu'une fois ou deux.

— À l'évidence, c'était suffisant pour que tu rencontres Marcus et que tu te retrouves chez lui. En peignoir, ajoute papi, dont les sourcils broussailleux frémissent d'enthousiasme.

Je lâche un soupir exaspéré en regrettant, pour une fois, que mes grands-parents ne soient pas coincés et conservateurs, comme c'est monnaie courante pour leur génération. Au contraire, à près de quatre-vingts ans, ils sont aussi ouverts d'esprit que la Génération Y et ils ont accepté à bras ouverts les changements de mœurs de l'époque, en même temps que la technologie des e-mails, réseaux sociaux, textos et Skype.

Je ne demande pas que mon grand-père brandisse un fusil ni rien de ce genre, mais un peu de désapprobation catholique, au vu des circonstances, ça ne ferait pas de mal.

— Nous apprenons à nous connaître, papi. Ça ne mènera nulle part, sans doute.

Pourtant, je sais bien que mon avertissement tombe dans une oreille de sourd. Ma vie amoureuse – ou son absence depuis la fac – est une source d'inquiétude pour mes grands-parents, à tel point qu'ils m'ont dit avec tact, lors de ma précédente visite pour Thanksgiving, que je pouvais tout à fait suivre mes penchants et mes aspirations, quelles qu'elles soient.

Traduction : ils croyaient que j'étais lesbienne et que je n'osais pas faire mon coming-out.

— Alors, quel âge a-t-il ? demande mamie dans l'un de ces interrogatoires dont elle a le secret. D'où vient-il ? Que fait-il ? Combien de frères et sœurs a-t-il, et quand allons-nous le rencontrer ?

J'ouvre la bouche pour commencer à répondre, mais je me ravise.

— Tu sais quoi, mamie ? dis-je d'une voix douce. Et si vous rencontriez Marcus tout de suite ? Il pourra tout vous dire lui-même.

Je me lève et emporte mon téléphone dans le bureau de mon hôte.

 arcus

— J'AI TRENTE-CINQ ANS ET JE SUIS FILS UNIQUE, originaire de Staten Island. Je dirige un fonds spéculatif, dis-je d'un ton posé après avoir calé le téléphone d'Emma sur mon bureau tandis qu'elle se campe devant moi, un petit sourire machiavélique sur ses lèvres en boutons de rose.

De toute évidence, elle s'attend à ce que je sois décontenancé par les questions dont me bombarde sa grand-mère.

Dommage, car j'ai affûté mes compétences au fil de dizaines d'interviews en direct à la télé.

— Ah bon ? Quel genre de fonds spéculatif ?

Sur le visage buriné de Ted Walsh, je devine un intérêt sincère.

— Je me tiens au courant sur CNBC, vous savez, ajoute-t-il.

Je lui souris.

— Nous nous concentrons sur la génération d'alpha, dans toutes les conditions de marché, alors c'est un mélange d'un peu tout, depuis les marchandises jusqu'aux stratégies de type *long-short equity* et des quants. Dernièrement, nous avons également tenté des investissements non liquides, l'immobilier et les placements privés par exemple.

— Et depuis combien de temps sortez-vous ensemble ? demande Mary Walsh, ses yeux gris aussi clairs et vifs que ceux de sa petite-fille.

Il est évident que tout le jargon financier lui est passé au-dessus de la tête et qu'elle se fiche éperdument de mes stratégies de placement.

— Emma dit que vous vous êtes rencontrés sur une application de rencontres ?

Je jette un œil vers Emma par-dessus l'écran. Elle hausse les épaules, un peu gênée, et je réponds :

— En quelque sorte.

Je crois qu'elle ne se sentait pas le courage de raconter toute l'histoire à ses grands-parents.

— Notre premier rendez-vous a eu lieu en début de mois.

Mary se lance dans sa prochaine salve de questions et j'y réponds avec une patience sereine. Oui, j'ai vécu à New York toute ma vie, sauf pendant mes études. Où ai-je étudié ? À Cornell en premier cycle (licence de finance) et à Wharton pour mon master. Non, je n'ai aucune famille proche, car mes parents sont morts quand j'étais jeune. Oui, je suis propriétaire de mon appartement ainsi que de quelques biens immobiliers. Non, je n'ai pas l'intention de quitter New York pour payer moins d'impôts.

Pour une quelconque raison, l'interrogatoire ne me dérange pas – pas plus que le fait qu'en un seul appel, nous venons de faire un grand bond en avant, nous projetant dans une relation de plusieurs mois. J'ai proposé à Emma de rencontrer ses grands-parents sur un coup de tête, mais je ne le regrette pas. La nuit n'a pas suffi à assouvir mes envies vis-à-vis d'Emma, au contraire, elle n'a fait que les renforcer, et ma fascination pour elle ne cesse de croître. J'ai envie de tout savoir à son sujet, de m'insinuer dans son esprit et de voir le monde depuis l'intérieur de sa jolie tête.

À tout le moins, j'aimerais rencontrer les personnes qui comptent pour elle, afin de déterminer comment devenir l'une d'entre elles.

Enfin, les grands-parents d'Emma semblent satisfaits, convaincus que je ne suis ni un fainéant ni un tueur en série. Nous nous disons au revoir, Emma à côté de moi, lorsque Mary s'exclame :

— Vous ne comptez pas venir avec notre Emma cette semaine, Marcus ? Parce qu'il y aura toujours de quoi manger pour un invité supplémentaire.

Avant que je puisse dire un mot, Emma secoue déjà la tête.

— Bien sûr que non, mamie. Je te l'ai dit, nous venons à peine de nous rencontrer, et puis, Marcus est submergé de travail. Pas vrai ? fait-elle avec un regard perçant. Tu as une semaine folle avec ton fonds d'investissement, je me trompe ?

— C'est vrai, dis-je d'une voix qui ne semble pas m'appartenir. Tu as raison, j'ai un boulot de dingue toute la semaine.

— Nous comprenons, répond Mary avec un sourire affable. Mais si vous parvenez à vous libérer, sachez que vous êtes le bienvenu à notre table de Thanksgiving, Marcus. C'était un plaisir de vous rencontrer.

— Moi de même.

Je rends le téléphone à Emma et elle met un terme à la communication.

Je n'avais pas l'intention d'aller en Floride cette semaine. Même moi, je sais que c'est une étape trop importante, trop tôt dans notre relation. Pourtant, l'idée qu'Emma ne veuille pas de moi à sa réunion de famille me pique plus douloureusement qu'une méduse géante.

mma

MARCUS EST INHABITUELLEMENT SILENCIEUX. IL BOUDE presque alors que nous descendons prendre le brunch. Est-il furieux que je l'aie jeté en pâture à ma famille ? Parce qu'il l'a demandé lui-même. D'ailleurs, il a insisté. Pourtant, je m'en veux un peu d'avoir laissé mes grands-parents le cuisiner ainsi.

J'aurais dû le protéger, comme je l'ai toujours fait avec Jim, mon petit ami à l'université.

Bon, de toute façon, il est trop tard maintenant. Et Marcus a tenu bon, contrairement à Jim. Il a parlé respectueusement à mes grands-parents, d'égal à égal, répondant à leurs questions sans la moindre nervosité ni hésitation. En même temps, il ne s'est pas vanté de ses réussites. Toutes ses réponses sont restées factuelles, révélant assez peu l'étendue de sa puissance et de sa fortune. Bien sûr, papi et mamie ont tout de même été impressionnés. Le contraire m'aurait étonnée.

Ce ne sont pas ses milliards qui rendent Marcus Carelli impressionnant, c'est l'homme lui-même, indomptable et inflexible. Il suffit de passer quelques minutes en sa compagnie pour savoir que c'est une force de la nature, quelqu'un qu'il vaut mieux ne pas énerver.

— Ça va ? je demande gentiment lorsque nous approchons de la salle à manger.

Marcus n'a toujours pas prononcé un mot. Les arômes riches et savoureux qui émanent de la cuisine font gronder mon estomac, mais je suis trop préoccupée par son humeur décalée pour songer à la nourriture.

— Excuse-moi pour mes grands-parents. Ils sont…

— Protecteurs envers toi.

Il sourit, et même si la joie ne se reflète pas dans son regard, la tension étrange s'estompe un peu entre nous.

— Ils ont l'air tout à fait charmants. Ton grand-père me fait penser à Monsieur Bond.

Rayonnante, je lui réponds :

— Oui, ils sont formidables. Papi était prof. Il a enseigné l'anglais et les sciences sociales pendant près de quarante ans avant de prendre sa retraite.

Le sourire de Marcus se réchauffe.

— Vraiment ? Et ta grand-mère ?

— Elle était infirmière. Très douée, d'ailleurs. Je ne suis presque jamais allée chez le médecin quand je vivais avec eux. Mamie peut tout gérer en dehors de la chirurgie.

— Monsieur Carelli ?

Un homme svelte, raide comme un piquet, s'avance vers nous alors que nous arrivons à la table. Avec un accent britannique, il annonce :

— Votre repas est prêt.

— Excellent, merci.

Marcus jette un œil vers moi et ajoute :

— Emma, voici Geoffrey, mon majordome. Geoffrey, voici Emma, mon… invitée.

Je parviens à sourire malgré l'accélération brutale de mon pouls. Je surprends ce moment d'hésitation avant que Marcus ne choisisse le mot d'*invitée*, la fraction de seconde indécise qui doit être aussi rare chez lui qu'une langouste pour le dîner l'est pour moi. Allait-il dire autre chose ?

Mon amie, peut-être ?

Une copine ?

Impossible qu'il ait hésité avec *ma petite amie*.

— C'est un plaisir, dit Geoffrey en penchant la tête. Je vous en prie, prenez place. Je vous apporte votre repas.

Il sort d'un pas pressé et Marcus me conduit à table, dressée pour deux, avec des sets et des assiettes blanches carrées, des verres modernes épurés et des couverts étincelants à côté de serviettes en tissu impeccables. Au centre, du citron, de la menthe et du concombre infusent dans une carafe d'eau, et à côté, du jus d'orange fraîchement pressé ainsi qu'un pichet de liquide vert foncé.

Marcus tire une chaise et je m'assieds. Une fois de plus, je me sens submergée. Non seulement ce brunch me semble plus sophistiqué que dans n'importe quel restaurant, mais je suis toujours en peignoir. Cela n'aurait rien changé que je porte mes vêtements, je suis presque certaine qu'une seule fourchette ici coûte plus cher que ma tenue au complet.

Le pire, c'est que je ne peux pas payer ma part de ce repas, à moins de proposer l'équivalent d'une matinée de salaire pour Geoffrey et le coût des ingrédients. Je sais pertinemment que ce serait ridicule. Le mieux que je puisse faire, c'est de lui rendre la pareille en lui concoctant un repas chez moi un de ces jours, mais après avoir vu le cadre dans lequel il vit, l'idée de l'inviter dans mon studio minuscule me fait doucement rire.

Autant proposer à la Reine Élisabeth – la vraie, pas mon chat – de dîner dans un placard.

— De l'eau, du jus d'orange ou du jus de fruits et légumes verts ? demande Marcus.

Je m'efforce de sourire.

— Du jus vert, s'il te plaît.

Inutile de lui préciser que je n'ai encore jamais goûté cet élixir santé hors de prix – ni que tout ce cinéma me donne l'impression d'être un poisson hors de son bocal.

Marcus verse le liquide vert dans mon verre et je bois une gorgée. Curieusement, c'est bon, un peu acide et frais, contrairement à l'amertume à laquelle je m'attendais. Je sens la pomme Granny Smith sous la saveur herbeuse des légumes verts et je vide le reste du verre en quelques gorgées.

— Encore ? propose Marcus non sans une pointe d'ironie.

Je hoche la tête. Après tout, pourquoi pas ?

C'est un moyen délicieux de remplir mon quota hebdomadaire de fruits et légumes en une seule matinée.

Tandis que je sirote mon deuxième verre, Geoffrey entre avec un plateau surmonté d'une cloche en argent. Il le dépose sur la table et retire la cloche, révélant deux assiettes garnies d'omelettes parfaitement pliées, ainsi que deux petits bols de fruits découpés et un panier de biscuits légers. Les omelettes sont couvertes d'une sauce crémeuse orangée et saupoudrées de persil. L'odeur appétissante me met l'eau à la bouche.

Infiniment plus sophistiqué qu'un brunch dans les restaurants que je connais.

— Omelette aux shiitakes et pleurotes, avec crabe et langouste, et sa sauce épicée au gorgonzola, annonce Geoffrey en posant une assiette devant moi et l'autre devant Marcus.

Puis il recommence son manège avec les coupes de fruits et dépose le plat de biscuits entre nous, ajoutant une pince pour nous faciliter le service.

— Merci, Geoffrey. C'est magnifique, dit Marcus.

Je confirme cette impression, à peine capable d'avaler la salive qui s'accumule dans ma bouche. Comment est-ce possible ? J'étais justement en train de penser à la langouste, et voilà que j'ai une omelette à la langouste juste devant moi.

Non, pas exactement, *une omelette aux shiitakes et pleurotes, avec crabe et langouste* – en un mot, tout ce que je préfère et que j'ai rarement l'occasion de m'offrir en un seul plat complètement dément !

Le majordome incline la tête et disparaît dans la cuisine. Quant à moi, j'attaque l'omelette avec impatience, la fourchette tremblante. *Oh, waouh !* Je pourrais jouir sur place dès que la sauce riche et épicée au gorgonzola touche ma langue, suivie par la texture délicieuse des morceaux de fruits de mer enveloppés dans l'œuf à saveur de champignon.

J'ai dû gémir à haute voix en fermant les yeux, parce qu'en les rouvrant, je découvre Marcus qui me fixe du regard comme si je venais de me déshabiller. Son visage est contracté, ses yeux brillent d'une avidité sauvage et son omelette reste intacte devant lui.

— Excuse-moi, bredouillé-je, le visage brûlant quand je me rends compte que j'ai dû prendre une attitude trop extatique.

Une fois de plus. À ce rythme, il va croire que je fantasme sur la nourriture.

— C'est très, très bon.

— Un de ces jours, je vais te baiser en te donnant à manger.

Sa voix n'est qu'un grondement grave et sombre.

— Je vais t'allonger sur cette table et dévorer ton sexe délicieux pendant que tu mangeras.

Oh, Seigneur. Le sexe en question éprouve un violent spasme de désir, envahi d'une chaleur liquide instantanée. Je visualise parfaitement ce qu'il dit et la réaction impuissante de mon corps me donne le vertige. Une bande se resserre autour de mes poumons, me coupant le souffle.

— Oui, c'est ça, ajoute-t-il en se penchant.

Ses yeux bleus étincellent. Il pose sa grande main sur mon genou, sous la table.

— Je vais me délecter de ton corps, chaton, et tu vas adorer chaque seconde. Je vais tellement te remplir que tu ne penseras même plus à manger.

Je ne pense déjà plus à manger. C'est impossible, pas avec les battements de mon cœur et tout mon corps en feu. Je ne me doutais pas que le langage cru pouvait m'exciter à ce point, que les mots pouvaient me remplir d'une envie aussi insoutenable. L'idée que Geoffrey soit dans le coin et puisse arriver d'un moment à l'autre me fait déglutir et rompre le contact visuel. Je prends plusieurs inspirations fébriles pour apaiser le martèlement de mon pouls.

Quelques instants de silence s'ensuivent, si chargés de tension que je peux presque la goûter dans l'air ambiant. Puis Marcus retire sa main de mon genou et j'entends la fourchette et le couteau tinter à nouveau sur son assiette.

— Tu as raison. C'est vraiment délicieux.

Sa voix est redevenue normale, son intonation détachée, mais je ne suis pas dupe.

Dès que nous aurons fini de manger, nous retournerons dans la chambre.

Et je dois avouer que je suis déjà détrempée à cette perspective.

 arcus

— Cette fois, je suis sérieuse. Je dois rentrer à la maison. Il est déjà seize heures passées, mes chats vont mourir de faim, les pauvres chéris. Et puis, c'est journée lessive.

Échappant à ma main tendue, Emma roule sur le lit et détale vers la pile de vêtements sur la chaise – son linge propre et soigneusement repassé que Geoffrey a apporté pendant notre repas. Elle s'en empare et disparaît dans la salle de bain. Je me redresse, réfrénant un juron frustré.

Je ne tiens pas forcément à la baiser de nouveau – enfin, bien sûr, ma queue a décidé que j'avais retrouvé mes quinze ans –, mais je n'aime pas savoir qu'elle s'en va. C'est pour cette raison, en plus de mon envie incessante pour ses courbes somptueuses, que je l'ai ramenée au lit et que je lui ai fait l'amour chaque fois qu'elle a essayé de s'éclipser après le brunch.

Foutus matous.

J'ai besoin d'elle encore plus qu'eux.

J'ai bien conscience que ça frôle la pathologie, mais maintenant que je l'ai ramenée dans ma tanière, j'ai envie de la garder ici. Les mêmes instincts primitifs qui exigeaient que je prenne possession de cette fille me donnent envie de l'enchaîner à mon lit et de jeter la clé.

Non, mieux, de la menotter à moi.

C'est en partie parce que je suis toujours en colère à cause de la Floride – le fait qu'elle s'en aille et qu'elle ne veuille pas que je l'y accompagne. Cela signifie que je ne la verrai pas de mercredi à dimanche, et cette idée me ronge de l'intérieur, aiguisant mon désir jusqu'à ce qu'il me fasse l'effet d'une lame dans mes entrailles.

Je la désire avec une violence qui m'effraie et qui ne semble pas retomber le moins du monde.

S'il s'agissait d'une pulsion purement sexuelle, je m'en serais accommodé. Personne n'est jamais mort d'une période d'abstinence, à ce que je sache. L'ennui, c'est que je commence à la vouloir pour ce qu'elle est, tout entière, pas uniquement pour son petit corps délectable. En m'endormant avec Emma dans mes bras, hier soir, j'ai éprouvé un plaisir incomparable, une satisfaction intense, une certitude que tout va bien dans ce monde.

Je ne me rappelle pas la dernière fois que j'ai ressenti cela. Ce n'est peut-être jamais arrivé. Quand j'étais petit, nous risquions constamment l'expulsion et le frigo vide. Je ne savais jamais quand ma mère rentrerait à la maison le soir, ivre morte, ni quel connard elle ramènerait. Même en grandissant, avec les revenus de mes petits boulots à temps partiel pour arrondir les angles aigus de notre existence sous le seuil de pauvreté, la peur d'un avenir incertain ne m'a jamais quitté.

J'avais toujours ce sentiment chevillé au corps quand j'ai remporté mon premier million, puis mon premier milliard.

Il est toujours avec moi quand je ferme les yeux et m'endors chaque soir.

Sauf hier. Hier, je me sentais en sécurité. Comme si le petit corps chaud dans mes bras était tout ce dont j'avais besoin… à jamais.

Comme si j'étais enfin chez moi.

Et maintenant, elle veut partir.

Putain. Je ne suis pas prêt à la laisser partir.

— Je viens avec toi, annoncé-je lorsqu'elle émerge de la salle de bain, tout habillée.

Sans prêter attention à la stupeur exprimée par ses grands yeux écarquillés, je me lève et rejoins mon placard pour chercher mes propres vêtements.

mma

JE NE COMPRENDS PAS CE QUI SE PASSE, POURQUOI JE ME trouve dans la voiture de Marcus – sur la banquette arrière, à côté de lui – en direction de mon appartement.

— Tu ne dois pas travailler ? je répète. Je croyais que vous travailliez même le week-end, à Wall Street.

Il hausse ses larges épaules.

— Ça peut attendre. Je suis mon propre patron.

Je laisse tomber. Après tout, comment demander poliment à un homme pourquoi il a décidé de vous regarder faire votre lessive et câliner vos chats ? Surtout si cet homme est Marcus. Une fois qu'il a une idée en tête, plus rien ne peut l'arrêter – je l'ai appris à la manière dure. Et par dure, j'entends bien *dure*.

Je suis encore percluse de douleurs après nos ébats.

Une flamme brûlante me lèche sensuellement quand je me remémore ce que nous avons fait et je jette un œil vers la cause de ces courbatures – qui me dévisage avec un regard intense et déterminé.

Oh, bordel. Veut-il *encore* baiser ?

Est-ce pour ça qu'il refuse de me laisser ?

Sans doute. Sinon, je ne vois pas pourquoi il viendrait à Brooklyn, dans mon studio aussi grand qu'une boîte à chaussures, au lieu de rester dans son appartement-terrasse luxueux. En tout cas, moi, je ne quitterais pas cet endroit si j'étais lui.

Je m'apprête à lui annoncer que nous ne coucherons plus ensemble pendant au moins quelques heures lorsque mon téléphone me signale la réception d'un texto.

C'est Kendall.

Alors ? D'autres cadeaux de Monsieur Wall Street ?

Puis un autre : *Tu lui as envoyé un message pour le remercier comme je t'ai dit de le faire ?*

Oh, zut. Kendall ignore totalement que nous avons dépassé de loin le stade des remerciements par texto. Pourquoi le saurait-elle ? Je n'ai pas eu une minute à moi pour l'appeler depuis que Marcus m'a tendu son guet-apens hier soir, avec les livres, le sexe et le dîner tardif, puis encore du sexe et…

— Qui est-ce ? demande Marcus.

Je lève les yeux. Mon visage rouge me trahit.

— Personne. Enfin, mon amie Kendall. Évidemment, tu ne la connais pas, tu ne l'as jamais rencontrée. Mais c'est ma meilleure amie depuis la fac et…

Je m'interromps en prenant conscience que je bredouille.

— Bref, c'est elle qui m'écrit.

— À quel sujet ?

Il est sérieux, là ?

On dirait bien, car ses sourcils épais remontent sur son front comme s'il attendait quelque chose, comme s'il était évident que j'allais lui répondre.

— Oh… un truc.

Je suis trop troublée pour trouver un mensonge intelligent.

— Comme je l'ai dit, ce n'est rien.

Mon téléphone émet un tintement, annonçant un troisième texto. Je ne peux m'empêcher de consulter mon écran.

Emma ! Écris-lui. Sérieusement.

— Rien ? Vraiment ? Montre-moi.

Avant que je puisse réagir, Marcus m'arrache le téléphone des mains et ses yeux parcourent notre échange à la vitesse de l'éclair.

— Non ! Qu'est-ce que tu fais ?

J'ouvre la bouche, atterrée, mais il est trop tard.

Un grand sourire illumine déjà son visage carré aux traits secs.

— Tiens, Kendall connaît mon existence, à ce que je vois.

Mes joues s'embrasent comme le bitume de Floride au mois de juillet. Je tente de récupérer le téléphone, mais il le transfère à son autre main afin de le maintenir hors de ma portée.

— Oui, répliqué-je en me rasseyant, les mains vides.

Pour récupérer le téléphone, il faudrait que je monte sur ses genoux et je refuse de m'abaisser à cette indignité.

— Je n'ai pas signé d'accord de confidentialité.

— Un accord de confidentialité ?

À présent, il éclate de rire, dévoilant ses dents blanches, les joues creusées par ses fossettes à tomber.

— Quelles sont tes lectures, chaton ? *Cinquante nuances ?*

Je rougis de plus belle et je tente à nouveau de rattraper mon téléphone, en vain. Il me repousse d'une main tout en riant, et je vois son autre pouce se poser sur la petite icône de téléphone à côté du nom de Kendall.

— Oh, mon Dieu. Tu l'appelles. Raccroche !

Je fais une autre tentative futile pour m'emparer du téléphone.

— Marcus, raccroche tout de suite !

Il jette un œil au téléphone lorsque la voix métallique de Kendall retentit dans le haut-parleur.

— Allô ? Emma, c'est toi ?

Je m'attends à ce qu'il raccroche, ou du moins à ce qu'il me tende le téléphone, mais j'ai sous-estimé son potentiel d'enfoiré. Il porte l'appareil à son oreille et dit avec un sourire taquin :

— Non, désolé, Kendall. C'est Marcus avec le téléphone d'Emma.

Il y a un moment de silence absolu, pendant lequel je me demande si je dois l'assommer ou lui mettre le feu, puis on entend un « que… ? » incrédule.

— Donne-le-moi, dis-je à mi-voix, étendue sur ses genoux pour attraper le téléphone.

Cette fois, il me le cède, une étincelle provocante dans le regard, et je me glisse à nouveau sur mon siège, mon trophée à la main.

— … faites-vous avec le téléphone d'Emma ? demande Kendall avec méfiance lorsque je lève l'appareil à mon oreille.

— C'est moi, salut. Désolée. Marcus faisait l'imbécile.

Je le fusille du regard tout en parlant, mais au lieu de se vexer, il se remet à rire. Ses épaules carrées tressautent.

— Tu parles de Marcus *Carelli* ?

On dirait presque que Kendall profère un blasphème contre le Pape au Vatican.

— *Le* Marcus Carelli ? Il est avec toi en ce moment ?

— Oui.

Je lui tourne délibérément le dos.

— Nous sommes dans une voiture en direction de Brooklyn.

— Attends, quoi ? D'où venez-vous ? Recommence depuis le début, m'ordonne Kendall.

Je grince des dents et décoche un coup d'œil furibond par-dessus mon épaule.

Il ne rit plus, maintenant, mais il sourit toujours, le fumier !

— Je ne peux pas vraiment parler pour le moment, dis-je à Kendall en détournant les yeux de peur de le frapper avec mon téléphone. Je t'appelle plus tard, d'accord ?

— Attends ! Dis-moi seulement si vous avez couché ensemble.

— Kendall...

— Oui ou non, dépêche-toi.

— Oui, d'accord ? Oui.

Je raccroche et me tourne pour découvrir le regard amusé de Marcus – pas contrit le moins du monde.

Je bous de colère.

— Tu n'avais pas le droit de faire ça. C'est *mon* téléphone et *mon* amie, et...

— Tu as raison.

Il prend la main que j'agite sous son nez, celle qui serre toujours le téléphone. Il la porte à ses lèvres et dépose des baisers respectueux sur mes phalanges.

— Je n'aurais pas dû le faire, chaton. Excuse-moi. Pour ce que ça vaut, tu es très mignonne quand tu es en colère. Je le pense depuis notre tout premier rendez-vous.

— Oh, on fait dans le cliché maintenant ? Quelle est la prochaine étape ? Tu as su que j'étais la bonne dès que tu as posé les yeux sur moi ?

À mon grand soulagement, j'ai toujours l'air agacée et non pas fleur bleue et romantique comme mon ventre noué aurait tendance à me le faire croire. Soudain, je me liquéfie de l'intérieur devant son geste de tendresse *et* son compliment bidon.

— Non, dit Marcus, très sérieux. Ce n'est pas ce que j'ai pensé.

Aïe. Je cligne des yeux et m'efforce de sourire, comme si je ne me sentais pas instantanément plombée, l'estomac recroquevillé en boule d'acier. À l'évidence, je ne suis pas la seule et unique pour lui – ce doit être Emmeline ou une femme comme elle –, mais fallait-il qu'il soit aussi brutal sur la question ? Je m'en servais comme exemple de cliché, pas pour quémander une demande d'aucune sorte.

Pourtant, ma réaction a dû me trahir, parce que le visage de Marcus s'assombrit et sa main se resserre autour de la mienne.

— Emma, ce que je voulais, c'est…

— Ne recommence plus.

Je parviens à garder une voix espiègle et le sourire réapparaît sur mes lèvres.

— C'est *mon* téléphone, dis-je en dégageant ma main de la sienne, et tu ne peux pas le prendre et regarder mes messages, même si c'est pour me faire des compliments complètement éculés juste après.

— Et si ce sont des compliments inédits ? demande-t-il d'une voix rauque.

Je retrouve l'étincelle amusée dans son regard. Je dois être une meilleure actrice que je le pensais.

— Je peux l'avoir ?

— Non, rétorqué-je avec une fermeté exagérée, comme si je m'adressais à un enfant ou à un chien. Mon téléphone est interdit d'accès.

Je le range ostensiblement dans mon sac et je le referme d'un coup sec.

Il avance la lèvre inférieure dans une moue boudeuse, comme le ferait un bambin, et je ne peux retenir un grand éclat de rire. Une douce torpeur revient dans mon ventre et se mêle au chagrin provoqué par ses propos.

Parce que dans cette moue, aussi comique qu'elle soit, je découvre le petit garçon vulnérable qu'il était autrefois et je ne peux m'empêcher de souhaiter l'impossible.

Je ne peux m'empêcher de désirer que tout cela soit bien réel, que *nous deux*, ce soit réel.

arcus

JE FOUDROIE DES YEUX LE CHAT SUR LE LIT ET IL ME
répond avec un regard méprisant. Le bout de sa queue
oscille d'avant en arrière, dans une menace silencieuse.

« C'est bon, lui dis-je par mon regard. Je l'ai baisée
toute la nuit et je recommencerai, encore et encore. Tu
ferais mieux de t'y habituer. Elle m'appartient
maintenant. »

« Je te détruirai, me répondent ses yeux verts plissés
par la suspicion. Ta mort sera lente et douloureuse sous
mes pattes, comme une souris. Je n'ai jamais rencontré
de vraie souris, naturellement, mais tout de même. Si
l'une d'elles tombe un jour entre mes griffes, elle est
foutue. Et toi aussi. »

— Dodu, descends du linge propre, s'exclame Emma en émergeant de la salle de bain.

Je le regarde avec une satisfaction sinistre lorsqu'elle chasse la créature pelucheuse du tas de vêtements qu'elle est en train de plier sur le lit. Je lui donne un coup de main.

Elle s'est étonnée quand je le lui ai proposé, mais elle n'aurait pas dû.

Je n'aurais jamais laissé passer une chance de glisser la main dans sa culotte.

En parlant de ça, elle devrait s'en acheter de nouvelles. Comme tout le reste de sa garde-robe, d'ailleurs. Presque tout ce qu'elle possède est abîmé ou de mauvaise qualité. Les mains me démangent de prendre mon téléphone et de passer une commande chez Saks, mais je résiste. Elle n'acceptera rien de ma part et j'ai de plus grandes batailles à livrer.

Comme, par exemple, la convaincre de revenir chez moi ce soir.

— Laisse, je m'en occupe, dit-elle en me prenant des mains une pile de tee-shirts pliés.

Elle se précipite vers le placard et y fourre les vêtements avant de revenir pour se charger d'un tas de chaussettes. Je la laisse ranger tout le linge pendant que je trie ses soutiens-gorge, et bientôt, nous avons terminé la corvée.

— Waouh, c'était rapide, constate Emma en regardant autour d'elle comme si elle s'attendait à voir une chaussette rebelle lui sauter au visage. Je n'en reviens pas que ce soit terminé si vite. Quand je suis toute seule, ça me prend des *heures*.

— Que veux-tu que je te dise ? Je suis doué de mes mains, dis-je sans perdre mon sérieux.

Elle me lance un petit sourire malicieux.

— C'est vrai. Merci pour ton aide.

— Tout le plaisir était pour moi.

Je le pense, et pas uniquement parce que cela m'a permis de tripoter ses petites culottes sans passer pour un pervers. Elle n'a ni machine à laver ni sèche-linge dans son studio et la laverie automatique qu'elle fréquente est à trois longues rues de chez elle. Je me demande comment elle parvient à traîner toutes ses affaires jusque là-bas, mais je suis content d'avoir pu lui prêter main-forte aujourd'hui.

Je vais devoir m'assurer d'être toujours avec elle quand elle fera sa lessive dorénavant, ou mieux encore, que Geoffrey la fasse à sa place.

Chez moi.

Où j'ai envie qu'elle passe tout son temps.

Je ne suis pas encore prêt à mettre une étiquette précise sur ce désir, mais il existe bel et bien, et plus je regarde son studio minuscule, plus il se renforce.

Je ne veux pas qu'elle habite ici.

Sa place est chez moi désormais.

— Tu as faim ? je demande alors qu'elle soulève un chat dans ses bras – Coton, je crois, au gabarit moyen – et s'assied sur le lit pour le caresser. On pourrait dîner ici avant de rentrer, ou sortir quelque part à Manhattan. Si tu n'es pas d'humeur à manger dehors, je peux aussi demander à Geoffrey de nous préparer quelque chose.

Elle me dévisage en clignant des paupières tandis que le petit chat, Reine Élisabeth, saute sur le lit et se joint à son frère en ronronnant sur les genoux d'Emma.

— Rentrer ? Chez toi, tu veux dire ? Nous deux ?

— Bien sûr. Ce lit est trop petit pour deux, tu ne trouves pas ?

Sans compter qu'il est submergé par les chats – d'ailleurs, le troisième nous rejoint alors que je parle.

— Tu peux apporter un sac avec quelques affaires, si tu veux. Comme ça, tu ne seras pas obligée d'attendre que Geoffrey fasse ta lessive le matin. Si tu laisses plus de nourriture aux chats, demain nous ne serons pas forcés de revenir. Tu pourras directement partir de chez moi lundi pour aller au travail, Wilson te conduira.

À chaque mot qui franchit mes lèvres, ses yeux s'agrandissent. Je sais – j'ai la conviction – que je révèle mon jeu, mais il est trop tard pour être discret et subtil. De toute façon, avec elle, je perds tous mes moyens. Lorsqu'il s'agit d'Emma, mon instinct est primaire et mon envie de la posséder est trop puissant afin que je puisse le nier.

Je veux l'avoir chez moi, à mes côtés, et je ne peux pas prétendre le contraire.

— Je ne crois pas que je puisse… commence-t-elle avant de déglutir. Je ne peux pas laisser mes chats tout seuls aussi longtemps.

Elle caresse leurs pelages tout en parlant et, une fois de plus, j'éprouve un étrange pincement de jalousie.

J'ai envie qu'elle *me* touche.

Qu'elle se soucie de *moi*.

— D'accord, dis-je d'un ton sec, réfrénant mon désir irrationnel. Alors, tu reviendras ici demain. Je suis sûr que tout ira bien pour eux d'ici là. Tu leur as donné à manger, tu as changé leur litière et tu as joué avec eux… Que pourraient-ils demander de plus ?

Trois paires d'yeux verts se braquent sur moi, comme si les chats comprenaient ce que je dis. Emma les regarde, leur accordant une caresse à chacun, tour à tour.

— Viens, dit-elle d'une voix douce en levant les yeux. Viens t'asseoir ici.

Je fronce les sourcils, perplexe, mais je m'approche du lit.

— Assieds-toi, répète-t-elle en désignant la place à côté d'elle.

J'obéis avec précaution pour ne pas écraser une queue ou une patte. Je n'apprécie peut-être pas ses animaux de compagnie, mais je n'ai pas envie de leur faire mal.

— Tiens.

Elle soulève Coton et le pose sur mes genoux.

— Caresse-le comme ça.

Elle me montre le geste à adopter avec sa main. Ses ongles courts et bien taillés grattent légèrement la fourrure et elle fait courir sa paume du sommet de sa tête jusqu'à la base de sa queue.

Je regarde le chat, sidéré qu'il ne se soit pas déjà enfui, qu'il ne m'ait pas griffé. Au lieu de ça, il me fixe des yeux comme s'il attendait ma réaction.

Prudemment, je le touche comme Emma me l'a montré et je lui caresse le dos. Sa fourrure est d'une douceur extrême. Je sens la chaleur de l'animal en dessous. J'ai l'impression d'avoir une bouillotte sur les genoux, mais une bouillotte velue.

J'essaie de me rappeler la dernière fois que j'ai tenu un chat de cette manière, mais je ne trouve rien. Évidemment, il n'y avait pas d'animaux de compagnie dans mon enfance, à l'exception des chats de gouttière qui fouillaient les poubelles de l'immeuble où nous vivions quand j'avais six ans. Pendant quelques mois, je leur ai donné toutes les bêtises que je dénichais dans notre cuisine, mais ensuite, nous avons été expulsés et je n'ai jamais revu les chats. Quoi qu'il en soit, ils étaient sauvages, trop farouches envers les humains pour se laisser caresser.

Par la suite, il y a eu le chien d'un voisin, un petit format, une sorte de roquet très amical. Je le caressais et je jouais souvent avec lui. D'ailleurs, je l'aimais tellement que j'ai demandé à ma mère de m'offrir un chiot pour mon septième anniversaire. Elle a éclaté de rire avant de vomir dans les pâtes à moitié cuites qui devaient constituer notre dîner. Fin de l'histoire. Je n'ai pas tardé à comprendre qu'avoir un chien était une lourde responsabilité, qui exigeait de la nourriture et des sommes que nous ne pouvions pas nous permettre.

Alors, j'ai cessé d'en réclamer. J'ai aussi cessé de nourrir les chats errants.

— Il t'aime bien.

Les fossettes d'Emma apparaissent quand elle me regarde en souriant. À ma grande stupeur, je me rends compte que la créature sur mes genoux ronronne.

Comme un moteur.

Tout son corps vibre et il ferme béatement les yeux.

Bon, d'accord. Je crois que je n'avais encore *jamais* tenu de chat dans mes bras, mais c'est sans conteste une expérience mémorable. Je dois avoir caressé un seul chat avant cela – je me souviens vaguement d'un siamois nerveux chez un ami de la fac, mais là, c'est tout autre chose.

Cet animal me fait confiance.

D'après Emma, il m'aime bien.

Avec précaution, j'accentue la pression et le caresse avec plus d'assurance. Le ronronnement devient plus fort et la vibration augmente jusqu'à ce que j'aie l'impression de tenir une tronçonneuse miniature. Il est évident que le chat apprécie ce que je fais et je ne peux nier que c'est agréable de faire courir ma paume sur sa fourrure douce. Entre le ronronnement et la chaleur, c'est une sensation étrangement apaisante… presque hypnotique. Mon téléphone vibre dans ma poche, mais je l'ignore, réticente à me laisser interrompre par le travail.

— … amour.

Je lève brusquement la tête vers Emma et tout mon corps se crispe.

— Qu'est-ce que tu viens de dire ?

— Tu m'as demandé ce dont ils ont le plus besoin, répond-elle calmement, ses yeux gris rivés sur moi tandis qu'elle continue à caresser les deux chats sur ses propres genoux. Et je te dis qu'ils ont besoin d'amour. De soins. D'attention. Exactement comme les gens.

Oui, bien sûr.

Elle parlait des chats, pas de nous deux.

— Alors, j'en déduis que tu ne rentres pas à la maison avec moi, dis-je avec une légèreté feinte.

Elle secoue la tête.

— J'aimerais bien, mais je ne peux pas. Je suis désolée, Marcus. Je ne peux pas les laisser tout seuls deux nuits d'affilée, d'autant plus que je pars en Floride mercredi. Ma propriétaire va les surveiller, mais ils sont toujours traumatisés par mes absences.

Elle marque une pause avant d'ajouter avec hésitation :

— Tu pourrais peut-être rester ici avec moi ?

— C'est d'accord.

Ces mots ont fusé avant que je prenne une décision consciente.

— Dans ce cas, je veux bien.

Et alors que le chat sur mes genoux ronronne plus fort que jamais, je prends mon téléphone dans ma poche et envoie un message à Geoffrey pour lui annoncer que je ne serai pas là au petit-déjeuner.

mma

Pendant toute la soirée, j'ai éprouvé le besoin de me pincer pour m'assurer que j'étais bien réveillée. Quelles étaient les chances que le milliardaire avec qui j'ai une aventure m'accompagne à Brooklyn, m'aide à faire ma lessive et accepte de passer la nuit dans mon studio minuscule avant de manger une pizza avec moi chez Papa Mario ?

Proches de zéro, j'aurais dit avant aujourd'hui.

Et pourtant nous sommes là, gavés de pizza, et je fais de mon mieux pour donner à mes vieux draps une apparence correcte – sans trop de poils de chat – en les lissant avec ma paume tandis que Marcus prend une douche dans ma salle de bain exiguë avant de me rejoindre dans ce même lit.

Mon téléphone annonce plusieurs textos avant de se mettre à sonner. Quand je m'en empare, je ne suis pas du tout étonnée de voir qu'il s'agit de Kendall.

— Alors ? lâche-t-elle dès l'instant où je décroche. Tu n'as jamais rappelé. Que se passe-t-il entre toi et Monsieur Milliards ? Crache le morceau. Tout de suite.

Je jette un œil vers la porte de la salle de bain, mais elle est fermée et l'eau coule toujours.

— Je n'ai pas beaucoup de temps, dis-je à voix basse. Marcus va sortir de la douche d'une minute à l'autre, alors écoute et ne m'interromps pas, d'accord ?

— De la douche ? Où ? Oh, putain, Em !

— Kendall…

— D'accord, d'accord, je me tais. Allez, dis-moi tout.

Alors, je me lance, en commençant par les livres qu'il m'a envoyés vendredi soir et en terminant par notre situation actuelle. La seule partie que je laisse de côté, c'est la conversation avec mes grands-parents, parce que je ne veux pas que Kendall se fasse des idées.

Pour elle, les présentations à la famille sont tellement importantes qu'elle va croire que nous allons nous marier.

— Bon, laisse-moi résumer.

Mon amie semble sur le point de faire une rupture d'anévrisme.

— Vous avez passé les dernières vingt-quatre heures ensemble, tous les deux. Littéralement vingt-quatre heures. Et il veut rester chez toi ce soir ? Tu veux dire qu'il a envie de dormir dans le petit cercueil qui te sert de lit ?

— C'est un lit deux places…

— Peu importe. Je parie que *sa* chambre est celle d'un prince des temps modernes.

— Eh bien…

— Oh, mon Dieu. Je suis tellement jalouse de toi en ce moment, sale petite garce. Dis-moi au moins qu'il a une petite bite. Elle *est* petite, n'est-ce pas ? Toute tordue, fripée, ce genre de choses ?

Je réprime un gloussement hystérique.

— Non, désolée. D'ailleurs, il est très…

Je m'interromps. Il est hors de question que je m'aventure sur ce terrain, pas même avec Kendall.

— Oh, boucle-la ! Ensuite, tu vas me dire qu'il t'a déjà donné une dizaine d'orgasmes.

Bien *plus* d'une dizaine, mais ce n'est pas un concours ! J'essaie de trouver une réponse relativement modeste, mais mon silence doit être éloquent, parce que Kendall lâche un grognement et j'entends des coups en fond sonore.

— Ça va ? je demande, soucieuse.

— Très bien, répond-elle d'une voix légèrement étouffée. Je frappe ma tête contre le mur. J'aurais dû écouter Janie et m'inscrire sur cette appli avec toi. Moi aussi, je serais peut-être en train de prévoir des vacances d'été dans les Hampton et des fêtes de Noël dans les Alpes.

Je lève les yeux au ciel.

— C'est un peu prématuré, non ? Nous venons tout juste d'entamer cette relation. Et puis, je suis sûre qu'il va bientôt se lasser de moi et passer à son projet de mariage avec une magnifique fille de la haute. On s'amuse, c'est tout, comme tu m'as conseillé de le faire. Avant que tu me le demandes, non, je n'en profiterai pas pour chercher un poste dans le milieu de l'édition.

— Ce serait ton droit le plus strict, tant que tu le négocies par de multiples orgasmes. Il semblerait bien que ce soit le cas, d'ailleurs. Sérieusement, Em, tu te trompes vraiment sur ses intentions. Tu ne connais pas très bien le jeu des relations, alors tu n'en as pas conscience, mais un gars qui souhaite passer tout le week-end avec toi *après* t'avoir baisée ? C'est plus rare que des milliardaires à Bay Ridge. Et rester chez toi pour la nuit parce que tu ne veux pas laisser tes chats ? Attends-toi à une demande en mariage la semaine prochaine. Il est à fond sur toi, pour de bon. Écoute bien ce que je te dis, bientôt…

— Je dois y aller, dis-je au téléphone.

Mon cœur bat la chamade lorsque l'eau cesse de couler dans la salle de bain.

— Il sort de la douche. On se parle plus tard, d'accord ?

— Ça marche. Amuse-toi bien avec Monsieur Bite Magique.

Sur cette note un brin vulgaire, elle raccroche, me laissant plantée là, rouge et embarrassée.

Mais surtout, pleine d'espoir.

Un peu trop.

À tel point que j'ai la conviction d'être condamnée à le payer très cher.

Emma

JE ME RÉVEILLE EN FRISSONNANT LORSQUE DES LÈVRES tièdes se posent sur ma nuque. Leur douceur contraste avec la chaleur brûlante de son souffle parfumé à la menthe et la rugosité de sa barbe du matin sur ma peau.

Je suis allongée sur le ventre et, comme j'en prends peu à peu conscience, Marcus m'embrasse dans le cou. J'aimerais bien me rendormir, mais les sensations sont trop délicieuses. À présent, il me fait un massage. Ses mains puissantes pétrissent les muscles de mes épaules, de mes bras, de mon dos, de mes fesses… Oh, oui, il se concentre clairement sur mes muscles fessiers. Je ne me doutais pas à quel point ces muscles avaient besoin d'attention. Ses lèvres suivent ses mains sur mon corps, descendant le long de ma colonne, laissant la chair de poule sur leur sillage.

Il reporte son attention sur mes jambes et je gémis dans l'oreiller. Je garde les yeux fermés tandis qu'il me masse l'intérieur des cuisses et les ischio-jambiers – des zones qui en ont cruellement besoin après avoir été tiraillées deux soirées de suite. À un moment donné, hier soir, il m'a presque pliée en deux, mes pieds sur ses larges épaules tandis qu'il me labourait, le visage tendu par le désir. C'était d'une intensité insoutenable et j'ai joui avec force, mais ensuite, je me suis sentie encore plus endolorie – à l'intérieur comme à l'extérieur.

Je compte sérieusement insister pour faire une pause aujourd'hui. Pas de sexe, du moins pas de pénétration. Le sexe oral, c'est bon à tout moment, tout comme ce qu'il est en train de me faire en cet instant. Oh, une minute, tout bien considéré…

— Oh, putain…

J'étouffe un cri en agrippant la couverture tandis que sa langue s'enfonce entre mes fesses pour jouer avec mon autre orifice. Personne ne m'a jamais touchée à cet endroit-là auparavant et la sensation est très étrange, agréable, et pourtant si osée que je me sens rougir. Bien sûr, j'ai pris une douche après nos corps-à-corps hier soir, mais cela n'en est pas moins bizarre qu'il me lèche là – bizarre et excitant à la fois, dans un sens plutôt dépravé. Déjà, je sens que je mouille. Mon clitoris se gonfle de désir et alors que sa langue s'aventure plus loin, insistant sur l'anneau de muscle compact, ses mains empoignent mes fesses et les écartent afin de m'ouvrir en grand.

— Ton cul est tellement mignon, grogne-t-il en levant la tête.

Avec une vague de honte cuisante, je me rends compte qu'il regarde tout droit mes fesses, à *l'intérieur*. La gêne est si intense que je pourrais me consumer sur place. En même temps, je suis tellement excitée que mes sécrétions de désir coulent entre mes cuisses.

— Je vais baiser ton petit trou serré. Bientôt, promet-il d'une voix rauque.

Avant que je puisse réagir, il baisse la tête et enfonce sa langue en moi. Mes fesses écartées m'empêchent de me contracter pour résister à son entrée. Sa langue me pénètre, épaisse, glissante et curieusement puissante. Alors qu'elle se fraye un chemin, j'ai l'impression d'exploser de honte… mais aussi sous l'effet d'un plaisir sombre, très sombre, qui déferle à travers mon corps.

Je n'éprouve aucune douleur, mais une impression déconcertante de plénitude, une sensation d'immoralité qui ne fait qu'exacerber l'érotisme pervers de la situation. Gémissant contre l'oreiller, je plaque les hanches sur la couverture. J'ai désespérément besoin de frotter mon clitoris palpitant contre quelque chose… n'importe quoi. La pression la plus infime suffirait à me faire basculer, dissolvant cette tension à la fois délicieuse et affolante. Sa langue va et vient. Elle me baise comme un sexe. C'est trop, et pourtant trop peu. Je suis à l'agonie, embrasée par ce besoin humiliant, si bien que lorsque sa langue humide se retire pour être remplacée par un gros doigt brutal qui profite de mon état déjà lubrifié, c'est presque un soulagement.

Le doigt n'est pas aussi épais que sa langue, mais il est plus long et je perçois comme un choc la résistance immédiate de mon corps à l'intrusion d'un objet étranger. Mes muscles internes se contractent et malgré mes fesses grandes ouvertes, les bords nets de son ongle s'enfoncent dans ma chair tendre. Mes terminaisons nerveuses sont traversées par une vive douleur. Or ce n'est pas exactement de la douleur, c'est même un plaisir aigu. Je pousse un cri quand la tension devient insoutenable et que tous mes muscles se contractent dans une déferlante d'envie.

— Oui, c'est ça…

La voix de Marcus n'est qu'un râle grave et sombre alors que le doigt se recourbe en moi.

— Jouis pour moi, chaton.

Lorsqu'il relâche mes fesses afin de pincer mon clitoris endolori, j'explose. Tout mon corps est parcouru de spasmes, balayé par le plaisir insoutenable de l'orgasme. C'est tellement intense que ma vision s'obscurcit pendant un moment de flottement. Quand je reviens à moi, je l'entends gémir dans mon dos et je sens le jet chaud de son sperme sur mes fesses.

Je rougis encore pendant le petit-déjeuner, notamment parce que je suis incapable de regarder la bouche de Marcus sans penser à l'endroit où sa langue se trouvait plus tôt dans la matinée. Nous sommes debout dans ma cuisine, à manger du müesli aux noix et aux fruits rouges. Chaque fois que Marcus mord dans une fraise et lèche le jus sur ses lèvres, je sens mes joues s'empourprer.

Depuis ce matin, mes trois chats me dévisagent avec un regard lourd de jugement, ce qui ne m'aide pas.

— Quoi ? dis-je à M'sieur Dodu au bout d'un moment.

Il agite la queue et s'éloigne d'un pas hautain, laissant son frère et sa sœur me juger par leur regard, comme si j'étais une vraie salope.

— Ils n'ont pas l'habitude de te voir baiser devant eux, n'est-ce pas ? demande Marcus.

J'éclate de rire. Je ne suis pas la seule à sentir le poids du jugement félin, ce matin. En souriant, j'admets :

— Non, d'ailleurs, ce doit être la deuxième fois qu'ils voient un sexe humain – la première, c'était vendredi soir.

— Tant mieux, je suis content.

Sa voix devient éraillée lorsqu'il dépose son bol vide sur le plan de travail.

— Je ne voulais pas qu'ils soient traumatisés en voyant un mauvais usage de la chose.

Une fois de plus, je me sens rougir, mais je hausse les sourcils, bien déterminée à rester désinvolte.

— Qui te dit que ce serait un mauvais usage ? Je me suis déjà éclatée au lit, tu sais.

Ou du moins, je le pensais avant de rencontrer Marcus, mais je n'ai pas l'intention de gonfler son ego un peu plus qu'il ne l'est déjà – bien assorti à la taille de son appendice « magique ».

— Oh, vraiment ? fait-il en plissant ses yeux bleus. Raconte-moi.

Je pose mon bol et croise les bras sur ma poitrine.

— Toi d'abord.

Je n'ai pas vraiment envie qu'il me parle des centaines de belles femmes avec lesquelles il a couché, mais je refuse d'exposer ma misérable expérience sexuelle sans le cuisiner un peu d'abord.

À mon grand étonnement, il ne se moque pas de moi. Il ne balaie pas ma demande d'un revers de la main et ne se dérobe pas par une plaisanterie. Il ne semble même pas gêné par le sujet.

— Après avoir perdu ma virginité à quinze ans, j'ai couché avec de nombreuses partenaires, répond-il avec calme tout en prenant sa tasse de café. Surtout dans le cadre de relations sans attaches, mais il y a eu quelques coups d'un soir. J'ai vécu mon histoire la plus sérieuse à la fac, où je suis sorti avec la même fille pendant deux ans et demi. Nous nous sommes séparés après la remise de diplôme, car j'emménageais à New York et elle voulait vivre à Los Angeles. Ensuite, j'étais trop concentré sur ma carrière pour consacrer du temps à une vie de couple, si bien que mes autres relations sont restées superficielles et brèves, alternant entre quelques semaines et quelques mois.

Il prend une gorgée de café, puis il ajoute, les yeux brillants :

— Oui, la plupart du temps, le sexe était plutôt pas mal, mais ce n'était rien en comparaison avec ça.

Les bras m'en tombent et mon cœur – qui s'était réduit à une minuscule tête d'épingle en l'imaginant avec d'autres femmes – repart au grand galop.

— Vraiment ?

— Oui.

Il pose sa tasse, les yeux rivés sur moi.

— Crois-le ou non, en temps normal, je n'ai pas envie de baiser cinq fois par jour.

— Oh.

Ma gorge se dessèche alors qu'il fait un pas vers moi.

— Je… je vois.

— Et toi ?

Il pose les mains sur le plan de travail, de part et d'autre de mon corps, me prenant au piège de ses bras. Il soutient mon regard et dit d'une voix douce :

— Parle-moi de tes aventures sexuelles, chaton.

Je déglutis avec le sentiment gênant d'être sa proie.

— Euh… il n'y en a pas eu tant que ça, tu sais. Quelques-unes. Un petit ami à la fac, un autre au lycée. Et quelques rencontres qui n'ont rien donné. Je n'ai jamais été très populaire.

Je frémis intérieurement quand je me rends compte à quel point ma réponse est pathétique, mais une fois de plus, Marcus plisse les yeux et ses narines frémissent quand il se penche.

— Et ils étaient doués au lit, tes petits amis ?

Il y a quelque chose de sombre et de dangereux dans sa voix, presque menaçant.

Si je n'avais pas un peu de jugeote, je l'aurais cru jaloux.

Quoi qu'il en soit, je suis tentée d'entretenir le mensonge pour éviter de passer pour une minable, mais quand j'ouvre la bouche, c'est la vérité qui sort :

— Non, pas vraiment… j'admets en soutenant son regard. Arthur avait dix-sept ans et il ne savait pas ce qu'il faisait. Quant à Jim… eh bien, Jim était plutôt pas mal, je crois. Mais ce n'était pas comme ça avec lui. Pas comme avec toi.

Contrairement à ce que je pensais, mon aveu n'apaise pas Marcus. Son visage est même encore plus ténébreux. Il penche la tête afin d'effleurer mon oreille de ses lèvres et dit d'une voix grave et sèche :

— Je suis content que tu n'aies pas été populaire, chaton… parce que sinon, j'aurais beaucoup de Jim et d'Arthur à détruire.

Alors que je réfléchis à cette étrange déclaration, il me hisse sur le plan de travail et s'empare de ma bouche dans un baiser possessif, aussi vibrant que sombre.

arcus

— NON, ÇA SUFFIT, J'AI TROP MAL, GÉMIT EMMA EN descendant du lit alors que je pose la main sur son sein.

À contrecœur, je la laisse partir, même si je suis prêt à remettre ça une fois ou deux. Ou trois, si je compte le fait d'avoir joui sur ses fesses ce matin.

Bon sang, pas étonnant qu'elle demande une trêve. Avec elle, je n'ai aucun contrôle. Et l'entendre parler de ses ex ne m'a pas aidé. J'ai perdu les pédales en l'imaginant avec ces abrutis boutonneux – c'est pour cette raison que nous avons fini dans son lit en dépit de mes bonnes résolutions.

Je voulais me comporter en parfait gentleman et garder les mains de mon côté jusqu'à ce soir.

Sincèrement.

Elle a sagement décidé de me soustraire à la tentation en disparaissant dans la salle de bain et je me lève pour m'habiller, ignorant les regards de mépris que me lancent les chats. Enfin, deux d'entre eux. Coton semble avoir accepté ma présence et ses yeux verts ont perdu leur expression de réprimande.

Comme son frère et sa sœur, il me prend pour une bête de sexe.

— Viens, mon pote, murmuré-je en m'asseyant sur la seule chaise avant de tapoter mon genou, pendant qu'Emma prend tout son temps dans la salle de bain. J'ai besoin d'une distraction pour ne pas sauter à nouveau sur ta jolie maîtresse.

Le chat me dévisage d'un air dubitatif, puis il s'approche d'un pas nonchalant et bondit sur mes genoux. Je secoue la tête et commence à le caresser, toujours émerveillé qu'il me fasse confiance. Les animaux ne sont pas censés percevoir quand les gens les apprécient ou non ? Je n'ai rien contre ce chat en particulier, cela dit. Il a l'air plus gentil que la moyenne.

Lorsqu'Emma ressort de la salle de bain emmitouflée dans un peignoir rose et court, Coton ronronne suffisamment fort pour réveiller tout le voisinage. Je ne peux nier que ça me plaît. En théorie, je devrais avoir horreur de tout ça – les chats, l'appartement miteux, le matelas bosselé trop petit de quelques centimètres –, mais je me sens bien, un peu trop quand on considère que j'ai peu dormi hier soir et qu'une somme monstrueuse de travail doit sans doute s'amonceler au bureau. En temps normal, je consacrerais une bonne part de mon week-end à étudier les comptes-rendus de mes analystes et à passer en revue nos principales positions, mais ces deux derniers jours, je n'ai fait que passer du temps avec Emma... et c'est tout ce que j'ai envie de faire. J'ai à peine consulté mes e-mails aujourd'hui. En fait, c'est peut-être le dimanche le plus reposant que j'aie passé depuis... eh bien, depuis le lycée.

J'ai commencé à gérer de l'argent – le mien et celui de mes camarades de la fac – et depuis, je n'ai plus jamais connu une telle sérénité.

Comme par un fait exprès, mon téléphone commence à vibrer dans ma poche. Pendant un moment, je suis tenté de laisser la messagerie, mais mon sens des responsabilités intervient. Il y a tout de même des milliards de dollars et des centaines d'emplois en jeu. Je ne peux pas ignorer tout cela simplement parce que j'ai envie de passer le reste de la journée avec Emma.

Je repose par terre le chat qui ronronne toujours et je sors mon téléphone.

Évidemment, c'est Jarrod qui ne m'appelle le week-end qu'en cas de problème majeur.

— Quoi ? j'aboie, soudain en proie à une bouffée d'adrénaline.

J'ai un mauvais pressentiment.

Mon directeur des opérations ne tourne pas autour du pot.

— Mauvaises nouvelles. L'équipe municipale vient

de nous appeler. Tu te rappelles cette obligation à haut risque que nous avons achetée il y a quelques semaines ? Eh bien, la hausse de capital de la municipalité a échoué – une histoire d'homme politique local qui s'est fait pincer la main dans le sac. Ils en parlent en ce moment même aux actualités.

Putain. Je me lève d'un bond.

— Combien avons-nous perdu ?

— Pour le moment ? Trois cents millions, mais d'après les rumeurs, ils se déclareront en faillite lundi.

Jetant ainsi par la fenêtre tout notre investissement de 700 millions de dollars.

Bordel de merde. Nous allons connaître notre premier mois de pertes cette année – juste avant la Zone Alpha, en plus.

— Demande-leur de liquider ce qu'ils peuvent, ordonné-je, l'esprit en ébullition. Et réunis les responsables de portefeuilles, il nous faut des idées à court terme.

— Je m'en charge, répond Jarrod avant de raccrocher.

À présent, Emma est devant moi et me dévisage, le front soucieux.

— Que se passe-t-il ? Il est arrivé quelque chose à ton fonds ?

Je hoche la tête et récupère mon manteau sur le dossier de la chaise.

— Un marché a mal tourné. Je dois aller au bureau.

Je sais que je parais un peu brusque, mais c'est plus fort que moi.

Nous allons perdre 700 millions et j'ai failli ne pas décrocher le téléphone, trop ensorcelé par ses charmes pour avoir les idées claires. Putain, mais de quoi je parle ? J'aurais dû passer l'investissement au peigne fin ce samedi, comme je prévoyais de le faire avant qu'Emma finisse dans mon lit. Le responsable de portefeuille que j'ai affecté aux municipales est doué, mais je suis toujours meilleur pour prendre du recul et analyser la vue d'ensemble. J'aurais remarqué un drapeau rouge sur cet homme politique et nous aurions pu liquider hier, avant que la nouvelle fasse les gros titres. Mais non. J'étais avec mon obsession rousse et je n'ai pas réussi à me détacher d'elle. En un seul week-end de rien du tout, je suis devenu tellement accro que j'ai perdu de vue ce qui comptait vraiment. Même maintenant, conscient que le fonds a des ennuis, j'ai toujours envie de rester avec Emma au lieu de me précipiter au bureau et de dompter mes craintes avant de prendre en mains les répercussions de mon erreur.

J'avais tort. Cette fille n'est pas synonyme de chocolat et de Netflix.

C'est de l'héroïne, bon sang, et je donnerais tout pour la prochaine dose.

— Oh, dommage, je suis désolée, dit-elle.

Ses yeux gris sont emplis de compassion, et je suis tenté de lui voler un baiser en la contournant pour partir.

— Je t'appelle plus tard, dis-je sèchement.

Je m'éloigne à grandes enjambées et je claque la porte avant que les chats puissent s'échapper.

J'ai besoin de prendre mes distances avec Emma.

J'ai besoin de me désintoxiquer avant d'être trop accro.

mma

Il est parti si vite que je crois avoir imaginé sa présence. Seuls les draps froissés me prouvent qu'il était là – ainsi que la sensation persistante entre mes jambes. Il se trouve que nous avons tout de même couché ensemble après le petit-déjeuner, et maintenant je suis franchement endolorie.

Alors oui, son départ précipité est peut-être pour le mieux. Enfin, pas tout à fait – je suis triste pour lui qu'il soit arrivé quelque chose à son fonds –, mais je ne devrais pas me sentir abandonnée ni rien de ce genre. Il ne m'a pas embrassée avant de partir, et alors ? Ce n'est pas mon petit ami. Il reviendra quand il aura fini au bureau et, une fois de plus, nous ferons des folies au lit.

S'il veut toujours de moi, naturellement. Je n'ai aucune garantie de cela.

Cette idée est étrangement déprimante. La seule possibilité de ne jamais revoir Marcus me comprime le cœur comme dans un étau.

— Il va revenir, n'est-ce pas ? je demande à Reine Élisabeth, qui me donne l'équivalent en version féline d'un haussement d'épaules : un regard inexpressif, suivi par une agitation de sa petite queue.

Je soupire et me dirige vers mon bureau. Je me fais des idées, sans doute, mais pendant un moment, j'ai eu l'impression que Marcus était fâché contre moi, comme si j'avais fait quelque chose de mal. C'est ridicule. Il a reçu de mauvaises nouvelles du travail, c'est tout. Ce qui se passe dans son entreprise n'a rien à voir avec moi. La seule chose qui me vient à l'esprit, c'est que je lui ai dit que j'avais trop mal pour enchaîner.

Un instant.

Ce serait donc ça ?

Je l'aurais vexé en refusant ses avances ?

Non, ça ne me semble pas fondé. Marcus est trop sûr de lui, trop viril pour avoir un ego aussi fragile. Toutefois, maintenant que le sexe n'est plus au programme, il est possible qu'il ait perdu l'envie de rester.

Non, c'était ce coup de téléphone. Il ne l'a pas inventé. J'ai vu son visage, la nouvelle qu'il a reçue était mauvaise. Il doit y avoir des centaines de milliers ou même des millions de dollars en jeu, peut-être même des dizaines de millions. C'est ridicule d'imaginer qu'il puisse penser à moi dans un moment aussi critique. Forcément, il s'est montré plutôt sec parce qu'il s'inquiétait pour ce contretemps.

Quoi qu'il en soit, il a dit qu'il me rappellerait, alors je sais que j'aurai de ses nouvelles ce soir. Dans le pire des cas, demain.

En attendant, je devrais en profiter pour avancer sur mes corrections.

J'ai déjà un week-end de retard.

Marcus

Les yeux gonflés, je me frotte le visage et jette un œil à l'horloge.

3 h 05 du matin.

Cela fait plus de douze heures que nous sommes là.

Je me lève et abandonne mon gobelet de café jetable dans la poubelle avant de regarder la salle de conférence aux parois vitrées. Jarrod et tous mes gestionnaires de portefeuilles sont ici, assis autour de la longue table rectangulaire, entourés de piles de rapports. Comme moi, ils réfléchissent aux idées d'investissement que les analystes nous ont proposées et essaient de trouver un moyen de rattraper la perte de 700 millions de dollars avant la fin de cette semaine raccourcie par les jours fériés.

Si nous sommes toujours au fond du trou le 30 novembre, nous resterons figés sur cette mauvaise performance du mois et ce sera un point noir permanent dans notre historique – sans compter que ce sera gênant lors de la conférence de la Zone Alpha qui s'annonce.

Jusqu'à présent, nous avons plusieurs idées prometteuses à court terme, mais rien de suffisant pour combler un déficit de 700 millions. Il y a peu de chances que nous trouvions la perle rare ce soir.

J'abats ma paume sur la table et toutes les têtes se tournent vers moi.

— Ça suffit, dis-je. Rentrez tous chez vous. Nous reprendrons demain matin à la première heure.

Je ne veux pas que leur jugement soit compromis par le manque de sommeil.

C'est déjà assez grave que j'aie laissé ma queue penser à ma place.

— On se revoit à sept heures ? demande Jarrod en passant près de moi.

J'acquiesce. Ça ne me fera pas de mal de faire le point avec mon chef des opérations avant l'arrivée des responsables de portefeuille. Il n'a que vingt-sept ans, mais il sait prendre du recul, tout comme moi. Tôt ou tard, il fera cavalier seul, mais en attendant, je peux puiser des idées dans son cerveau brillant.

Tout le monde sort en file indienne de la salle de conférence et je les suis, une migraine lancinante entre les tempes. Je referme la porte derrière nous. À l'étage principal, les analystes sont penchés sur leurs ordinateurs, à saisir des chiffres et à classer des données à la recherche d'une solution à apporter à leurs responsables.

Je suis tenté de les renvoyer chez eux, mais étant donné qu'ils ne prennent pas de décisions, il est moins essentiel qu'ils aient les idées claires. Je décide d'en laisser l'initiative aux chefs de portefeuilles et je sors. À chaque pas, ma migraine devient plus forte encore.

Il me faut moins de vingt minutes pour rentrer – à cette heure-ci, la circulation est quasi inexistante – et quand je m'écroule sur mon lit, mes pensées se tournent vers Emma pour la cinquantième fois de la nuit. Elle doit dormir depuis longtemps maintenant. Je l'imagine pelotonnée avec ses chats dans son petit lit étroit, ses boucles rousses étalées sur l'oreiller et son délicieux petit corps à peine couvert d'une culotte et du débardeur qu'elle porte en guise de pyjama. En dépit de mon mal de crâne, cette image me tiraille entre les jambes et propage une douce chaleur dans ma poitrine.

Je donnerais tout pour la tenir contre moi en cet instant.

Absolument tout.

Je tends déjà la main vers mon téléphone quand je me rends compte de ce que je fais. Pestant tout bas, je retire le bras, furieux contre moi-même. C'est la dixième fois que je suis tenté de l'appeler ou de lui écrire ce soir, en dépit de ma résolution de me désintoxiquer d'elle.

Ne pas la voir, ne pas penser à elle, c'est le but que je me suis fixé. Et pour cela, je dois éviter les appels et les textos. Je dois maîtriser cette addiction afin de me prouver que je peux me passer de ma dose, ne serait-ce qu'un moment.

Que je peux fonctionner au travail et ailleurs malgré cette obsession.

Je m'oblige à fermer les yeux et j'essaie de me concentrer sur les idées d'investissement afin que, pendant mon sommeil, mon cerveau soit capable de gérer toute l'information que j'y ai entassée pendant les douze dernières heures. C'est souvent le meilleur moyen. Il suffit de prendre du recul et de laisser les connexions se former d'elles-mêmes sans forcer le processus. Pourtant, alors que je dérive dans le sommeil, ce ne sont pas les ratios de recouvrement de dettes et les risques fluctuants qui m'occupent l'esprit.

C'est elle.

Emma.

Cette envie irrépressible.

MARCUS NE ME CONTACTE PAS PENDANT TOUT LE RESTE
du dimanche, mais je ne m'inquiète pas. Après tout, il
est sans doute occupé avec son appel d'urgence. Lundi
après-midi, toutefois, je consulte mon téléphone toutes
les cinq minutes de peur d'avoir raté un appel ou un
texto.

Cela dit, il n'y a rien.

Pas même un rapide « salut ».

À l'heure du dîner, mon téléphone sonne enfin.
Je m'en empare avec empressement, le cœur
battant, mais ce n'est que Kendall – sans doute
m'appelle-t-elle pour avoir tous les détails
croustillants sur ma petite aventure. Ravalant ma
déception, je m'apprête à accepter la

communication, mais à la dernière seconde, je la renvoie sur le répondeur.

Je n'ai pas envie de parler de Marcus avec elle – pas avant de savoir ce qui se passe exactement entre nous.

Si tant est que ce soit toujours d'actualité, bien sûr.

J'envisage de le contacter moi-même, de lui envoyer un rapide texto pour savoir comment il va, mais je me ravise. Je ne veux pas le déranger pendant sa crise, et pire encore, il risque de ne pas répondre et je me sentirai vraiment mal, cette fois. Quoi qu'il en soit, Marcus n'est pas un étudiant de première année encore mal dans sa peau qui a besoin d'encouragements pour contacter une fille qu'il apprécie. Si je n'ai pas reçu de nouvelles, c'est qu'il n'a pas envie de me parler.

C'est aussi simple que ça.

Je passe la nuit de lundi à tourner et à me retourner, incapable de me mettre à l'aise. Même avec mes chats à côté de moi, mon lit me semble vide et froid, ma couverture trop fine pour chasser le froid de l'hiver qui s'infiltre à travers la fenêtre mal isolée. Mon patron m'a dit qu'une tempête de neige était prévue pour demain soir et on la ressent déjà, avec le vent plus fort qu'à la normale et les températures en chute libre.

J'espère que mon vol de mercredi ne sera pas annulé. Ce serait un beau gâchis.

Je finis par trouver le sommeil après deux heures du matin, et quand mon réveil sonne à sept heures, je m'empare aussitôt de mon téléphone.

Toujours rien.

Pas d'appels, pas de textos.

J'ai l'estomac noué et une nouvelle boule se forme dans ma poitrine. Il est possible que Marcus soit toujours submergé de travail, mais envoyer un message du type « salut, je pense à toi » ne lui prendrait que trois secondes. À moins, bien sûr, qu'il ne pense pas du tout à moi – ce qui me paraît de plus en plus probable.

Il a peut-être eu tout son saoul de sexe avec moi et il est passé à autre chose, auquel cas il ne me contactera plus jamais.

J'essaie de ne pas y penser, mais lorsqu'arrive le mardi après-midi, je ne peux plus repousser cette éventualité. Avec un autre homme peut-être, une disparition de deux jours n'aurait pas signifié grand-chose, mais Marcus n'a jamais joué selon les règles des relations modernes. Il ne m'a jamais laissé mariner ni cherché à faire semblant. Depuis le début, il est clair comme de l'eau de roche à propos de ses intentions, de ce qu'il désire – à savoir, me mettre dans son lit – avec la même intensité qu'il doit appliquer à tous les domaines de sa vie. Des rendez-vous quotidiens, des cadeaux excessifs, une rencontre avec mes grands-parents sur Skype, la majeure partie du week-end chez moi – il a débarqué au bulldozer dans mon corps et dans ma vie. Je n'avais aucune chance dès l'instant où il a jeté son dévolu sur moi… et c'est peut-être tout le problème.

Il cherchait peut-être un défi depuis le début, et comme j'ai cessé de l'être, il est passé à autre chose – ou à quelqu'un d'autre – de plus excitant.

Vers seize heures, Kendall me rappelle, et une fois

de plus, je la dirige sur la messagerie vocale. J'imagine à quel point elle doit être survoltée et enjouée, prête à entendre tous les détails de mon aventure avec un milliardaire, mais je ne me sens pas d'humeur à revenir sur les faits et gestes de Marcus avec elle. C'est peut-être à cause du manque de sommeil, mais je me sens complètement vidée, aussi amorphe que si j'avais contracté la grippe.

Peut-être est-ce le cas.

Cette pression dans ma poitrine serait le symptôme d'une maladie.

— Tu devrais rentrer tôt, me conseille Monsieur Smithson quand je termine de mettre en rayon les romances de la semaine. Il commence déjà à neiger.

— Oh, c'est vrai. J'avais oublié la tempête.

Je regarde à l'extérieur, où le vent hurlant fait tourbillonner les premiers flocons de neige.

— Je vais devoir vérifier mon vol.

Mon patron fait grise mine.

— Ça s'annonce mal, Emma, désolé. Aux actualités, ils ont dit que les compagnies aériennes avaient déjà commencé à annoncer des annulations.

Génial. Absolument génial. Les larmes me piquent les yeux et je dois tourner la tête en clignant frénétiquement des paupières pour les maîtriser. Je n'avais pas conscience d'attendre ce voyage avec une telle impatience – mes grands-parents me manquent, mais je crois aussi que j'ai besoin de m'évader un peu.

Je meurs d'envie de fuir ce temps exécrable… et la

douleur qui grandit en moi à l'idée que je ne reverrai peut-être jamais Marcus.

~

J'ARRIVE CHEZ MOI AVANT QUE LA TEMPÊTE NE s'aggrave, le cou bien au chaud grâce au foulard que Marcus m'a offert. Je ne voulais pas le porter ce matin, mais le vent était trop mordant pour que je l'ignore.

Découragée, je le retire et le range dans une boîte à chaussures à l'abri de M'sieur Dodu. Puis je suspends mon manteau et je donne leur dîner aux chats avant de me connecter sur mon ordinateur portable pour vérifier mon vol.

À mon grand soulagement, ma compagnie a uniquement annulé ceux de ce soir et de demain. Ils doivent s'attendre à ce que le ciel se dégage demain après-midi.

— Eh bien, c'est déjà ça, dis-je aux chats avant de me rendre dans la cuisine pour préparer mon propre repas. J'irai peut-être en Floride, tout compte fait.

Pourtant, je ne suis guère enthousiaste et ça s'entend dans ma voix.

Parce que j'ai beau vouloir voir mes grands-parents et profiter du soleil de Floride, je sais tout au fond de moi que rien ne chassera ce vide qui m'engloutit.

La conviction de plus en plus forte que Marcus et moi, c'est bel et bien terminé.

arcus

À LA FERMETURE DU MARCHÉ, MARDI SOIR, TOUT LE personnel de la boîte est ivre d'épuisement, mais nous avons empoché 580 millions de dollars par une combinaison de différents marchés, y compris un pari de 100 millions de dollars en une seule journée sur la livre turque. L'équipe des transports a également récupéré toutes ses positions courtes sur les compagnies aériennes. Cela fait des semaines qu'ils parient sur une forte baisse des actions à cause de l'arrivée précoce de l'hiver, et avec la tempête de ce soir, le reste du marché a fini par se ranger de leur avis.

Dans l'ensemble, maintenant que nous avons paré à toutes les catastrophes potentielles des prochains jours du marché, nous bouclerons peut-être un mois de novembre intéressant, finalement. Pas exceptionnel, mais assez bon pour ne pas devoir expliquer une chute à nos investisseurs. Ni aux conférenciers de la Zone Alpha – ces connards seraient sans pitié.

Je devrais me sentir encouragé pour avoir réussi à arracher cette victoire d'entre les mâchoires de la défaite, mais la seule chose qui m'inquiète, c'est que je n'ai pas vu Emma depuis dimanche. Et demain soir, elle part pour la Floride, ce qui signifie que je ne la verrai pas pendant le reste de la semaine.

Pour la énième fois, je prends mon téléphone, mais je me ravise avec une force de volonté herculéenne. L'envie est toujours là, plus prégnante que jamais, et je sais que si j'y cède maintenant, je ne pourrai plus revenir en arrière.

Cette obsession grandira au point de me consumer tout entier.

De toute façon, je ne comptais pas me passer d'Emma plus longtemps. D'abord, je suis certain de ne pas en être capable, et surtout, je n'en ai aucune envie. Aussi dangereuse que soit mon addiction envers elle, c'est l'expérience la plus enivrante que j'aie vécue depuis des années. Je n'avais jamais ressenti une telle alchimie sexuelle et je n'avais jamais désiré – ni savouré – une femme aussi intensément. J'ai envie de me réveiller avec sa chevelure flamboyante sur mon oreiller et voir les fossettes de son sourire quand je rentrerai du travail, d'enfouir mon sexe dans son corps doux et plantureux chaque soir, et toute la journée si elle me laisse faire.

Je la désire et je l'aurai – mais d'abord, je dois savoir que je suis plus fort que mon addiction.

Je dois venir à bout de cette semaine sans elle, afin de me prouver que je garde le contrôle.

49

Emma

ÉTANT DONNÉ QUE MON VOL N'EST PAS PRÉVU AVANT 18 h 25, j'avais l'intention de travailler pendant une demi-journée mercredi. Cependant, en voyant la tempête qui fait rage derrière ma fenêtre étroite, je sais que ce sera impossible – tout comme mon vol, très probablement.

Il est déjà minuit, mais je suis incapable de trouver le sommeil. Mon lit me semble toujours aussi froid et vide. Et bosselé. Pourquoi n'ai-je jamais remarqué à quel point mon matelas est inégal ? Sans commune mesure avec l'immense lit king-size de Marcus à mousse à mémoire de forme. C'était si confortable, doux et chaud, surtout avec son grand corps musclé blotti autour de moi…

Non, arrête. Je ferme vivement les yeux pour chasser les souvenirs, mais ils m'envahissent quand même, creusant un peu plus ma poitrine. Il me manque. Il me manque vraiment. Nous n'avons passé que deux nuits ensemble, et pourtant j'ai l'impression que cela a duré un mois entier, comme des dizaines de rendez-vous compilés en un week-end merveilleux et inoubliable. Je ne cesse de revoir ses yeux, son sourire, son rire… la joie simple sur son visage quand j'ai posé Coton sur ses genoux. Il a pris le chat aussi délicatement que si c'était un nouveau-né et ses grandes mains se sont montrées d'une tendresse extrême sur son pelage. En le regardant, j'ai senti mon cœur se gonfler et se fendiller, laissant une fissure ouverte pour lui.

Seigneur, pourquoi m'a-t-il fait un coup pareil ? Pourquoi me relancer aussi assidûment, me faire croire qu'il peut y avoir quelque chose de réel entre nous, pour ensuite me jeter avec une telle cruauté ?

Je m'y attendais, bien sûr, je me répétais que cela devait arriver, mais ça ne rend pas l'expérience moins douloureuse pour autant. Au contraire, je me sens franchement stupide. Je n'aurais pas dû accepter de le voir quand il m'a couverte de cadeaux.

Non, mieux encore. Je n'aurais pas dû accepter de le revoir dès le départ. J'ai toujours su que je jouais avec le feu, mais je n'ai rien voulu entendre.

Je l'ai laissé me brûler le cœur au troisième degré.

La tempête dehors a tout d'un ouragan, à présent, le vent rugit et la neige s'entasse devant mon unique fenêtre, bloquant le peu de lumière qui me parvient depuis le lampadaire. Les yeux ouverts dans le noir, piquants de larmes, je me fais une promesse.

Je ne sortirai plus jamais avec un homme qui ne joue pas dans la même cour que moi.

arcus

La tempête ne s'est pas calmée quand mon réveil sonne à 5 h 30. J'envoie un message pour ordonner à mes employés de rester chez eux en télétravail et je me lève pour commencer ma journée. Geoffrey est en congé, mais il a déjà préparé mes repas et il me suffit de quelques minutes pour réchauffer sa quiche et l'avaler avec une tasse de café avant de me rendre dans mon bureau.

Alors que je réponds à mes e-mails et étudie les rapports de recherche, mes pensées s'orientent à nouveau vers Emma. Aux actualités, ils ont annoncé que certains quartiers du Queens et de Brooklyn subissaient des pannes d'électricité. Est-ce arrivé chez elle ? Et comment s'en sort-elle, dans son studio en entresol ? Il est déjà tombé trente centimètres de neige, suffisamment pour obstruer sa fenêtre au ras du sol.

Est-elle coincée dans le noir, sans électricité ni chauffage ?

Non, c'est absurde. Elle est à Brooklyn, pas dans une cabane au fin fond des montagnes. Et puis, ce n'est qu'une tempête de début d'hiver, pas l'apocalypse. Je suis sûr qu'elle va bien. Elle dort sans doute à poings fermés, profitant de sa journée de congé improvisée comme la majeure partie de la ville. Et si elle est réveillée, elle se prépare à prendre son avion ce soir pour la Floride. À ce propos…

Je sors mon téléphone afin de vérifier le statut de son vol, comme je le fais toutes les deux heures depuis le début de la tempête.

Toujours pas d'annulation.

Fait chier.

Je n'ai pas l'intention de la voir cette semaine, alors je me demande bien ce qui me tracasse, mais c'est plus fort que moi. Je n'ai peut-être pas envie qu'elle prenne l'avion par ce temps. La neige devrait cesser vers midi, mais la glace sur les ailes des avions risque de perdurer pendant un moment. Bien sûr, la compagnie aérienne annulera en cas de doute, mais on ne sait jamais.

Je ne veux pas qu'elle monte dans cet avion.

Putain, hors de question !

Prenant conscience que mon obsession revient au galop, je m'efforce de me concentrer sur mon écran d'ordinateur et j'y parviens pendant environ deux heures. Puis je vérifie à nouveau les informations de son vol.

Toujours programmé. Pas même un retard.

Je pousse un juron et je me lève pour aller dans ma salle de sport privée. Je regrette presque que son numéro de vol figure dans le rapport du détective. Si je ne le connaissais pas, je ne me connecterais pas sur l'application de la compagnie aérienne aussi souvent qu'une écolière actualise son fil Instagram. Avec un peu de chance, une bonne séance physique m'éclaircira la tête. Avec la surcharge de travail de ces derniers jours, j'ai pu aller courir avant le petit-déjeuner, mais je n'ai pas soulevé de poids depuis samedi matin, quand Emma était toujours endormie dans mon lit.

Et voilà, je pense encore à elle.

Avec un gros effort, je me concentre sur mes exercices de routine, dépassant un peu plus mes limites chaque fois. Quand j'ai enfin terminé, je suis ruisselant de sueur et mes muscles tremblent d'épuisement. Mais je suis toujours fébrile. Je meurs d'envie de saisir mon téléphone et de consulter la page de son vol.

Et peut-être de prendre de ses nouvelles.

Un bref texto pour m'assurer qu'elle va bien malgré la tempête.

Non. Ce serait bizarre étant donné que je ne l'ai pas contactée depuis dimanche. À ce stade, je lui dois une explication, voire des excuses, pour ma disparition. Bien sûr, je ne lui parlerai pas de la lutte intérieure que je mène au quotidien. Le travail me servira d'alibi. Pour contrecarrer toute protestation de sa part, je l'inviterai à dîner le soir même afin de reprendre notre relation là où nous l'avons interrompue.

Quand elle sera rentrée de Floride, naturellement. Je dois tenir au moins une semaine sans elle, pour me prouver que j'en suis capable.

Afin d'éviter de faire une bêtise, je plonge dans ma piscine et j'enchaîne une trentaine de longueurs. Puis je prends une douche et je me rends dans la cuisine pour manger un morceau. En passant devant la fenêtre, je remarque que la neige a cessé et que les déneigeuses sont de sortie dans les rues.

Tant mieux. Espérons qu'ils rétablissent rapidement le courant dans les quartiers concernés. Surtout si Emma...

Arrête. Bordel, ne pense pas à elle.

J'ouvre le réfrigérateur et j'en sors un sandwich à la salade et au thon. Je m'assieds pour manger. Tout en mâchant, je jette un œil à l'heure affichée sur le micro-ondes.

11 h 43.

Emma doit être réveillée à cette heure-ci.

Bon sang. Je suis vraiment incontrôlable ! Si je dois y penser aussi fréquemment, autant être avec elle.

Je marque une pause, le sandwich à demi grignoté dans ma main, et je prends le temps de la réflexion. Je fais peut-être fausse route. En essayant de ne pas penser à Emma, je la maintiens peut-être au premier plan de mes pensées. C'est l'exercice classique de « l'ours blanc » en cours de psycho : si l'on vous demande de ne pas penser à un ours blanc pendant un certain temps, paradoxalement votre esprit ne pensera à rien d'autre.

Évidemment, c'est la même chose. J'aurais dû m'en douter.

Emma est mon ours blanc.

En essayant de résister à mon addiction, je ne fais que l'empirer.

Ce dont j'ai besoin, c'est l'approche opposée : me repaître de cette fille. Pas comme ce week-end, au point d'en négliger mon travail, mais de manière plus contrôlée. Et je sais exactement comment procéder.

Je dois la convaincre d'emménager chez moi.

La solution est tellement évidente que je me demande pourquoi elle ne m'a pas effleuré l'esprit plus tôt. C'est vraiment une leçon d'économie de base. Le problème, c'est qu'Emma est une ressource rare. Elle habite à Brooklyn et elle ne veut pas abandonner ses chats trop longtemps. Le temps limité qui nous est accordé ensemble ne me suffit pas. Pas étonnant que j'aie zappé le travail pendant tout le week-end : avec son départ en vacances et son refus de passer deux nuits d'affilée chez moi, il était inévitable que je me concentre exclusivement sur elle au détriment du reste.

C'est ainsi que fonctionne la rareté.

C'est ce qui rend les denrées rares extrêmement désirables… presque irrésistibles.

Bien sûr, vivre ensemble représente un engagement important. C'est sans doute pour cette raison que je n'y ai pas pensé plus tôt. Pas tout à fait. En un sens, j'y ai déjà pensé. Mon envie qu'elle passe tout son temps chez moi, c'était mon subconscient qui me proposait sa propre solution. Et plus j'y pense, plus cette idée me plaît.

Toutes ces choses que je désire – l'avoir avec moi chaque nuit, la voir dès que je rentre du travail – seront bien plus faciles si elle vit directement dans mon appartement. Du point de vue de l'engagement, ce n'est pas aussi exigeant pour moi que pour la plupart des gens. C'est souvent la logistique financière qui rend l'étape de la vie commune aussi importante. Un couple qui se fréquente doit souvent louer ou acheter ailleurs, sans compter les dépenses du déménagement pour un membre ou les deux. Cependant, mon appartement-terrasse est assez grand pour toute une famille, alors pour deux, c'est amplement suffisant. Et puis, je peux couvrir les coûts de déménagement avec ma petite monnaie. Je peux aussi lui trouver un autre appartement si nous finissons par nous séparer.

Le seul inconvénient, de mon point de vue, c'est que les chats emménageront avec elle, or c'est un petit prix à payer pour une solution aussi parfaite.

Oui, c'est décidé. Mon cœur bat la chamade et une attente impatiente déferle dans mes veines. Je vais terminer mon repas, puis je l'appellerai pour lui présenter mes excuses. Ensuite, dès que les routes seront dégagées, je demanderai à Wilson de me conduire chez elle et nous discuterons avant qu'elle parte à l'aéroport – peut-être même pendant que je la conduirai à l'aéroport au cas où elle voudrait arriver en avance. Le plus délicat, ce sera de la convaincre de surmonter ses blocages financiers, mais j'ai ma petite idée à ce sujet.

Si tout se passe bien, à la même heure la semaine prochaine, nous serons bien au chaud dans ma tanière, et j'aurai exactement ce que je désire.

Emma constamment à portée de main.

51

MON TÉLÉPHONE SONNE ALORS QUE JE SUIS PAR TERRE, aux prises avec la fermeture de ma valise. Persuadée qu'il s'agit de mes grands-parents, je prends le téléphone sur le lit sans regarder et j'accepte l'appel – pour rester pétrifiée en voyant le nom qui s'affiche sur l'écran.

C'est Marcus.

Il m'appelle.

Maintenant.

— Emma ?

Sa voix est chaleureuse et grave. Je l'entends même sans le haut-parleur.

— Emma, chaton, tu m'entends ?

Je me lève d'un bond et mets un terme à la

communication. Mon doigt appuie sur le bouton rouge dans un geste presque inconscient.

Alors que le sang rugit à mes tempes, je regarde fixement le téléphone dans ma main.

Ai-je halluciné ou est-ce réellement arrivé ?

À nouveau, le téléphone sonne. Le nom de Marcus apparaît.

J'appuie sur « refuser », le cœur battant si fort que j'ai du mal à réfléchir correctement.

Que veut-il ?

Pourquoi m'appeler maintenant, après avoir disparu pendant plusieurs jours ?

Hier soir, j'ai pleuré. À trois heures du matin, comme je ne dormais toujours pas, j'ai pleuré de chagrin à l'idée de ne plus jamais entendre cette voix. Et pourtant, voilà qu'il m'appelle « chaton » comme si de rien n'était.

À moins… à moins qu'il lui soit arrivé quelque chose.

Des cristaux de glace se forment dans mes veines et mon estomac se noue avec une appréhension terrible. Il y a d'autres explications à la disparition d'une personne que le simple désintérêt.

Et si Marcus avait eu un accident ?

S'il était à l'hôpital, si gravement blessé qu'il était incapable d'écrire ou d'appeler ?

J'appuie déjà sur le bouton de réponse lorsque son nom apparaît pour la troisième fois.

— Marcus ?

J'ai l'air presque hystérique, mais je ne me maîtrise

pas. L'idée qu'il soit blessé, son grand corps musclé abîmé et couvert de sang…

— Marcus, tu vas bien ?

— Moi ?

À mon soulagement, il a l'air étonné.

— Oui, bien sûr. Je travaille de chez moi aujourd'hui et nous n'avons pas eu de coupure de courant à Manhattan. Et toi ? Tu as de l'électricité et du chauffage ?

Pendant un moment, je ne comprends pas de quoi il parle, puis je me remémore la tempête.

Est-il sérieux, là ?

J'ai pleuré pendant toute la nuit pour lui, et maintenant nous discutons météo ?

— Alors, tu n'es pas blessé ? je m'enquiers d'une voix tendue. Tu n'étais ni à l'hôpital ni en prison ni détenu contre ton gré ?

— Non, bien sûr que non.

Il y a une intonation de méfiance dans sa voix.

— Mais j'ai eu quelques jours de folie au travail. Je t'expliquerai tout quand je te verrai. En parlant de ça…

— Tout est arrangé ? je l'interromps. Ton souci avec les marchés…

Il prend une grande inspiration.

— Oui, en grande partie. Écoute, Emma. Je suis désolé, je…

— D'accord, je suis contente pour toi. Au revoir.

Je raccroche avant que ma voix ne se brise. Je tremble d'un excès d'adrénaline. Mon soulagement de savoir qu'il va bien se mêle à la peine et à une colère grandissante. Je n'étais pas fâchée contre lui jusqu'à présent – uniquement contre moi-même, d'avoir été assez bête pour jouer avec le feu –, mais maintenant, je lui en veux.

C'est une chose de faire irruption dans ma vie, de jouer avec mes émotions et de disparaître, mais c'en est une autre de revenir comme une fleur en imaginant pouvoir recommencer.

Le téléphone sonne à nouveau et je déclenche la messagerie vocale en effleurant l'écran. Mon pouls est si rapide que j'ai la tête qui tourne. Le souffle court, je jette le téléphone sur le lit et commence à faire les cent pas.

Pourquoi a-t-il appelé ? Pourquoi maintenant ?

Pourquoi débarquer alors que je venais de me convaincre qu'il ne reviendrait jamais ?

Aucune importance, de toute façon.

Quelles que soient ses raisons, je ne peux pas jouer à cela. D'autres femmes supportent peut-être que leurs amants soufflent le chaud et le froid, mais pas moi. Je ne suis pas taillée pour ces jeux-là. Kendall avait raison, Marcus n'est pas comme les garçons inoffensifs dont j'ai l'habitude. Je ne le connais pas depuis longtemps et il m'a déjà toute tourneboulée. Je n'ai jamais pleuré pour mes deux ex ni pour aucun autre homme, maintenant que j'y pense.

C'est le nœud du problème, me dis-je avec un pincement au cœur.

Marcus ne ressemble à aucun homme que j'ai connu. Avec mes précédents petits amis, j'étais capable de garder une certaine distance, d'accorder une portion de moi-même tout en conservant le reste. Mais pas avec lui. Il lui a suffi de quelques rendez-vous et d'un week-end éblouissant pour décimer toutes mes défenses et foncer sur mon cœur comme un rouleau compresseur.

J'avais beau savoir que ce serait temporaire, je suis tombée amoureuse de lui – et plutôt deux fois qu'une.

J'en prends conscience avec la brutalité d'un boulet de démolition dans le ventre.

Je suis amoureuse de lui.

De Marcus.

Voilà pourquoi c'est aussi douloureux.

Secouée, je m'assieds sur le lit et je laisse Coton monter sur mes genoux. Je garde les yeux rivés sur mon téléphone sans vraiment le voir.

Je suis amoureuse de Marcus. Pas du beau milliardaire qui m'a donné plus d'orgasmes que je peux les compter, mais l'homme qui m'a parlé de son instituteur de primaire avec une reconnaissance touchante et qui a répondu aux questions de mes grands-parents avec calme, patience et respect.

L'homme qui m'a dit que je n'avais rien de commun avec ma mère avant de me raconter son propre passé douloureux.

Mon téléphone émet trois tintements et l'écran s'éclaire, annonçant plusieurs textos.

Comment ça, au revoir ?

Tu m'as raccroché au nez ?

Emma, rappelle-moi tout de suite. Je vais t'expliquer.

Chaque mot me fait l'effet d'une lame dans les poumons, qui me coupe le souffle à chaque coup.

Parce que j'ai envie de le rappeler.

J'en ai envie plus que tout.

Mais si je le fais, si je cède à nouveau, la prochaine fois qu'il me tournera le dos, je serai en mille morceaux.

Et il y aura une prochaine fois… parce que je ne suis pas Emmeline.

Je ne suis pas la parfaite candidate au mariage dont il a besoin.

arcus

JE REGARDE FIXEMENT MON TÉLÉPHONE, LE CŒUR battant avec un mélange de chagrin et de colère.

Elle a raccroché.

Elle a interrompu mes excuses par un « au revoir » et elle a raccroché.

Je rappelle, au cas où il s'agirait d'une mauvaise connexion, mais je suis directement renvoyée sur le répondeur.

Tout en pestant à mi-voix, j'envoie trois textos et j'attends.

Rien.

Pas de points de suspension pour m'indiquer qu'elle répond, aucune indication quant à ses intentions.

Ma patience est à bout et je la rappelle.

Messagerie vocale.

Directement sur cette putain de messagerie.

Soit elle a éteint son téléphone, soit elle refuse mes appels.

J'ai l'impression que l'appareil dans ma main est une bombe sur le point d'exploser – à moins que ce soit la boule de rage dans ma poitrine. Voilà deux fois qu'elle me fait le coup maintenant.

Deux fois qu'elle essaie de me repousser.

La dernière fois, je suis parti. Comme un idiot, je suis parti, la laissant presque gâcher ce que nous partageons.

Eh bien, pas cette fois.

Elle ne montera pas à bord de cet avion avant d'avoir retiré son foutu « au revoir ».

J'AI RÉUSSI À ME CALMER UN PEU. WILSON ME CONDUIT dans les rues fraîchement déneigées de Brooklyn. Avec du recul, ce n'était peut-être pas une bonne idée de ne pas avoir contacté Emma depuis dimanche. Cela ne fait peut-être que trois jours, mais si elle ressent notre connexion aussi intensément que moi, elle a dû trouver le temps infiniment long.

Je suis toujours en colère qu'elle m'ait raccroché au nez, mais je peux la comprendre.

Quoi qu'il en soit, alors que la voiture se gare sur les monticules laissés au bord du trottoir par la déneigeuse, je suis prêt à faire amende honorable. Je lui expliquerai à quel point ma semaine a été chargée, mais je lui présenterai aussi mes plus plates excuses et je lui promettrai de ne plus jamais l'ignorer. Bien sûr, ce n'est pas ce que j'ai fait, j'ai juste reporté un peu mon coup de téléphone, mais c'est ainsi qu'elle a dû le percevoir.

C'est la seule explication pour cet au revoir sorti de nulle part.

Je porte mes bottes imperméables, mais la neige s'infiltre par les chevilles alors que je traverse les tas volumineux pour rejoindre la porte d'Emma. Sans prêter attention à l'humidité glaciale qui me détrempe les pieds, j'appuie sur la sonnette.

Rien.

Aucune réponse.

J'attends quelques minutes, puis je sonne à nouveau.

Toujours rien.

Frustré, je contourne le bâtiment et je m'approche de sa fenêtre au ras du sol. Comme je m'y attendais, elle est recouverte de neige. Je me penche et j'entreprends de la déblayer à mains nues.

Elle ne me rejettera pas aussi facilement.

— Excusez-moi. Que faites-vous ?

Surpris par la voix haut perchée, je lève les yeux.

Une femme maigre d'un certain âge, emmitouflée dans un manteau rembourré, se tient à quelques pas de moi, sa permanente d'un blond grisâtre formant comme un halo autour de sa tête.

— Alors ? demande-t-elle en fronçant les sourcils. Vous êtes sur une propriété privée. Expliquez-vous ou j'appelle la police.

Ce doit être la propriétaire d'Emma.

Je me lève en époussetant la neige sur mon manteau et sur mes mains.

— Veuillez m'excuser. Je cherche Emma. Elle ne répond pas à la porte et j'ignore pourquoi.

Elle me regarde en clignant des yeux, tout de suite plus détendue.

— Vous cherchez Emma ?

— Oui. Savez-vous où elle est ? Je n'arrive pas à la joindre.

— Oh, je vois.

Elle me toise du regard et ses yeux s'attardent sur mon manteau italien comme si elle essayait d'en déterminer le prix.

— Vous êtes son petit ami, peut-être ?

Je fais appel à toute ma patience.

— Oui, nous sortons ensemble. Savez-vous pourquoi elle ne répond pas à la porte ?

— Bien sûr, mon cher. Elle est partie à l'aéroport de bonne heure, vous savez, à cause de la neige sur les routes.

Merde.

— Quand est-elle partie ?

— Je ne sais pas trop, il y a une demi-heure ? Vingt minutes peut-être ?

Elle penche la tête.

— Depuis combien de temps sortez-vous ensemble ? Je m'occupe de ses chats et Emma ne m'a pas parlé d'un petit ami…

— C'est encore tout nouveau, dis-je en

l'interrompant.

Je retourne au pas de course à ma voiture avant que la femme puisse se lancer dans un interrogatoire en bonne et due forme.

Je n'ai pas de temps à perdre.

J'ai une rousse têtue à rattraper avant qu'elle ne monte dans son avion.

LA CIRCULATION JUSQU'À L'AÉROPORT EST AFFREUSE, SI ralentie que même l'habileté de Wilson au volant ne peut rien pour moi. Après deux heures et demie de pare-chocs contre pare-chocs, j'aperçois enfin la cause des embouteillages : un accident sur la voie de gauche. Dès que nous sommes passés, tout redevient fluide, mais le mal est fait.

L'avion d'Emma décolle dans une demi-heure.

Je prends une grande inspiration pour lutter contre ma frustration et j'essaie de l'appeler à nouveau.

Messagerie. Tout comme les cinq fois précédentes.

Je lui envoie un texto.

Rien. Pas de réponse.

Réprimant l'envie de frapper mon téléphone contre la vitre, je consulte l'application de la compagnie aérienne.

Ce maudit avion est à l'heure et l'embarquement commence dans vingt-trois minutes.

Même si j'arrivais à l'aéroport à temps, il me faudrait plus de temps pour franchir la sécurité.

Elle va monter à bord en laissant ce monstrueux malentendu en suspens.

À moins que...

Sans me laisser le temps d'y réfléchir à deux fois, j'appelle mon responsable de portefeuille spécialisé dans le domaine des transports.

— Richard, c'est Carelli, dis-je dès qu'il décroche. J'aimerais que tu demandes au PDG de United Airlines de m'appeler tout de suite. C'est urgent.

Je sais qu'il meurt d'envie de me demander pourquoi – les actions dans le domaine aérien sont tout son univers –, mais il comprend la notion d'urgence.

Cinq minutes plus tard, j'ai le PDG de United Airlines au téléphone. Six minutes après, je raccroche et consulte à nouveau l'application. Le vol est retardé d'une heure – et j'ai promis de m'abstenir de toute position courte sur l'action de sa compagnie pendant six mois s'il ne voulait pas avoir à expliquer à son conseil d'administration pourquoi un fonds spéculatif de grande envergure parie contre eux.

La circulation devient encore plus fluide alors que nous approchons de l'aéroport et je m'en veux presque de retarder ce vol d'une heure. Une demi-heure aurait été amplement suffisante. Lorsque j'entre dans le terminal, toutefois, je me réjouis d'avoir prévu de la marge.

Les lieux grouillent de voyageurs impatients de partir fêter Thanksgiving et de clients mécontents d'avoir été retenus au sol par la tempête. À tel point que lorsque je viens à bout de la file d'attente d'un kilomètre avant le portique de sécurité, les passagers de première classe ont déjà commencé l'embarquement.

Je me fraye un chemin dans la foule pressée devant la porte, à la recherche de sa chevelure éclatante.

Elle est là, une petite silhouette tout en courbe devant la file de la seconde classe. Vêtue d'un jean et d'un sweat-shirt blanc à capuche, elle tient une carte d'embarquement dans une main et la poignée d'une petite valise abîmée dans l'autre.

Mon pouls s'emballe et une chaleur soudaine se propage sur ma peau.

Bon sang, elle m'a tellement manqué.

Quel imbécile j'ai été d'avoir gardé mes distances.

Tel un chasseur qui repère sa proie, je fonds droit sur elle. Les autres passagers ont dû sentir ma détermination farouche, parce qu'ils s'écartent sur mon passage. Elle regarde devant elle et ne me voit que lorsque je m'arrête à ses côtés.

À ce moment-là, il est trop tard.

— Emma.

Je tends la main pour lui prendre le poignet à l'instant où son regard se pose sur mon visage, ses yeux gris écarquillés par la stupeur.

— Il faut qu'on parle, lui dis-je.

Elle est tellement sidérée qu'elle se laisse entraîner à l'écart de la foule sans protester. Ce n'est que lorsque nous avons rejoint une rangée de sièges vides, dans un coin, qu'elle retrouve l'usage de la parole.

— Qu'est-ce que tu fiches ici ?

Sa voix est plus stridente qu'à la normale.

— Comment as-tu franchi la sécurité ?

Je lui lâche le poignet pour sortir une carte d'embarquement de ma poche.

— J'ai acheté ça en venant.

C'est un vol pour Omaha, le seul siège disponible aujourd'hui. Je le range dans ma poche et ajoute :

— Écoute, il faut qu'on parle de…

— Non.

Elle essaie de me contourner, mais je me campe devant elle pour lui barrer le passage.

— Si.

Son visage est rouge de colère.

— L'embarquement a commencé.

— Ce n'est que le début. Tu as le temps.

Elle semble comprendre que je ne bougerai pas et elle lâche la poignée de sa valise, croisant les bras sur sa poitrine.

— D'accord, je t'écoute.

Malgré la gravité de la situation, son regard furibond est si comique que j'ai envie d'éclater de rire. Avec ses boucles sens dessus dessous, elle est franchement mignonne quand elle est en colère. Adorable, même. D'ailleurs, elle est aussi adorable quand elle sourit, quand elle rougit et quand elle est allongée dans mon lit, le corps chaud, alangui et comblé – concentre-toi, bon Dieu.

— Excuse-moi, Emma, dis-je le plus sincèrement possible. J'aurais dû t'appeler plus tôt. J'ai réellement travaillé vingt-quatre heures sur vingt-quatre, mais ce n'est pas une excuse. Je te promets que ça n'arrivera plus.

Je m'apprête à en rester là quand un démon me pousse à continuer :

— À vrai dire, j'ai eu l'impression que nous allions trop vite, trop loin, et j'ai profité de cette situation de crise pour prendre un peu de distance. Mais c'était une erreur. Je m'en rends compte maintenant. J'ai *envie* d'aller plus loin.

Je prends une inspiration.

— D'ailleurs, je me disais que, quand tu rentrerais, j'aimerais te proposer d'emménager chez moi.

Ses bras retombent le long de son corps et la stupéfaction emporte tous les autres sentiments dans son sillage.

— Tu *quoi* ?

Sa voix n'est qu'un murmure.

— Je veux que tu emménages, répété-je en serrant ses petites mains dans les miennes. Je veux que tu vives avec moi – toi et tes trois chats. Je sais que ça paraît rapide, mais prendre des risques mesurés, c'est mon métier, et crois-moi, celui-ci en vaut la peine. Si tu veux garder ton appartement pour le moment, je ne vois aucune objection, mais j'aimerais que tu passes toutes tes nuits avec moi.

Ses mains sont glaciales dans les miennes quand elle lève enfin les yeux.

— Pourquoi ?

— Parce que je te veux, et tu me veux aussi.

N'est-ce pas assez évident ?

— Nous partageons une alchimie unique, chaton. Tellement unique que je ne l'avais encore jamais ressentie auparavant. Je te veux en permanence, c'est devenu une obsession. J'ai lutté contre ça, j'ai essayé de résister, mais c'est inutile. Je te veux et je n'ai pas envie que les ponts et les tunnels se mettent en travers du temps que nous passons ensemble. Emménage avec moi, Emma. C'est tellement logique.

Du coin de l'œil, j'aperçois deux hommes en costumes qui chuchotent à quelques mètres de nous et, derrière eux, une femme tend un téléphone vers moi. Ils m'ont sans doute vu à la télé ou ailleurs et ils m'ont reconnu. En d'autres circonstances, je prendrais la mouche et je m'éloignerais, mais ce moment est trop important pour que je me laisse déconcentrer.

— Emménage avec moi, dis-je devant le silence d'Emma, qui me dévisage avec un mutisme hébété. Ce sera formidable, tu le sais. Je m'occuperai de toute la logistique du déménagement. Il te suffit de dire oui.

Pour lui rappeler à quel point ce sera merveilleux, je prends son visage en coupe et je me penche pour l'embrasser.

Je voulais lui donner un simple baiser, convenable dans un lieu public, mais dès que nos lèvres se touchent, l'avidité s'empare de moi. Pendant trois jours, je ne l'ai pas goûtée. Pendant trois jours, je suis resté loin d'elle. Oubliant les spectateurs, je passe mon bras autour de sa taille et je l'attire à moi, glissant mon autre main dans ses cheveux. Mes doigts agrippent ses boucles pour la maintenir en place tandis que ma langue s'aventure dans sa bouche. Elle a un goût de chewing-gum et de chaleur alléchante, comme tous mes rêves regroupés dans un seul petit corps adorable. Mon sang s'est changé en lave dans mes veines et ma queue se tend contre mon jean, impatiente de retrouver sa moiteur accueillante. Je ne peux pas me rassasier d'elle, je ne m'en lasserai jamais, et pour la première fois, cette pensée ne me fait pas peur.

Je vais me délecter de cette femme, de sa présence, aussi longtemps que ça durera.

Un petit gémissement s'échappe de ses lèvres, aiguisant l'envie bestiale qui m'habite, et j'approfondis notre baiser. Je la dévore, partageant son souffle. Je sens ses petites mains me cramponner les épaules et, à la manière dont elle se presse contre moi, je ressens son excitation quand…

— Dernier appel. Dernier appel pour le vol United 1528 à destination d'Orlando. Tous les passagers doivent rejoindre la porte d'embarquement.

La voix stridente me fait l'effet d'une boule de neige en pleine face. Brusquement tiré de ma transe, je lève la tête et lâche Emma en songeant que nous ne sommes pas seuls. Elle recule en tremblant, les doigts sur ses lèvres gonflées.

Hors d'haleine, nous nous dévisageons. Puis sa main gauche se referme par réflexe autour de la poignée de sa valise.

— Je ne peux pas, dit-elle d'une voix rauque. Marcus, je suis désolée, mais je ne peux pas.

Une brume sombre voile ma vision et un sifflement

me perce les tympans. J'ai dû mal comprendre ses paroles.

— Comment ça, tu ne peux pas ? dis-je sur un ton éperdu, chaque syllabe vibrante d'un avertissement sourd.

Elle fait la grimace et ses yeux luisent de chagrin.

— Je ne peux pas faire ça. Je ne peux pas… emménager avec toi. Je suis désolée, Marcus. Ce que j'ai dit tout à l'heure, je le pensais. C'est terminé. Je ne veux plus jamais te revoir.

Alors que je titube sous le coup de poing qu'elle m'assène par ses paroles, elle détale en tirant sa valise en direction de la porte d'embarquement.

J'IGNORE COMBIEN DE TEMPS JE RESTE ASSIS DANS LE terminal, à regarder dans le vague vers la porte par laquelle elle vient de disparaître. Toute ma vie, j'ai établi des objectifs et je les ai atteints, refusant d'accepter l'option de l'échec. J'ai toujours cherché ce que je voulais avec détermination et fermeté, et j'ai toujours obtenu des résultats.

Sauf avec Emma.

Je me suis battu pour elle comme jamais je ne m'étais battu pour aucune autre femme.

Je lui ai tout offert et elle me l'a jeté à la figure.

La douleur du rejet me coupe le souffle, comme si l'on m'avait arraché les poumons. Quand elle m'a demandé de partir après l'incident de la porte cassée, je la connaissais à peine et je ne demandais qu'à coucher avec elle. Ce n'était pas agréable d'être repoussé après ces baisers torrides, mais ce n'était rien en comparaison avec la dévastation que je ressens maintenant.

J'étais tellement convaincu qu'elle accepterait ma proposition que je n'avais jamais considéré l'alternative, et encore moins qu'elle rompe tout contact avec moi.

Alors que la stupeur de sa réponse s'estompe lentement, la douleur s'intensifie, accompagnée par la colère. Sombre et brûlante, elle monte en moi jusqu'à me donner l'impression de bouillir vivant. J'ai envie de lui faire du mal, de lui faire ressentir un extrait de la douleur qu'elle m'a infligée, et en même temps, je la désire toujours.

Elle me manque tant que je tuerais pour la tenir dans mes bras le temps d'une dernière nuit.

Je ferme les yeux et je prends une profonde inspiration, m'efforçant de surmonter le chaudron bouillonnant d'émotions entremêlées, de les analyser comme un investissement qui aurait mal tourné.

Pourquoi ? Pourquoi a-t-elle fait ça ?

Je sais que je n'ai pas mal compris sa réaction, que je n'ai pas commis d'erreur de jugement.

Elle me désire autant que je la désire.

Elle s'est donnée à moi avant de changer d'avis et de prendre ses jambes à son cou.

Il doit bien y avoir une raison à ces actes, au-delà de mon erreur ridicule et de mon silence radio. L'Emma que je connais n'est ni superficielle ni capricieuse, et je ne la laisse clairement pas indifférente.

Il s'est passé quelque chose entre dimanche et maintenant, quelque chose qui lui a fait peur.

Oui, c'est ça. C'est logique. Il est arrivé quelque chose, et cela l'a amenée à cette réaction. Je n'abandonnerai pas tant que je n'aurai pas creusé la question.

Non, mieux encore.

Je n'abandonnerai pas tant que je ne l'aurai pas réglée.

Je veux Emma et je n'accepte pas la défaite.

Résolu, je me lève d'un bond et je m'éloigne tout en sortant mon téléphone de ma poche.

— Préparez le jet, ordonné-je à mon pilote. Vous avez une heure. Nous partons à Orlando ce soir.

Je raccroche avec un sourire sombre.

Si Emma croit que je la laisserai partir aussi facilement, elle ne me connaît pas.

Elle peut s'enfuir, mais elle n'ira pas loin. Je ne le permettrai pas.

Emma, chaton, tu m'appartiens. Et je viens te chercher à n'importe quel prix.

FIN

Merci pour votre lecture ! N'hésitez pas à poster votre avis en ligne. L'histoire de Marcus et d'Emma se poursuit avec *Addiction colossale*. Pour rester informés de toutes mes nouveautés, inscrivez-vous à ma newsletter sur www.annazaires.com/book-series/francais/.

Si vous avez aimé *Le Colosse de Wall Street*, vous aimerez probablement les livres suivants :

- *L'Enlèvement: Toute la Trilogie* – L'histoire de Julian et Nora, où Peter apparaît comme personnage secondaire pour obtenir sa liste
- *Capture-Moi: Toute la Trilogie* – L'histoire de Lucas et Yulia
- *Mon Tourmenteur* – L'histoire de Peter et Sara
- *Mia & Korum: Toute la Trilogie* – Une romance sombre de science-fiction

- *La captive des Krinars* – Une romance de science-fiction autonome

Collaborations avec mon mari, Dima Zales :

- *Les Machines de l'esprit* – Thriller technologique
- *Les Dimensions de l'esprit* – Fantastique urbain
- *Les Derniers Humains* – Science-fiction dystopique/postapocalyptique
- *Le Code Arcane* – Fantastique épique

Et maintenant, tourner la page pour un avant-goût de *Twist Me - L'Enlèvement* et de *Liaisons Intimes*.

Note de l'auteur : Ce roman d'un érotisme sombre traite de sujets qui risquent de heurter certains lecteurs. Vous voilà prévenus !

Kidnappée. Séquestrée sur une île privée.

Je n'aurais jamais cru que cela puisse m'arriver. Je n'ai jamais imaginé qu'une rencontre fortuite la veille de mon dix-huitième anniversaire pourrait ainsi changer ma vie.

Désormais, je lui appartiens. J'appartiens à Julian. Un homme aussi impitoyable que beau. Un homme dont les caresses me consument. Un homme dont la tendresse me fait plus de mal que sa cruauté.

Mon ravisseur est une énigme. Je ne sais ni qui il est ni pourquoi il m'a enlevée. Il y a des ténèbres en lui, des ténèbres qui me font peur tout en m'attirant.

Je m'appelle Nora Leston, et voici mon histoire.

C'est le soir maintenant. Chaque minute qui passe accroit mon anxiété à la pensée de revoir mon ravisseur.

Le roman que je lis ne m'intéresse plus. Je l'ai posé et je tourne en rond dans la pièce.

Je porte les vêtements que Beth m'a donnés tout à l'heure. Ce n'est pas ce que j'aurais choisi de porter, mais c'est toujours mieux qu'un peignoir de bain. Un panty sexy en dentelle blanche et un soutien-gorge assorti, voilà mes sous-vêtements. Et une jolie robe d'été bleu qui se boutonne sur le devant. Étrangement, tout est exactement à ma taille. Est-ce qu'il m'a espionnée pendant un certain temps ? Et tout appris de moi, y compris la taille de mes vêtements ?

Cette pensée me rend malade.

J'essaie de ne pas penser à ce qui va arriver, mais c'est impossible. Je ne sais pas pourquoi je suis convaincue qu'il va venir me voir ce soir. Peut-être a-t-il tout un harem dissimulé dans cette île et qu'il rend visite à une femme différente chaque jour de la semaine comme le faisaient les sultans.

Et pourtant je sais qu'il va bientôt arriver. La nuit

dernière n'a fait qu'aiguiser son appétit. Je sais qu'il n'en a pas fini avec moi. Loin de là.

Finalement, la porte s'ouvre.

Il entre en maître des lieux. Ce qui est précisément le cas.

De nouveau, je suis frappée par sa beauté virile. Avec un visage comme le sien, il aurait pu être modèle ou acteur de cinéma. S'il y avait un peu de justice dans ce monde, il aurait été petit ou il aurait d'autres imperfections en contrepartie de ce visage.

Mais non. Il est grand et musclé, parfaitement proportionné. En me souvenant de ce que j'ai ressenti quand il était en moi, mon excitation se réveille bien malgré moi.

De nouveau, il porte un jean et un tee-shirt. Gris cette fois-ci. Il semble préférer s'habiller simplement et il a raison. Il n'a pas besoin que ses vêtements le mettent en valeur.

Il me sourit. Un sourire d'ange déchu, à la fois sombre et séducteur.

— Bonsoir, Nora.

Je ne sais que lui dire, alors je laisse échapper la première chose qui me vient à l'esprit.

— Combien de temps allez-vous me garder ici ?

Il penche légèrement la tête sur le côté.

— Ici, dans cette pièce ? Ou sur cette île ?

— Les deux.

— Beth te fera visiter demain, elle t'emmènera nager si tu veux, dit-il en s'approchant de moi. Tu ne seras pas enfermée, sauf si tu fais une bêtise.

— Quel genre de bêtise ? ai-je demandé, le cœur battant en le voyant s'arrêter près de moi et lever la main pour me caresser les cheveux.

— Essayer de faire du mal à Beth ou de te faire du mal. Sa voix est douce, son regard hypnotique quand il baisse les yeux sur moi. Étrangement, sa manière de me caresser les cheveux m'aide à me détendre.

Je cligne des yeux pour tenter de rompre le charme.

— Et sur cette île ? Combien de temps allez-vous m'y garder ?

Sa main caresse mon visage, se pose sur ma joue. En m'apercevant que je me frotte contre sa main comme un chat que l'on caresse, je me raidis immédiatement.

Ses lèvres dessinent un sourire entendu. Ce salaud sait l'effet qu'il a sur moi.

— Longtemps, j'espère, dit-il.

Sans savoir pourquoi, ça ne m'étonne pas. Il n'aurait pas pris la peine de m'amener jusqu'ici pour me baiser deux ou trois fois. Je suis terrifiée, mais pas surprise.

Je prends mon courage à deux mains et pose la question qui s'ensuit logiquement.

— Pourquoi m'avoir kidnappée ?

Il cesse de sourire. Il ne répond pas et se contente de me regarder, ses yeux bleus restent mystérieux.

Je commence à trembler.

— Vous allez me tuer ?

— Non, Nora, je ne vais pas te tuer.

Sa réponse me rassure, mais évidemment c'est peut-être un mensonge.

— Allez-vous me vendre ? J'ai du mal à le dire.

Comme prostituée, ou alors quelque chose de ce genre ?

— Non, dit-il d'une voix douce. Jamais de la vie. Tu es à moi et rien qu'à moi.

Je suis un peu plus calme, mais il reste encore quelque chose que j'ai besoin de savoir.

— Allez-vous me faire du mal ?

Il ne répond pas immédiatement. Une lueur obscure traverse son regard.

— Probablement, dit-il à voix basse.

Alors il s'est penché sur moi et m'a embrassée, ses lèvres sur les miennes étaient douces, douces et ardentes.

Pendant un instant, je suis restée figée, inerte. Je croyais ce qu'il disait. Je savais qu'il disait la vérité en disant qu'il allait me faire du mal. Il y a quelque chose chez lui qui me terrifie, qui m'a terrifiée depuis le début.

Il ne ressemble pas aux garçons avec lesquels je suis sortie. Il est capable de tout.

Et je suis entièrement à sa merci.

Je pense essayer de lui résister de nouveau. Ce serait normal dans ma situation. Ce serait courageux.

Et pourtant je ne le fais pas.

Je sens les ténèbres en lui. Il y a quelque chose de mauvais en lui. Sa beauté extérieure dissimule quelque chose de monstrueux.

Je ne peux pas lui permettre de donner libre cours au mal. Je ne sais pas ce qui arriverait si je le faisais.

Alors je m'immobilise dans ses bras et je le laisse m'embrasser.

Et quand il me soulève et me porte sur le lit, je n'essaie nullement de lui résister.

Au contraire, je ferme les yeux et m'abandonne à mes sensations.

Pour plus d'informations, veuillez consulter ma page web : https://www.annazaires.com/book-series/francais/.

Remarque : Liaisons Intimes est le premier volume de ma série de science-fiction érotique, les Chroniques Krinar. Sans être aussi sombre que Twist Me - L'Enlèvement, Liaisons Intimes contient des éléments qui plairont aux amateurs d'érotisme noir.

Un romance au charme sombre et audacieux qui séduira les amateurs de liaisons dangereusement érotiques...

Dans un futur proche, la Terre est désormais sous l'emprise des Krinars, une espèce sophistiquée venue d'une autre galaxie. Ils restent un mystère pour nous, et nous sommes totalement à leur merci.

Mia Stalis est une jeune étudiante New Yorkaise, plutôt

innocente et timide. Elle mène une vie parfaitement normale. Comme la plupart des êtres humains elle n'a jamais eu de contact avec les envahisseurs, jusqu'au jour où une simple promenade dans Central Park va changer sa vie à jamais. Mia a été remarquée par Korum et elle doit maintenant se confronter à un puissant Krinar, doté de dangereux moyens de séduction, qui veut la posséder corps et âme — et qui ne reculera devant rien pour devenir son maître.

Jusqu'où peut-on aller pour retrouver sa liberté ? Quels sacrifices peut-on consentir pour aider ses semblables ? Quels choix nous reste-t-il quand on s'éprend de son ennemi ?

L'air était vif et pur tandis que Mia descendait d'un pas rapide un sentier sinueux de Central Park. Partout, on voyait l'approche du printemps, les arbres encore nus avaient de minuscules boutons et les nounous étaient sorties en masse pour profiter de cette première journée de beau temps avec les enfants turbulents qui leur étaient confiés.

Bizarrement, tout avait changé depuis quelques années et pourtant tout était identique. Si dix ans plus tôt on avait demandé à Mia à quoi ressemblerait la vie après une invasion d'extra-terrestres, ce n'est pas du tout ce qu'elle aurait imaginé. Les films 'Independance Day' ou 'La Guerre des Mondes' étaient à des lieux de montrer ce qui se passe réellement quand une civilisation plus sophistiquée prend le dessus. Il n'y avait eu ni combat ni résistance du gouvernement parce qu'*ils* les avaient rendus impossibles. Rétrospectivement, il sautait aux yeux que ces films étaient idiots. Les engins nucléaires, les satellites et les avions de combat étaient aussi primitifs que des pierres et des bouts de bois. Mia aperçut un banc vide près du lac et s'y dirigea avec plaisir, ses épaules se ressentaient du poids de son sac à dos où elle avait mis son volumineux ordinateur portable — elle l'avait depuis 12 ans — ainsi que ses livres, imprimés sur papier comme autrefois. Elle avait beau avoir 20 ans, parfois elle se sentait déjà vieille, et comme dépassée par un monde nouveau sans cesse en évolution, un monde de tablettes fines comme du papier à cigarette et de montres qui servaient de téléphones portables. Depuis le jour K, le rythme des progrès technologiques ne s'était pas ralenti ; en fait de nombreux nouveaux gadgets avaient été influencés par ceux des Krinars. Non pas que les Krinars partageaient allègrement leur précieux savoir technologique ; de leur point de vue, leur petite expérience devait se poursuivre sans la moindre interruption.

Mia ouvrit la fermeture éclair de son sac et en sortit son vieux Mac. Il était lourd et lent, mais il fonctionnait encore et Mia, comme tous les étudiants désargentés, ne pouvait rien s'offrir de mieux. Une fois en ligne elle ouvrit une page vierge sur Word et se prépara à rédiger sa dissertation de sociologie, une véritable torture.

Après 10 minutes sans avoir écrit un seul mot elle s'arrêta. De qui se moquait-elle ? Si elle voulait vraiment s'y mettre, il ne fallait pas venir au parc ; évidemment c'était tentant de se donner l'illusion de pouvoir profiter du grand air et travailler, mais elle n'avait jamais été capable de faire les deux en même temps. Pour ce genre d'effort intellectuel, une vieille bibliothèque poussiéreuse lui convenait bien mieux.

En son for intérieur Mia se reprocha d'être aussi paresseuse, soupira et commença à regarder autour d'elle au lieu d'essayer de travailler. Elle ne se lassait jamais de regarder les gens à New York.

La scène lui était familière, comme elle s'y attendait il y avait le clochard de service sur un banc voisin (Dieu merci ce n'était pas le banc le plus proche parce qu'il avait l'air de sentir le fauve) et deux nounous bavardaient en espagnol en promenant tranquillement leurs landaus. Un peu plus loin, une jeune fille faisait du jogging, ses reeboks roses offrant un joli contraste avec son survêtement bleu. Mia suivit la joggeuse des yeux avant qu'elle ne disparaisse. Elle admirait sa condition physique. Elle avait un emploi du temps tellement chargé qu'elle n'avait pas beaucoup de temps pour faire du sport et elle se disait qu'elle n'aurait pas pu suivre cette jeune fille à ce rythme pendant plus d'un kilomètre.

À sa droite, elle voyait le Pont Bow au-dessus du lac. Un homme était penché sur le parapet et regardait l'eau. Son visage était tourné de l'autre côté si bien qu'elle ne pouvait voir qu'une partie de son profil. Et pourtant il y avait quelque chose en lui qui attira l'attention de Mia.

Elle n'arrivait pas à savoir de quoi il s'agissait. Il était vraiment grand et semblait costaud sous l'imperméable élégant qu'il portait, mais ce n'était pas ce qui l'intriguait. Les hommes grands, beaux et bien habillés ne manquent pas à New York, la ville regorge de top-modèles. Non, il y avait autre chose. Peut-être son attitude, parfaitement immobile, ne faisant aucun geste inutile. Ses cheveux bruns brillaient dans la vive lumière ensoleillée de l'après-midi, sa frange se soulevait légèrement dans la brise douce du printemps.

Et puis il était seul.

— Eh bien ! voilà, pensa Mia. D'habitude, il y avait toujours du monde sur ce joli pont, mais là, il était seul ; pour une raison qui lui échappait, tous semblaient l'éviter. En fait, à part elle et le clochard qui sentait sans doute mauvais, tous les bancs au bord de l'eau, d'habitude si recherchés, étaient vides.

Comme s'il avait senti qu'elle le regardait, l'homme qui faisait l'objet de son attention tourna lentement la tête et la regarda droit dans les yeux. Avant d'avoir compris ce qui se passait elle sentit son sang se glacer, elle était pétrifiée et incapable de détourner son regard de ce prédateur qui semblait maintenant, lui aussi, la regarder avec intérêt.

Respire, Mia, respire !

Une voix enfouie en elle, une petite voix raisonnable n'arrêtait pas de le lui répéter. Et cette même part d'elle-même, bizarrement objective, remarquait la symétrie du visage de cet homme, sa peau bronzée tendue sur ses pommettes saillantes et sa mâchoire solide. Elle avait vu des Ks en photo et sur des vidéos, ni les unes ni les autres ne leur rendaient vraiment justice. La créature qui ne se tenait guère qu'à une dizaine de mètres d'elle était tout simplement extraordinaire.

Alors qu'elle continuait de le regarder fixement, toujours pétrifiée, il se redressa et fit quelques pas dans sa direction. Ou plutôt, il bondit vers elle, lui sembla-t-il, ressemblant à un félin qui s'approche légèrement d'une gazelle. Ce faisant, il ne la quittait pas des yeux. Quand il se rapprocha, elle distingua de petits éclats jaunes dans ses yeux d'or pâle ainsi que ses longs cils épais.

Elle s'aperçut avec un mélange d'horreur et d'incrédulité qu'il s'était assis sur le banc à quelques centimètres d'elle et qu'il lui souriait en montrant ses dents blanches. Pas de crocs, lui dit la part de son cerveau qui fonctionnait encore, rien qui puisse y ressembler. Encore un mythe à leur sujet, tout comme leur soi-disant horreur du soleil.

— Comment vous appelez-vous ? La question avait presque été posée comme un ronronnement. Cette créature avait la voix basse et douce, pratiquement sans le moindre accent. Ses narines se soulevaient légèrement comme s'il sentait son parfum.

— Heu… Mia avala sa salive avec nervosité. M-Mia.

— Mia, répéta-t-il lentement, semblant prendre plaisir à dire son nom. Mia comment ?

— Mia Stalis. Merde alors, pourquoi voulait-il savoir son nom ? Et pourquoi était-il là, en train de lui parler ? Et qui plus est, que faisait-il à Central Park, si loin de l'un des Centres K ? *Respire, Mia, respire !*

— Détendez-vous donc Mia Stalis !

Il sourit de toutes ses dents, et une fossette apparut sur sa joue gauche. Une fossette ? Les K avaient donc des fossettes ?

— Vous n'avez donc encore jamais rencontré l'un d'entre nous ?

— Non, jamais Mia poussa un grand soupir et s'aperçut qu'elle avait retenu son souffle. Malgré tout son trouble, sa voix ne tremblait pas trop et elle en fut fière. Devrait-elle l'interroger, souhaitait-elle savoir ? Elle prit son courage à deux mains.

— Et que… — une fois de plus elle avala sa salive — que voulez-vous de moi ?

— Juste parler, pour le moment. Il plissait légèrement ses yeux dorés, elle avait l'impression qu'il était sur le point de se moquer d'elle. Bizarrement, elle en fut assez agacée pour sentir sa peur s'atténuer. S'il y avait une chose à laquelle Mia était très sensible, c'était la moquerie. Mia était de petite taille, très mince, mal à l'aise avec les autres comme toutes les jeunes filles qui ont dû supporter le désagrément d'avoir eu un appareil dentaire, des cheveux frisés et des lunettes pendant leur adolescence. C'était un véritable cauchemar de faire sans cesse l'objet des moqueries des uns et des autres. Elle releva la tête avec agressivité.

— Alors d'accord, comment *vous* appelez-vous ?

— Moi, c'est Korum.

— Korum tout court ?

— Contrairement à vous, nous n'avons pas vraiment de nom de famille. Le mien est tellement long que vous n'arriveriez pas à le prononcer si je vous le disais.

Voilà qui était intéressant. En l'entendant, elle se souvenait avoir lu quelque chose à ce sujet dans le *New York Times*. Jusqu'ici, tout allait bien. Ses jambes ne tremblaient plus, sa respiration s'était calmée. Elle arriverait peut-être à s'en sortir saine et sauve ? Elle se sentait relativement en sécurité en parlant avec lui, bien qu'il ait continué de la dévisager fixement de ses yeux jaunâtres qui la mettaient mal à l'aise.

— Et que faites-vous ici, Korum ?

— Je viens de vous le dire, un brin de causette avec vous, Mia. Il y avait encore un soupçon de moquerie dans sa voix.

Mia se sentit frustrée, elle poussa un nouveau soupir.

— Ou plutôt que faites-vous ici à Central Park ? Et que faites-vous à New York ?

Il sourit une nouvelle fois en penchant la tête légèrement de côté.

— Disons que j'espérais rencontrer une jolie jeune fille aux cheveux bouclés.

Bon, ça suffisait maintenant. Il était clair qu'il se moquait d'elle. Maintenant qu'elle avait un peu repris ses esprits, elle s'aperçut qu'ils étaient là, au beau milieu de Central Park, et devant des millions de témoins. Elle jeta un coup d'œil discret autour d'elle pour en avoir le cœur net. Eh oui, elle avait raison, bien que les gens s'écartent du banc où elle se trouvait avec cet extra-terrestre, plus loin sur le chemin les plus courageux les regardaient fixement. Il y avait même un couple qui les filmait, sans prendre trop de risque, avec la caméra qu'ils avaient au poignet. Si le K devenait trop entreprenant avec elle, en un clin d'œil les images seraient sur YouTube, il le savait bien. Mais comment savoir s'il s'en moquait ou pas ?

Cependant étant donné qu'elle n'avait jamais vu de vidéos où des étudiantes se faisaient agresser par des Ks au beau milieu de Central Park, elle était relativement en sécurité ; Mia prit son ordinateur portable avec précaution et le remit dans son sac à dos.

— Laissez-moi vous aider, Mia.

Avant même qu'elle ne puisse réagir, elle le sentit s'emparer de tout le poids de l'ordinateur, il le prit des mains de Mia devenues inertes et elle sentit alors qu'il lui touchait le bout des doigts. Ce contact provoqua en elle comme une légère décharge électrique et un frémissement nerveux la suivit aussitôt.

Il attrapa son sac à dos et y mit l'ordinateur

portable, chacun de ses gestes était précis, doux et d'une grande souplesse.

— Eh bien ! voilà, tout va bien mieux maintenant.

Mon Dieu, il venait de la toucher. Peut-être avait-elle tort de penser qu'on était en sécurité dans les lieux publics. De nouveau, elle sentit sa respiration s'accélérer et son cœur battre la chamade.

— Il faut que j'y aille maintenant, au revoir !

Elle se demanderait toujours comment elle avait réussi à parler sans s'étrangler de terreur. Elle saisit les sangles de son sac à dos qu'il venait de poser par terre et se leva d'un bond, en remarquant au passage qu'elle avait retrouvé l'usage de ses jambes.

— Au revoir, Mia. Et à bientôt !

En partant, elle entendit sa voix légèrement moqueuse qui portait loin — l'air du printemps était si pur —, elle avait tellement hâte d'être loin de lui qu'elle courait presque.

Si vous souhaitez en savoir plus, veuillez consulter le site internet d'Anna https://www.annazaires.com/book-series/francais.

Anna Zaires est une auteure à succès international du *New York Times* et du *USA Today* de romances de science-fiction et de romances érotiques sombres contemporaines. Elle a découvert son amour des livres à l'âge de cinq ans, quand sa grand-mère lui a appris à lire. Depuis elle a toujours vécu en partie dans un monde de fantaisie dont les seules limites sont celles de son imagination. Elle habite actuellement en Floride et vit heureuse avec son mari Dima Zales, qui écrit des romans de science-fiction et des romans fantastiques, et avec qui elle travaille en étroite collaboration pour chacune de leurs œuvres.

Pour en savoir plus, veuillez visiter www.annazaires.com/book-series/francais/.